故事荟

楚汉英雄

李泽有

编著

中国文史出版社

图书在版编目（ＣＩＰ）数据

楚汉英雄故事荟 / 李泽有编著 . -- 北京 : 中国文史出版社 , 2019.11
ISBN 978-7-5205-1475-0

Ⅰ . ①楚… Ⅱ . ①李… Ⅲ . ①民间故事—作品集—中国 Ⅳ . ① I277.3

中国版本图书馆 CIP 数据核字 (2019) 第 248110 号

责任编辑：王文运　赵姣娇

出版发行：中国文史出版社

社　　　址：北京市海淀区西八里庄 69 号院　邮编：100142

电　　　话：010-81136606　81136602　81136603（发行部）

传　　　真：010-81136655

印　　　装：北京温林源印刷有限公司

经　　　销：全国新华书店

开　　　本：16 开

字　　　数：285 千字

印　　　张：20.75

版　　　次：2020 年 2 月北京第 1 版

印　　　次：2020 年 2 月第 1 次印刷

定　　　价：58.00 元

代序 / 精彩民间故事　浓郁地方特色 *

郑一民

当三十多万字的《精彩民间故事》书稿放在我面前时，顿觉心头为之一震。这是一部包含一百零九篇的民间故事精品集，是著名作家李泽有同志从他一千多篇民间故事中精选出来的。

李泽有同志 1948 年就在《冀中导报》上发表作品，20世纪 50 年代跨入民间文学殿堂。那时，我省搜集整理民间文学作品的人数不多，李泽有就是其中之一。他的作品大多见于全国各地报刊。到 80 年代，他先后出版了三部民间故事集。其中，《金莲花》一书，荣获河北省第二届文艺振兴奖。

自古以来，燕赵大地人杰地灵，才子辈出，是产生、滋养文学作家的土壤和源泉。李泽有同志以坚忍不拔的毅力，奋发向上和自强不息的精神，经数十载呕心沥血的拼搏，用笔蘸着生活的色彩，整理出大量的民间故事。这些奇特而感人的故事，充分反映了劳动人民认识自然，改造自然的奇

　　*　这是郑一民先生为李泽有编著的《精彩民间故事》(河北少年儿童出版社 2004 年版）所作的序言，标题为编者所加。郑一民，中国民间文艺家协会原副主席、河北省民间文艺家协会主席。

迹、能力和气魄，还反映了劳动人民勤劳勇敢，反对剥削，以及对邪恶势力的鄙视、憎恨和抗争，表达了中华民族的浩然正气和高尚的思想情操。

这部奉献给读者的《精彩民间故事》有四大特点：

首先，是中华民族传统美德的教科书。作者通过对作品严格的取舍，真正做到了去芜取菁。如《小瓦罐的故事》《山老鸹尾巴长》《夫妻拜佛》等，教育人们要孝顺父母，不忘父母的养育之恩。在《一个"善心"的老太婆》故事中，作者通过对一位不分青红皂白、对啥也怜惜的老人，不顾三个女儿的反对，将被打得半死的蝎虎子、小老鼠和老母狼弄到家喂养，结果中了蝎虎子毒，脑袋肿得像水斗，小老鼠把一家人的衣裳咬得窟窿连窟窿；最后自己也被老母狼吃了。这个故事教育人们，千万不能对恶人、坏人发慈悲，否则会养虎为患。一件件中华美德、一条条处世哲理融在优美的故事中，潜移默化地使人得到启迪、感染和教育。

其次，篇篇故事充满奇特的幻想和曲折动人的情节。本书精选的一百零九篇作品，无论是"神话故事""生活故事""动植物故事"，还是"风物故事""人物故事"等，每篇都是一幅绚丽多彩而感人的画面。在美和奇的享受中，给广大读者展现出仙怪搏斗，人神交往，平民百姓生活的苦与乐，还有具有魔力的神鞭、葫芦、金莲花盆、降龙木等，真是玄妙、离奇、斑斓，使人目不暇接。作品通过魔幻、夸张、烘托、巧合手法作为故事情节发展、转变的契机，使结果出人意料，妙趣横生，但仔细揣摩，又确在情理之中。应该说，这部民间故事集是经过千锤百炼的精品之作。尤其是神话故事，可以说是古今浪漫主义的集中体现。劳动人民在长期劳动中，在不断促进人类社会发展的同时，按照他们对大自然、对社会生活和美的理解，创造了大量的精神财富。作者经过自己的整理，表现了人们的美学理想、审美观点和对各方面的美好向往，使这部民间文学作品集处处洋溢着一种朴素的、自然的、刚健的美，呈现出高于生活的熏陶与享受，达到了"用优秀的作品鼓舞人"的目的。

其三，具有鲜明而浓郁的地方色彩。地处燕南赵北的沧州、渤海一带，有着悠久的历史古迹和丰富的特产。像《铁狮子的故事》《武帝城的故事》《老侠张七》等传说，都在这里广泛流传。作者慧眼识金，从数以万计的民间传说故事中，择其精华，不但在字里行间流露出对家乡的赞美，同时又是对先贤古人的歌唱，使人犹如游历在一幅精美的画卷中。例如他对沧州铁狮子的描述，面对残害生灵的黑花青龙兴妖作怪，使滔天黑浪卷翻大小渔船，冲塌房屋，毁坏了庄稼，淹死不知多少生灵时，开元寺前的那头铁狮子，两眼充血，腾空而起，冲向波浪滔天的大海，直取黑花青龙。恶龙凶残，铁狮勇敢，你来我往，龙腾狮跃，好一场正义与邪恶的搏斗。通过斗力、斗勇、斗智，使沧州铁狮子成了正义的化身，力量的象征，也是沧州人民思想、意志、力量和英雄气概的体现。

人，对养育自己成长的土地都有一种无限热爱的情结。因此，在李泽有的笔下，沧州的风土民情和特产在作品中得到充分反映。《小枣树》的故事，道出了饮誉中外的沧州金丝小枣的来历、特点，写得神玄，却又真实、可信。不仅故事曲折动人，而且内中还蕴含着让人勤奋向上的哲理。《鸭梨树的故事》《雪花梨树的故事》，虽然罩上神力因素，但究其根本却是反映了名产来自劳动人民的勤劳和创造，是劳动人民的血汗结成的脆梨甜汁。《黑龙港河的故事》讲述了勇敢的孤儿小江生和荷花仙子结为夫妻后，在稗子仙姑的帮助下，把兴风作浪、残害人民的黑龙怪王除掉，过上了美满幸福的日子的故事。情节新奇，构思巧妙，使读者感到作者对民间故事的整理技巧高明独到，有值得借鉴与学习之处。

其四，是作者很注意刻画历史人物形象，创造美好意境。沧州是我国的"武术之乡"，从古至今，涌现出无数侠客义士，例如，惩暴安良、伸张正义的孙二娘、老侠张七、小侠石亮等武林中的历史人物。又如《侠女勇斗恶太监》中的侠女孙月娘，就是其中的代表人物之一。她文武双全，制伏了称霸一方的恶太监而为民除害。而关于刘邦与项羽的故事，从刘邦、项羽出世、上学、起义、灭秦、争天下，一直到项羽兵败垓下，自刎乌江。情节神奇多变，曲折动人，既写出了刘邦、项羽两个农民起义领袖之间的不同性格、不同谋略、不同结果，又反映了他们的独特气质、情怀和生活趣事。这些故事虽说不见正史，却具有趣味性、知识性和资料性，对考察研究刘邦、项羽也有一定的参考价值。

21世纪将迎来文学盛世。李泽有同志《精彩民间故事》一书的出版，无疑又给祖国的文学花园中增添了一束艳丽的花。在这里，我表示衷心地祝贺！

2002年8月26日于石家庄

CONTENTS
目　录

目　录 CONTENTS

目 录 CONTENTS

楚汉英雄
故事荟

威加四海定风波

化龙宝珠

相传，项羽和刘邦小时候，曾在一个学校里念书，两个人的关系还挺密切哩。

有一天，两个人在放学回家的路上，说起了家常话。刘邦说起他娘怎么怎么宠着他、惯着他，怎么怎么疼爱他，说起来，眉飞色舞，得意洋洋。他扭头一看项羽，低着头一言不发，哭丧着脸子。他就问项羽，"你娘也一定很疼你吧？"项羽还是不说话。刘邦一见他不言不语，就故意提高了嗓门儿，一副瞧不起的面孔，说道："不管你说不说，你娘可能待你不强吧！"

"你问这个干吗呀？"项羽说完，气呼呼的一气儿跑到家。

项羽跑到家，就泪流满面地问爹，"爹呀，从我记事儿，就没有见过娘，爹，你快告诉我，我娘呢？"

爹只是唉声叹气，也不说啥。

这天放学后，刘邦又问项羽，"你娘在家里干什么呢，她到底疼你不疼你呀？"

"你老问这个干什么？你是不是没安好心啊！"项羽说完，哭着回了家。

"爹，娘到底在哪里呀？"

"唉，孩子，别问啦，有爹疼你就行啦！"

"不，爹！你告诉我吧，我娘到底在哪里呀？"项羽从小就性子暴，一看爹吞吞吐吐的样子，他更着急了，他大喊大叫，连蹦带跳的耍起脾气，说道："你不告诉我，我就不活啦！"他呜呜地跑到伙房里拿来一把菜刀，"你再不告诉我，我就抹脖子啦！"说着就举起菜刀。

"孩子，别闹啦，听爹说吧！"爹长叹一口气，无可奈何地说道："孩子呀，为父我从小就是孤身一人。这一年春天，也就是秦始皇修万里长城的第一个年头上，我去东海打捞海货，刚刚走到海边上，突然间就听到有小孩子的啼哭声。这哭声洪亮有力，我就顺着这个孩子的哭声去找，找来找去，只见在三十多米以外的几块大石头上，落着许多五颜六色的水鸟，这些水鸟都张着翅膀，搭成一个像伞似的小凉棚，我走到近前，这些水鸟飞到我头顶上盘旋。我低头一看，只见一个刚出世不久的孩子躺在石头中间啼哭。这孩子方头大耳，口阔鼻翘，黑眉下一对明亮的大眼睛都哭红了。身子被一块青色带着深蓝花的方布裹着。我四周望了望，连个人牙也没有，只有海浪呜儿哗的震耳声。我只好马上把孩子抱起来回了家。这个孩子长得挺可爱，我再去海边上打捞海货，我怕把孩子撂家里不安全，就把孩子揣到前胸衣兜里。虽然有些累赘，但从心眼里还是高兴的。有一天来到海边上，又看到了那么多海鸟飞了来，在我上空呼扇着翅膀嘎嘎啾啾地叫着上下飞翔，还抖落下那么多好看的羽毛，都飞落在我怀里的孩子身上，我一高兴，当时就给孩子起了个名字叫羽儿……"爹说到这儿，难受的眼泪唰唰流下来，他哽咽着说道："可怜的孩子呀，你娘在哪儿，爹怎么会知道呢！"

"爹，你不必这么伤心，你是从海边上抱回我来的，我就天天到海边上去喊我亲娘。"项羽哭着说。

从打这天起，项羽每天放了学就去海边上喊他亲娘，"亲娘啊——你在哪里？娘——你在哪里呀？"他一喊心里就难受，一难受就哭着喊，"亲娘啊，你在哪里呀？"他把眼哭得红肿了，把嗓子喊得嘶哑了。海边上的海风也被他喊得悲伤起来，风声不再那么尖厉，而带着项羽悲悲切切的哭喊声，在海边上，在海面上，在海水里传送着，回荡着。

项羽想娘想的吃不下饭，睡不着觉。有时候刚睡着，在梦中喊娘喊醒了。他想娘想的就要想疯了。

有一天下午，项羽在学校的课堂上，只想去找娘的事，再也听不进老师讲课，他趁老师和同学不提防，悄悄溜出来，直接奔向海边。

波浪滔天的海水，哗哗的山响，它冲击着无尽头的海岸线。项羽来到海边一块大石头间，他又敞开嗓子，又开始呼喊他娘，"娘啊，你在哪里，你在哪里呀？"他喊啊，喊啊，不大一会儿，他就喊累了，一栽歪身子躺在海边上呼噜呼噜的睡着了。

太阳落山了，大地上呈现出一片淡红色。一阵呜呜的海风把沉睡的项羽吹醒了。他睁眼一看，身旁坐着一位仙女打扮的年轻女子，只见这个女子衣着华丽，眉清目秀，二十多岁的年纪，她用亲切的语气说道："孩子，你醒啦！"

"啊，你是谁呀？"

"孩子，我就是你亲娘啊！"

"娘啊，你住在哪里呀！我喊你这么多天，怎么才来呀？"

"哎呀，孩子你喊我第一句的时候，为娘我就听见了，你姥姥管的很严，不让出门，娘来不了哇！"

"娘啊——"项羽大叫了一声，便一头扎进娘怀里抽咽抽咽的痛哭起来。

"孩子，别哭啦，听娘跟你说。"说起事情的来龙去脉，话可就长啦。当年秦始皇不顾人民的生死，抓了七八十万民工修阿房宫，修骊山陵墓，劳民伤财，苦害百姓。尤其是在修万里长城时更为残酷，动用起四十多万民工，东至山海关，西至嘉峪关，修筑这么长的万里长城，他们规定十步一小监工，百步一大监工，他们都手握大棍、皮鞭，发现怠工者便是棍打鞭抽，有的给活活打死。加上秦始皇施用了他独有的能拨动昼夜互转的神功，把白昼拨长五成，把黑夜拨短五成，使民工们每天要干一天半的活。许多民工就被累死在工地上。

在北方乡下一个小村里，有一个叫孟姜女的年轻女子，她丈夫范喜良被抓去修长城，她怕丈夫累死，就到修长城的工地上去找丈夫范喜良。她找来找去呀也没找着。后来，有一个老民工告诉她，有一个叫范喜良的人，十天前就累死了被埋在长城内。孟姜女一听就哇的一声哭起来。边哭边倾诉心里话："风凄凄呀，雨凄凄，天地人寰悲凄凄，万里长城万里泪，泪水冲得城倒兮……"她从日出哭到日落，又从日落哭到日出。哭得天昏地暗，日月无光，哭着哭着，只听呼隆一声，城墙倒塌二十里。范喜良的尸体也在倒塌的城墙里露出来。

长城被哭倒二十里，秦始皇听了大吃一惊，他马上带领文武大臣来到长城工地。本来想把孟姜女杀死，一见孟姜女特别美貌，使得秦始皇丢了魂儿似的向孟姜女百般求婚。孟姜女一看不嫁不行，就说道："你要答应我三个条件就嫁给你。"

"好吧，什么条件？"

"第一，你要和我一样披麻戴孝，把范喜良葬回乡下老家坟茔。第二，要善待民工，不要再有累死的。第三，你带我到东海边上观海景，观完海景再成婚。"

秦始皇一听这么三条，就高兴地说道："三条我全答应。"他很快就把一、二条办完。只剩下第三条观海景了。

这天，秦始皇和孟姜女来到东海岸边，边沿着海岸走，秦始皇边向孟姜女讲大海的传说，可是孟姜女一言不发，仍是泪流满面。刚刚走出几十米远，孟姜女突然扭身向海里跑去。秦始皇刚想去追，忽见海风骤起，波浪滔天。一会儿，风平浪静了，孟姜女不见了。秦始皇大声呼喊起来，"孟姜女，你在哪里？"他像疯了一样，急得扑通一声昏倒在了海边上。众大臣只好把他搀到马车上，回了咸阳。

这天半夜里，秦始皇缓醒过来，忽然想起了他祖传的赶山神鞭。他知道这把神鞭能把西山的石头赶到东海去，日子不会太长，就能把海填平，孟姜女就会回到身边。他马上坐起来，冲着放神鞭的铁柜，砰砰磕了七个响头，铁柜砰的一声自动开了，他从铁柜里拿出一把赶山神鞭，只见这把赶山神鞭很神奇，一米多长，四角八棱，放射着青蓝色的光芒。说声硬，它比钢还硬，说声软，它比面条还软，说声长，能长到无限长，要说短，能攥在手心里。秦始皇他不带任何人，自己跑到城西高山上，把赶山神鞭一挥，大喊几声："山石飞起来，快去填东海——"他的话音一落，把赶山神鞭举起来一挥，那大山上的石头，都咕噜噜地滚动着直奔东海。他挥鞭赶啊，赶啊，赶了三天三夜，把龙宫砸了些大窟窿，把东海底填了一层，急得龙王大声叫喊，"别填啦，再填就把东海填浅啦！"

秦始皇听到东海龙王的叫喊声，他怒气冲冲地来到东海边上，高声高调地说道："老龙王啊，你要把孟姜女送出来，我就不再赶山石，不然我定要填平你的大海。"

"好吧，三天后，一定把孟姜女给你送去呀！"

"好啊，我就等你三天。"秦始皇怒气未消。

一晃，三天到了。可把东海老龙王愁坏了，他站在龙宫里，自言自语地说道："那孟姜女是南极仙翁的孙女，早就被我给仙翁送去了。秦始皇还要她，怎么办呢？"老龙王唉声叹气、愁眉不展。我怕把老龙王愁坏了，我说道："父王啊，我可以变成孟姜女的模样，出海嫁给秦始皇，然后想办法盗来他的赶山神鞭，不知父王意下如何？"老龙王虽然舍不得我离开龙宫，可又没有别的办法，只好说道："你是龙王公主，我舍不得让你去呀，可是，还有谁能办这个事呢？"

"父王不必多虑，孩儿嫁给他后，定能盗来赶山神鞭。"老龙王一看我坚强的样子就答应我了。

在第三天的早晨，我辞别龙父和龙母，然后，变成孟姜女的模样，从东海里走出来，嫁给了秦始皇。

"娘啊，你受苦了。"项羽搂着龙王公主哭了。

"孩子，娘来了，秦始皇不赶山石填海了，可是娘为了盗取赶山神鞭，费尽了心思。在将近一年的时间里，多次下手都没有成功。就在这年秋天的一个晚上，我用烧酒把秦始皇灌个半醉，但他警惕性很高，他把赶山神鞭缠在腰间，睡觉也不解下来。一直睡到后半夜，他鼾声震得桌子上茶碗、茶杯叮咚乱响。我趁他栽楞身子的机会坐起来，把赶山神鞭从他腰间慢慢解开抽出来。我就马上施展本身的功夫，想腾云驾雾回东海。但是，由于身怀有孕，只有在大地上奔跑，可是呀，当我跑到海边时，一阵腹痛难忍，就生下了孩儿你呀！"龙王公主边说边流泪。她喘一口大气接着说道："我把你放到海边石头间，还让些水鸟为你搭了凉棚，然后我才回到了东海龙宫。后来，知道你被项老爹抱了去，我才放下心来呀！"

这下子，项羽完全明白了，他很激愤地说道："娘啊，我一定为娘报仇，一定要把姓秦的斩尽杀绝！"

"儿啊，你的心思娘我知道，不过杀姓秦的，没本事可不行啊！"一句话说得项羽低头不语。

龙王公主一看项羽发了呆，想了想说道："儿哪，我那里有一颗化龙宝珠，拿到人间，它就叫'一分福'，谁吃了它就会变成福大命大造化大的龙体，将来就能当皇上啊！"

"娘啊，什么时候能把化龙宝珠给送来呀？"

"后天一早，你还到这儿来，娘给你送来也就是了。"龙王公主说着，把项羽紧紧揽在怀里。亲亲热热的又说道："孩子，这件事千万不要告诉任何人，把化龙宝珠拿在手里，要马上吃下去呀！"

"娘，孩儿记下了。"

龙王公主说完，就回东海去了。

项羽一见娘走了，抹了抹激动的泪水，就高高兴兴的回了家。

第二天傍晚，在放学路上，刘邦无话找话的又问项羽，"找到你娘了吗？"

"你老是问这个干啥？"项羽记住了娘不让跟别人讲的话。

"哎呀，因为咱俩是好朋友呗！"

"俺娘说啦，不能告诉任何人。"

刘邦一听项羽说这个，更纳闷儿了，他眨了眨眼睛说道："咱俩是同窗好友，不能算外人，应算知己呀，你想一想，我说得对不对？"

项羽不再说话，只是低着头跟在刘邦身后。快走到家了，刘邦故意说道："项羽，看来咱俩不是真好啊！"

"怎么不是真好呢？"

"咱俩都是小孩子，有什么大不了的事不敢告诉我呢。"

"唉——娘不让告诉，我怎敢往外说呀！"

"我是外人吗？"

生来就憨厚直爽的项羽被问得张口结舌。他结结巴巴地说道："我说了，你可不要告诉别人呀！"

刘邦点了点头。

项羽就把在海边上找着娘和娘让他吃化龙宝珠的事，一五一十的全告诉了刘邦。

刘邦从小就挺机灵，一听有这等好事，他一夜没睡好觉。天刚蒙蒙亮，他就呜呜地跑到东海边上，学着项羽的语音，大声喊了一句："娘啊，孩儿来吃化龙宝珠啦！"

龙王公主还没有起床，一听孩子喊，就让丫鬟蚌妹子，把化龙宝珠送到海边上。

刘邦只喊了一句，就不想再喊，一是怕龙王公主听出不是项羽的声音，二是他觉着这么做有点儿心神不安，他就呆呆的站海边上等着，等了一会儿，不见有人来，就想回去。

这时候，只听海水哗啦一声响，从海水里走出一个丫鬟打扮的仙女，手里托着一颗银白色的珠子。刘邦知道这一定是化龙宝珠，伸手接过来就吃了。一转身就跑到家。

再说项羽，他也一夜没睡踏实，没等出太阳就来到东海边上，他左等娘不来，右等娘不来，实在等得不耐烦了，就敞开嗓子大声喊叫起来，"娘啊，孩儿来吃化龙宝珠啦！"龙王公主一听是儿子项羽的喊叫声，就慌忙来到海岸边，一见项羽就说道："孩子呀，天刚亮就听到你喊啦，我让丫鬟蚌妹子给你送来化龙宝珠，你不是吃了吗？"

"没有哇，我这不是才来吗？"

"哎呀，孩子，你大概把这事告诉别人了吧？"

项羽恍然大悟，"哎呀，我告诉刘邦啦！"

"刘邦吃了化龙宝珠，将来要坐天下当皇上！"

"孩儿我呢？"

"水晶宫就这么一颗化龙宝珠哇！"

项羽一听没有化龙宝珠可吃啦，就呜呜地哭起来。龙王公主一见项羽伤心地哭起来又心疼了，想了想说道："你稍等等，我回去一下。"龙王公主说完又回到海里，工夫不大就回来了，手里托着用白面捏的九头小牛和两只小老虎，"孩子，你吃下去吧。"项羽接过来，几口就吃了。

项羽晃了晃身子，顿时觉得浑身冒火，七窍生烟，高烧得他摇头打滚，大喊大叫起来，"娘啊，你给我吃的什么呀，快烧煞我啦！"

龙王公主站在他眼前说道："孩子，你不必惊慌，赶快往海水里跳，下去洗个澡就会好啦！"

项羽听龙王公主一说，噔噔噔三窜两蹦，扑通一声，就跳进海水里。

项羽附近的海水像开了锅，哇哇响着，绕着他旋转翻滚，项羽觉着身上不烧了。可是浑身奇痒的厉害。一会儿不痒了，浑身的大小骨头节啪啪乱响。项羽又伸胳膊又蹬腿的，可就折腾起来了。一直折腾了有吃顿饭的功夫，他才从海水里笑着爬上来，"娘啊，我怎么觉着浑身长了劲呢？"

龙王公主一看项羽从海里上来了，就高兴地说道："比刚才力气大了吧？"

"觉着浑身上下胀得慌啊！"项羽说完这句话，嗖的一个箭步，跳到一丈开外的一棵对掐多粗的柳树间，用右胳膊把树身子一挟，稍微一用力，呼噜一声，生把那棵柳树给拔了下来。他随手又把大树干给折了三截。然后，大步流星的走到龙王公主跟前，扑通跪下磕一个头，高兴地说道："谢谢娘给了孩儿力气！"

龙王公主忙拉起项羽说道："孩子，你刚才吃的是九头牛和两只老虎，因为它是用海龙神精捏成的，你往后就有了'九牛二虎之力'，你就和刘邦争天下去吧！"龙王公主说完，就回东海去了。

果然，到项羽和刘邦长大成人之后，就争起天下来，他俩各带兵马打呀，打呀，打来打去，项羽也没有打过刘邦。项羽在乌江边上死啦，刘邦当了皇上。

从那时候起，就在民间流传出"九牛二虎之力斗不过'一分福'"的故事。

白蟒山打赌

刘邦和项羽从小要好，可是到两个人长大了后，又都想灭了秦王朝当皇上，谁也不想让谁。

这一天，刘邦和项羽就伴来到一座叫白蟒山的东山脚下，项羽突然向刘邦说道："刘邦啊，你想不想当皇上？"

刘邦笑着说道："当皇上是个好事啊，怎么不想当呢？"

项羽点了点头说道："对呀，我也想当啊！"

"咱俩谁当呢？"

"我看啊，今天咱俩打个赌，谁赢了谁当皇上。"

"打什么赌呢？"

"我们俩赌跑得快，咱站的这儿是白蟒山的东山脚下，你从南绕到西山脚下，我从北绕到西山脚下，谁先跑到，谁将来就当皇上，让老天爷当个见证，你敢不敢打这个赌呢？"

"这个？"刘邦扭头看了看身高腿长的项羽，心想："我定跑不过他，不过将来能不能当皇上，也不在打赌输赢，不打更显得没能耐。"他想到这儿就说道："打就打吧！"

这句话一落地，项羽说了一声："好咧！"撒腿顺着山下边的羊肠小道往北跑去。

刘邦一看项羽跑得没影子啦，只好也拔腿顺着山下面的羊肠小道往南跑去。他一蹦三跳，像山上黄羊子似的跑得那么快，可他跑了没有半里路，就见从山坡间咕噜噜地滚下一个老汉来，啪叽一下子正摔在羊肠小道当中。刘邦正奔跑如飞，一时刹不住脚，腿稍抬低了点，被从山坡滚下来的那个老汉，扑通绊了一个跟头，把腰间的宝剑摔出了鞘，靴子也跌掉了一只。

那老汉一见绊倒了行人，也顾不得别的啦，带着一身血迹忙爬起来搀扶刘邦。刘邦一见老汉浑身上下血迹斑斑，就喘着大气问道："你，这是怎么啦？"

"壮士，你还不知道啊？"他用手往山顶上一指说道："从这儿爬上山顶，就会看到有一片一年四季长青的老草，老草北面有一个白蟒洞，洞里有一个修炼很多年的老白蟒，让它吃的牛羊不说，就连活人吃的也无计其数了，刚才我赶着老犍牛上山，刚到山上，老犍牛哞地叫了一声，疯了一样跑起来，我还没追上，就见老白蟒一口就把犍牛给吞到肚子里去啦，我一害怕，腿一软，就从山坡上咕噜噜地滚下来啦。"

"老白蟒有多大呀？"刘邦惊奇地问道。

"有好几搂粗，几十丈长，蟒头比柴火垛也小不多少哇！"

"好个凶恶的老白蟒！"刘邦一听老白蟒为害非浅，早把和项羽打赌的事扔到脑后头去了，他又问老汉："从这儿到山顶白蟒洞有多远哪？"

"要从这儿直往上爬，还不到一里地呢！"

"好吧！"刘邦辞别了老汉，抽出腰间的宝剑一直往山顶上爬去。

"壮士，可危险哪，老白蟒会吃了你呀！"

"不怕它！"

工夫不大，刘邦就爬到山顶上了。他抬头一看，果然在山顶中间有片碧绿的老草，这片老草北边是一块云头般的白色巨石，巨石下有一个黑咕隆咚的大山洞，"噢，老白蟒大概就住在这个洞里啊！"刘邦一边自言自语地念叨着，一边向白蟒洞走去。他手擎着宝剑，脚步轻轻，两眼紧盯着白蟒洞。

他来到切近一看，这片半人多高的绿草，都被压得弯弯曲曲的倒在地上，只是草尖往上竖竖着，草丛里到处是一堆一片的白骨和乱石头，石头上还沾了些乌血。刘邦看到这些，怒火往上撞，情不自禁地说道："这个畜生果然厉害，我刘邦不杀你誓不为人！"

可是，那老白蟒在哪儿呢？他忘掉了老白蟒的凶残，就到处用宝剑拨草寻蟒。

找哇，找哇，哪儿也没有老白蟒。

他一看实在找不着，就气呼呼地奔往白蟒洞。来到白蟒洞前，一股腥臭味直呛鼻孔。他往洞里瞅了瞅，黑洞洞的啥也看不见。他就挥着宝剑走进去，里边都是些石头和老草，他只好转身走出来，当他走出石洞口不远时，忽然发现脚下绿草根间，有一条半尺多长的白色小蛇，直挺着身子，瞪着两只闪着红光的小眼睛，吐着小红信子，正盯着刘邦哩！

怒气满胸的刘邦，一见到这条小白蛇，就怒声怒气地说道："这条小蛇也不是好东西，留下你也是个祸根！"刘邦说着举剑就要往下砍。

这当儿，只听那条小白蛇尖声尖调地说道："万岁皇爷息怒！"刘邦一听小白蛇会说话，就不再往下砍啦，他举着宝剑说道："你个小东西还会说话，你有什么话可说？"

"万岁皇爷啊，我实话告诉你吧，我就是那条老白蟒啊！"

"啊，你就是那条老白蟒，你为什么变得这么小了？"

"唉，万岁皇爷呀，你是龙体，福大命大造化大，我被你的福分拘的，不得不缩得这么小哇！"

"嘿嘿！"刘邦冷笑了一声说道："我刘邦对你这样作恶多端的家伙，绝不会留情面，我今天就要为民除害，一定要杀死你！"

小白蛇听了浑身一哆嗦，忙央求道："万岁皇爷啊，我在这白蟒山修炼了一千多年了，好不容易有了点道行，从今后我再也不祸害生灵了！你高抬贵手，饶恕了我这条命吧！"

刘邦低头瞧瞧脚下白磷磷的人骨头，和那斑斑点点的血迹，毫不客气地说道："你恶贯满盈，留你何用？"

小白蛇一听就吓哭了，它流着泪水，叹了口气说道："你果然要杀死我？"

"定杀不饶！"

"好吧，可是你要知道，你刘家要建立汉朝，要坐四百多年的江山，你要砍我头部，我就去搅你刘家头朝，你要砍我尾部，我就去搅你刘家末朝！"

刘邦听到这里，再也忍耐不住了，大吼一声："我不砍你头，也不砍你尾，我要拦腰砍你两截！"

"那么我就搅你中朝！"

"呸！"刘邦把剑一挥，只听咔哧一声，就把小白蛇砍为两截，只见剑落处，唰啦一道白光往西北方向去了。

结果，到汉朝中朝，公元九年也就是西汉末年，朝中出了个王莽篡位，杀刘姓三千里，建立新朝在位十四年，这是后话，暂不细说。

再说刘邦，杀死老白蟒，急忙来到西脚山下，他坐在一块大青石上等了吃顿饭的工夫，才见项羽大气喘喘地从北面顺山脚下的小道跑来。

"啊，刘邦你跑得好快呀！看来我项羽当不了皇上啦！"项羽说完这句话，没等刘邦还嘴，抬腿就走了。

刘邦识破假狐狸仙

刘邦从小不但胆子大，而且还好吹大话，有时还让他吹对了劲儿。

刘邦在十六七岁那年的一个春天，他去姥姥家串亲。晚饭后，他姥姥就嘱咐说："邦儿，你早些睡吧，我去给狐狸仙送鸡，这还是一只下蛋鸡呢！"姥姥皱着眉头，唉声叹气地说道。

"怎么，给狐狸仙送鸡？"刘邦跟在姥姥身后追着问。

姥姥一边往鸡窝间走，一边念叨："是啊，大前天晚饭后，在人们刚想睡觉的时候，村上突然来了一个狐狸仙，他往村西头打谷场里一坐，就嗷儿嗷儿的叫开啦，叫声像人音儿又不像人音儿，叫的可疹人呢！他见村上人去了不少，就不再叫了，他蹲在一个大碌碡上，尖着个嗓子说道：'我是西山上的飞天大狐狸，日吸阳气，夜吸阴气，天地间的真气被我吸来了。到眼下，我已经是修炼了上千年，得道成仙啦，今儿个，奉狐狸先祖之命，特来到贵村要百只活鸡，给狐狸先祖去炼长生不老的灵丹，你们有鸡的人家只拿出一只就可以啦，三个晚上交不来，就不要交了，等着狐狸先祖给你降灾吧！'他说到这儿，一张嘴又嗷儿嗷儿叫了几声，叫得人心发慌，头皮子发炸，可真够受的呀！"姥姥说着就把手伸进鸡窝，扑扑棱棱的抓出一只花母鸡。

"想不到狐狸真能成仙，这下子可苦了喂鸡的啦！"姥姥拎着鸡往大门外走，走到门口时，回过身来对刘邦说道："邦儿啊，小孩子胆儿小，你好好看家，我把鸡送去就回来！"

"不，姥姥，我跟你去看狐狸仙，看看他是啥样子？"刘邦非要跟着去。

"不能去呀，吓着你怎么办！"姥姥说着生把刘邦推回院子，她回手把大门锁上，自个儿去了。

刘邦觉着姥姥说的挺新鲜，可他不信狐狸会成仙，更不能会学人说话。他见姥姥锁上门走了，急得他在院子里直打转转。他抬头看看四下里的墙壁，忽然看见房高墙头低，墙头间还戳着一个梯子，他连忙顺梯子爬过墙头，又顺着墙头外的柴火垛溜下去，一阵小跑儿来到村西头打谷场。

在昏暗的月光下，只见很宽敞的打谷场中间，有一个大碌碡，碌碡上坐着一个狐狸模样的人，只见他满身是黄色的长毛，头上支棱着两只狐狸耳朵，脸也是黄色的。他手里提着一根足有两丈多长的麻绳，绳头上拴着一个大铁钩子，他一会儿把绳子双起来往四外瞎抡，一会儿把绳子伸长往四外又抡又摔打，这么一折腾，使围观的人不敢近前，那些手拎着鸡的人也只好离他远远的。

他看见送鸡的人来了，他便把铁钩子往那个送鸡的人跟前一丢，那个送鸡人忙把鸡穿到他的铁钩子上，他再拽到跟前，用绳子把鸡拴在一起。

一会儿，刘邦就见姥姥颤抖着身子，迈着小碎步，挤过围观的人，冲着狐狸模样的人举了举手中的鸡。

"唰啦——"，铁钩子扔到姥姥脚下，姥姥忙把鸡往铁钩子上一挂，大声说道："狐狸仙吃了鸡，可不要忘了给俺这一方人免灾消难哪——！"

"对，吃了鸡可别忘了免灾，狐狸仙你听见了吧？"众人七言八语地说道。

就这样，一直折腾到半夜，村上有二三十人送来了鸡。狐狸仙也忙用绳子把这些鸡拴在一块儿。

夜渐渐深了。

村民三三两两的先后离去，只剩下坐在碌碡上的那个狐狸仙了。只见他伸手把鸡拴成两嘟噜，用一根扁担一挑，往场四周瞅了瞅，见没有人了，急忙离开打谷场，挑着鸡朝西北方向走去。

这时候，刘邦正躲在一棵大树背后，他一见狐狸仙挑着鸡走了，他就悄没声的从身后边跟下去。

刘邦一见狐狸仙跟人一样走道，走不几步还回头张望，又慌里慌张。刘邦呢，就看出这不是什么狐狸仙，八成是人装的。这样，狐狸仙走多快他就走多快，狐狸仙站下歇着，他就忙往道边上一藏，狐狸仙歇够了又走，他就又跟上。

走哇，跟哪，走了很远的一段路，又过了两道小河沟子和一片红荆地。随后，又拐弯奔正北走去。又走出三四里地，面前就出现了黑乎乎的几间小房子，房子四周有几棵老弯弯榆树，只见狐狸仙走到老榆树间就站下了，脑袋像拨浪鼓似的往四外瞅了瞅，就去敲一家大门，"当当，当当！"敲了两下，就小声的喊道："老当家的，我回来啦！"

"吱呀——！"一扇大门开了。

"王三孬哇，今晚上又骗多少鸡来呀？"一个老头儿的声音。

"三十一只呀！"

"哈哈，太好啦，明天一定给你鸡钱，烧鸡店赚多了钱，一定多分给你呀！"

"……

刘邦早已躲在离他俩很近的一丛小树棵子间，把他俩说的话听了个清楚。一个十几岁的孩子哪敢惊动他们呢，马上顺原道跑回家。

这当儿，姥姥没有插大门，正点着灯，坐在炕边上念叨呢，"邦儿呀邦儿，你到哪里去了呢？哎——多叫人惦记呀……"

"姥姥，我回来啦！"刘邦跑进屋。

"哎呀，邦儿啊！可惦记煞我啦，我围村找你两遍也没找着，你上哪儿去啦？"姥姥说着流下了眼泪。

"姥姥，都怨我——！怨我多事，你给狐狸仙去送鸡，我爬过墙头也去啦，你们都走啦，我看他像坏人装的，我没走，他挑着鸡一走，我就跟下去啦，走来走去走到一个小村子才知道他不是什么狐狸仙，是北边那个小村上一个叫王三孬的人装的……"刘邦一五一十的跟姥姥学了一遍。

姥姥一听就乐啦，"哎哟，俺孩子年岁不大，胆子可不小呢，好吧，明天我把你舅和你表哥他们都叫来，你再跟他们学学舌，一定治治这个假狐狸仙——！"

第二天，姥姥叫来十来个人，都是青壮年小伙子，除去刘邦的舅舅、表哥，就是远近邻居，刘邦跟人们一学说，差点儿把大家气炸了肺，"好哇，兔崽子真够损的呀，轻饶不了他……"

天一黑，刘邦和十几个身强力壮的小伙子就在村西头打谷场边埋伏好啦。

夜近一更，就见那个狐狸仙，一手拿着扁担，一手拎着带铁钩子的绳子，悄悄走进打谷场，跟昨天晚上一样，往碌碡上一坐，就嗷儿嗷儿地学狐狸叫，他刚叫了几声，村上就有些老头儿和老太太拎着鸡往打谷场走来。

刘邦人小心大，他一看来的人不少啦，就说道："表哥和大舅们上吧！"

"上啊，抓假狐狸仙呀！"呜啦啦十几个小伙子蹿上去，没等假狐狸仙醒过腔来，就被抓住了。

打谷场上像滚了锅，人们七手八脚地把王三孬身上的狐狸皮扒下来，打掉戴在头上的假狐狸帽，随后又哧啦拽下假狐狸面罩。"叭叭叭……"就是一顿耳光子，直打得王三孬顺着嘴角往下流血，他实在受不了啦，就跪在地上，大声央求起来："众位乡亲，饶了我吧，我，我不是什么狐狸仙，我是北村的王三孬哇！"

"弄他村里去，让烧鸡房的老掌柜用钱来赎人……"

大水不淹丰乡

有一年，刘邦的家乡一带闹大水，四里八乡都被大水淹了，就是刘邦的老家丰乡没有淹，那波浪滔天的大水，围绕着丰乡呜呜哇哇地旋转，可就是不往丰乡流。这是怎么回事呢？

据传说，有一年刘邦的父亲刘太公，在村东洼种了五亩西瓜。到了夏季，遍地花皮大西瓜长得个大、皮薄、瓤甜，可喜人哩。

刘太公喜上眉梢，不但到处宣扬他的西瓜怎么怎么好，还在西瓜地中间用苇席搭了一个小窝棚，昼夜守在瓜地里，施肥、浇水、压蔓、掐芯、打叉、松土、治虫等。眼看着一个个大西瓜就熟了。

这天半夜里，哗哗下起小雨。刘太公一夜也没有出窝棚到西瓜地里溜溜看看。天亮后，天晴日出，他来到西瓜地北头，忽然发现少了十个大西瓜，他看到地上有一溜大脚印子。他顺着脚印子找下去，一直找到丰河边上，这个大脚印子消失在河水里。刘太公想：偷瓜贼，水性一定很好，偷了这么多西瓜，还能浮过河去？从这天起，他看瓜可就认真了，白天寸步不离瓜地，夜里很少睡觉，略微歇一会儿，就到西瓜地里溜溜转转。

但说这天半夜里，他刚转到西瓜地北头，忽然间，发现从东边丰河里走出一个大黑人，只见这个大黑人，身有一丈多高，腿长胳膊长，走起路来，噗嚓噗嚓响声很大。把刘太公吓了一跳，他哪见过这么高的大黑人啊，他一琢磨，这个家伙有可能是妖怪吧？吓得他连忙蹲在西瓜地里瞅着，连大气儿都不敢喘。只见这个大黑人，呼哧呼哧的喘着粗气，哈下腰摘西瓜，他摘西瓜与众不同，他连西瓜蔓子一块儿拽下来，不管西瓜大小，拽下来后，就往肩膀上一搭，一会儿就摘了十个。他直了直腰，哼了一声，扭身就往丰河里走去。

刘太公为了看个究竟，在那个大黑人身后边弯着腰跟着。来到丰河边，那个大黑人脚步也不停，一直走进河水里，一会儿不见了。

天亮后，刘太公对来给他送早饭的刘邦学说了夜间大黑人偷瓜的事，刘邦听了也觉得很奇怪，对爹说道："今夜我来帮你看瓜，看看偷瓜的到底是个什么东西。"

晴朗的夜空缀满繁星，朦胧的大地上弥漫着雾气。夜，一片寂静，忽有夜鸟从树林里发出瘆人的嘎咕嘎咕的叫声。

西瓜地里湿漉漉的，时有小虫子发出很微弱的哀鸣。刘太公和刘邦都坐在窝棚里，等待着捉拿来偷西瓜的大黑人。

定更以后，突然刮起一阵凉风。刘太公和刘邦马上走出窝棚，往东边丰河边上望去，黑乎乎的什么也看不清。只有呼呼的风声。他俩在瓜地里又转了一圈儿，什么事也没有，就又回到窝棚。

俩人躺下歇了一会儿，就听到东边有噗嚓噗嚓人走道的声音，两人马上出了窝棚，往东边一看，昨晚那个一丈多高的大黑人又来了，他迈着大步，直奔西瓜地北头。刘邦小声对爹说道："咱俩抻着一根绳子，一人拿着一头，绕着大黑人一转，把他缠起来，再拽倒他，捆绑结实，看看他到底是何种人物。"

"行啊！"刘太公觉着刘邦说的办法可以逮住偷瓜的大黑人，就同意了。这样，二人从窝棚里拿出一根大绳，一人抻着一头，哈着腰，顺着西瓜地边，迈着轻悄悄的步子，向正在摘西瓜的大黑人走去。

大黑人只顾弯腰摘瓜，没有一点儿察觉，刘太公和刘邦呜下子来到他跟前，没等他反应过来，一根大绳就缠上他的腰。他不知道这是怎么回事，就瓮声瓮气地说道："这是干啥呀，给我扎上腰带啦！"刘太公和刘邦不敢有一丝一毫的含糊，他俩抻着绳子，使劲一拽，想把他拽倒，只听啪的一声，把绳拽断了。只见那个大黑人嘿嘿笑了笑闷声闷气地说道："你这条腰带不结实啊——嘿嘿！"说完，他又拽了几个大西瓜，往肩上一搭瓜蔓子，噗嚓噗嚓的就往丰河走去。

"你把西瓜放下！"刘邦喊了一声，伸双拳往大黑人后腰打去。只听砰砰两声，刘邦哎哟一声把双拳撤回，他觉得拳头像打在木头上一样，把拳头硌破了一块。只见大黑人呼的刮起一阵黑风不见了。

刘邦和刘太公回到了窝棚，刘邦说道："这个家伙像人不是人，像妖怪又不像妖怪，明天晚上弄那个大鱼网来，待大黑人摘完西瓜往回走的时候，咱俩用大鱼网罩住他，就能看清是什么玩意儿啦！"

天亮后，刘邦和爹把家中的一个大鱼网弄到瓜地里。天黑后，刘太公怕他和刘邦力量小，又把大儿子刘伯、二儿子刘仲也叫了来，爷儿四个早早吃了晚饭，做好捉拿大黑人的准备。

定更后，天空布遍黑云，工夫不大，哗哗下起小雨，小雨越下越大，一直下得遍地是水。快四更天时，雨才渐渐小了些。到这时，也没见大黑人来。爷儿四个有点儿泄气。刘太公说道："我觉得这个大黑人是从丰河出来的，有可能是个水怪变的。"他刚说到这儿，忽然从东边丰河里传来哗哗的水声，一会儿又传来呼哧呼哧的喘气声，爷儿四个出窝棚一看，大黑人已经来到西瓜地北头。

爷儿四个马上抻着大鱼网做好逮大黑人的准备。

工夫不大，大黑人已摘下带蔓子的十个大西瓜，然后背到肩上，慢慢走出西瓜地。

"快抻起大鱼网的四角，我喊一、二，咱就把大鱼网扣到大黑人头上。"刘太公说完，四个人马上抻起大鱼网紧跑几步，来到大黑人身边，刘太公喊一声一、二，哗啦一声，大鱼网正扣在大黑人头上。只见大黑人毫不在乎地哼了一声，一摇晃脑袋，呜呜的响起来，只见大鱼网在大黑人头顶旋转起来，越旋转越快，转着转着唰下子转向高空，四个人正抬头看着，想不到大鱼网哗啦一声，把四个人罩在大鱼网里，大黑人哈哈笑了两声走啦。

刘太公对三个儿子说道："看来这个大黑人是丰河里的一个妖怪，咱爷儿四个逮不着他。"刘邦想了想，说道："今天晚上你们谁也别来，我有个办法治服这家伙。"

"你用什么办法呢？"刘太公不放心。

"好办法，就别多问啦！"刘邦很有把握地说道。

爷儿几个一看刘邦说得很自信，也就依了他。

夜幕降临，空中没有一丝云，高高的天上，随着夜的加深，露出数不清的繁星。

刘邦在窝棚当中放一张矮腿桌子，上边点上蜡烛，又放几瓶子烧酒和四五大盘子菜，有鸡、鸭、鹅肉，有牛、羊、猪肉和油炸萝卜、白菜加豆腐。

半夜，丰河里一阵哗哗的水响后，大黑人又噗嚓噗嚓的上了岸，直奔西瓜地而来。

刘邦一手拿着蜡烛，一手端着半碗酒迎上去。他向大黑人很客气地说道："大黑人哪，我这里有酒有肉，你去喝点儿吃点儿吧！"大黑人一听说有酒有肉就嘿嘿笑了两声，瓮声瓮气地说道："村上的人们年年六月到丰河边上供才有酒肉哩，你这是干什么呀？"

"我为了交你这个朋友哇！"

"那好，那好，我跟你喝酒吃肉。"大黑人说着，跟刘邦来到窝棚里。

刘邦仔细一瞅这个大黑人，觉着毛骨悚然，浑身发冷，只见他有一丈多高，头如斗，身如漆黑的大碌碡，手如钢钩，脚如大蒲扇，一张大脸上，两只大眼像两盏绿灯，大嘴一张像小簸箕大。刘邦猜想：一定是个水怪。他便小心翼翼，客客气气，搬过一床被铺在他身边，用手一指说道："请坐下喝酒。"

他噗的一声坐在被上，抓过酒壶，咕咚咕咚喝起来。眨眼功夫把一壶酒喝完，伸手抓过盘子里的肉，一口就吞下去了。他喝呀，吃呀，也不顾刘邦了，一会儿就喝得醉眼发直，说话也不利索了，"大、大兄弟，你心眼好，挺厚道，你给我帮个忙行不行啊？"

"行啊，你说，有什么难处？"

"我，我是管理丰河的鳖龙啊！"说着说着就呜呜地哭起来。

"不要哭，有什么大事啊？"

"今年六月里，我正在睡晌觉，突然，不知从哪里来了一个老黑鱼精，它比我大好几倍，要把我撵走，它来管一年这条河，我问它为什么？它说为了吃岸边上的西瓜，我一听就急了，跟它打起来。可是，它的道行大，吐一口黏水就把我黏迷糊了。我只好答应它，到西瓜熟了，我一天给它摘十个西瓜吃，它一口一个吞到肚子里，然后再消化……"

"我怎么帮你啊？"

"你摘十个大西瓜，在瓜上掏个小洞，把瓜籽、瓜瓤都掏出来，填上些铁东西，让它吞下去消化不了，它必然会走哇！我想了好些天啦，可我不会弄啊！"

刘邦一听他说的这些，就全明白啦，连忙表现出一副很诚恳的样子说道："请黑大哥放心，明天我一定按你说的去办，把黑鱼精撑跑。"

"好哇，你办成了，我亏待不了你啊！"大黑人说着，晃悠着身子站起来，自言自语地说道："我还得去摘十个大西瓜呀！"他说着就迈着蹒跚的大步叉子去摘西瓜。

刘邦也马上起身去帮助大黑人摘西瓜，这些西瓜都带着蔓子，摘下来，都挂在大黑人脖子上。摘够了十个，大黑人就晃晃悠悠地走了。

天亮后，刘邦急忙回到家，把晚上大黑人说的事，跟爹和两个哥哥学说了一遍。

刘太公高兴地说道："我种的西瓜名声太大了，就连黑鱼精也引来了，你哥儿仁马上去搜罗铁头，去填西瓜吧！"

刘邦和两个哥哥，把生了锈的烂废铁，什么旧秤砣、旧铁锅，和用不着的刀子、耙齿、铁棍、铁链子等，都集中起来，然后搬到西瓜地里，为了好装，把大的砸小，把长的截短。随手又摘来十个带蔓子的大西瓜，用小刀在西瓜上切开一小块西瓜皮，把瓤子都掏出来，把废铁都装进去。然后，把切下来的那一块西瓜皮再堵上。

晚上，刘太公怕被黑鱼精发觉出来打架，就让三个儿子拿来刀枪棍棒，做好打斗准备。

夜渐渐深了。

天上没有星月，阴云布遍天空，大地上一片朦胧。

后半夜，大黑人从丰河里走来，走到西瓜地边上，忙问走到面前的刘邦，"把装铁的西瓜准备好了吗？"

"已经摘了十个大西瓜，都装进碎铁，并用大绳都拴好，你背得动吗？"刘邦问。

"你就往我肩上放吧，再重我也背得动。"

"好咧！"刘邦又叫出爹和俩哥，一块儿给大黑人往肩上放西瓜，一会儿就放完，大黑人哼了一声，晃悠着身子，呼哧呼哧地喘着粗气走向丰河。

东方刚刚露出鱼肚白时，丰河里的水哗哗地响起来，越响声音越大，一会儿，就像翻江倒海一样，河水翻滚，波浪滔天，呜儿哇地响彻四方。

刘邦和爹以及两个哥哥都跑出窝棚，只见丰河里的水一会儿扬到高空，一会儿落到河心。只听呼的一声，一团黑气把河道罩起来，像刮大风一样，黑气滚动着向南滚去，到太阳钻出地平线，丰河才平静下来。

这天半夜里，大黑人高高兴兴地来到西瓜地的窝棚，刘太公和三个儿子都走出来迎接。大黑人粗声粗气地说道："谢谢好人，从今后，丰河里再发大水，一定不淹你们的丰乡。如果有用着我的时候，请到丰河边上大喊三声鳌龙鳌龙来帮忙，我就会出河帮你们的忙啊！"

从此，丰河里涨多大水，都不再淹丰乡。

惩市霸

刘邦的家乡有一个东村大集，每逢五排十，四里八乡的人们就到这里来赶集。

这时候，刘邦在家里游手好闲，时常到集上溜达溜达。

有一天，他刚来到大集上，就见东庄上苟老财的儿子苟桂才带领着四个家丁和一条黑花狗走进集市。他一进集，把身上的绸子大褂抖了抖，把蓝色小帽歪了歪，喝道："滚开，滚开，别挡着少爷的路。"

买卖人一见苟桂才蛮横不讲理，都躲的躲，闪的闪，很是惊慌。有一个卖烧饼的老人一个闪躲不及，苟桂才一把攥住他脖领子，"老家伙，想找死吗？"

"少爷，怨我没长眼！"

"眼长哪儿去啦？这样吧，把这一筐子烧饼给我送府上去，咱算两拉倒，送不去，少爷我就砸烂你的烧饼锅子！"

"苟少爷，他是小本经营，饶了他吧！"几个做小买卖的都凑过来给讲情。

苟桂才一听就急啦，指着卖鱼的、卖肉的、卖豆腐的吼道："都他妈的别卖啦，中午饭前把你们卖的这些玩意儿都给我送家去，送不到绝不客气！"

一个卖柴火的年轻人实在看不下去，高声说道："苟桂才，不要欺人太甚！"说着一个箭步来到他跟前，挥拳就打，苟桂才没提防，噗的一声前胸挨了一拳。他随着一撤步，往旁一闪身子，用脚一踹，扑通一声，把年轻的卖柴人踹了个跟头。随后，他一唰嚎黑花狗，那狗往前一扑，一口咬住了卖柴人的大腿肚子，疼得他哎哟一声，打了一个滚儿……

　　站在一旁的刘邦，实在看不下去，就伸手从一个卖菜的筐边上抻过一条竹扁担，抡起来就打黑花狗，只听噗嚓一声，把黑花狗打了个脑浆迸裂，蹬了蹬腿死啦。

　　这条狗是苟桂才的心尖子，一见刘邦把狗打死啦，他大喊一声："这是哪个胆大包天，敢打死少爷我的狗！"他回头一看是刘邦，愤怒地吼道："小邦子，你这是干什么？"

　　刘邦提高了嗓门说道："人们背后说你欺行霸市，我有点儿不信，今天果然见你小子欺人太甚，非教训教训你不可！"

　　"你敢教训我，我看你是无事生非！"苟桂才说着，把绸子大褂一脱，冲着刘邦前胸就是一拳。刘邦并不闪躲，待拳头来到切近，右手一抓他的腕子，侧身往前一带，扑通一声，把苟桂才摔了个狗吃屎。他三爬嚓两爬嚓起来后，冲着四个家丁骂道："你们这些浑蛋王八蛋，快上啊！"

　　刘邦没等到四个家丁上来，飞起一脚又把苟桂才踢倒，伸腿把他踩在脚下，"你们哪个敢上来，我就踩死他。"吓得四个家丁干瞪着眼，谁也不敢上。苟桂才一看要吃大亏，眼珠子一转，假装服气，央求道："哎呀，踩得我上不来气啦，刘邦，你让我起来行不行？"

　　"我问你，今后还这么干不？"

　　"不敢啦，不敢啦！"

　　刘邦抬起脚，苟桂才一骨碌爬起来，朝着四个家丁一挥手，"快，给我打这小子！"

　　呼啦一声，四个家丁一起扑向刘邦。

　　这下子，真把刘邦给惹火啦，他伸手抄起竹扁担，带着呜呜的风声就抡起来，噼啾啪嚓一阵横扫竖打，把四个家丁打得东倒西歪，头破血流，再也不敢上啦。

苟桂才一看刘邦真有两下子，也不敢动手啦，慢慢往后撤步，一边擦着嘴角上的血，一边说道："姓刘的你要有种，下集再来，少爷非要你的命不可！"

刘邦哪吃他这个，一哈腰追到他跟前，伸手一抓他的前胸，"你给我站下！"用手往前一搡，扑通又给摔了个嘴啃地，把前胸和脸都给戗破啦，大声说道："甭等下集，你有办法就使吧！"

"你，你把我的肋条给摔断啦，疼煞我啦！"苟桂才哎哟着想爬起来，可是爬了几爬也没爬起来。刘邦愤怒地问他："你小子是不是活腻啦！"

"不，不，我再也不敢啦！"

"狗是改不了吃屎的！"气的刘邦涨红了脸。

苟桂才一看刘邦的面色，真怕他下毒手，忙央求说："往后只要有你刘邦在，我决不再到集上来了！"

"你说话可要算数！"

"算数。"

"你胆敢再欺行霸市，我姓刘的一定扒了你的皮。"

"是，是！"这一回真把苟桂才治服了。他让四个家丁拽起来，晃晃悠悠走了几步，说道："咱爷们儿今天栽了跟头，再也不赶集啦！"

刘邦治服斜眼霸

公元前二二一年，秦王嬴政称帝。而刘邦在家务农，他爹花钱给刘邦讨了个亭长的差事，按秦法，十里一亭，设亭长一人，主要负责地方治安。刘邦还很愿干，因为在地方上无人管辖，吊儿郎当，我行我素，任意所为。每天为民众办些差事外，有空闲，就混在酒馆、饭店，广交朋友，酗酒取乐。

在刘邦办公的草坪村南头，有两个四十多岁的女人开的酒店，名曰姐妹酒店。刘邦经常和朋友到这里喝酒，有时自己一人也来喝，渐渐就混熟啦，姐儿俩也不拿他当外人了。

有一天傍晚，刘邦刚踏进酒店大门，姐儿俩就哭哭啼啼的跟刘邦说道："刘亭长，快救命吧！"

"怎么啦？"刘邦莫名其妙地问道。

"中午饭时，南马村那个人称斜眼霸的人，带领十几个横眉竖眼的家丁来喝酒，酒后他告诉我，今晚上要来酒店里住宿，还说让俺姐儿俩陪他睡，这可怎么办哪？"

刘邦听她姐儿俩一学说，差点儿把肺气炸了。他怒气冲冲地说道："不用发愁，今天晚上我来对付他们。"

夜，黑得伸手不见掌。

天一黑，斜眼霸带领众家丁来到酒店。斜眼霸真名叫巴方，是这一带远近闻名的大恶霸，他养了二十名家丁，在这一带是欺男霸女，占地诈财，无恶不作的坏人。因为他两只眼长得向右斜着，恨得民众就叫他斜眼霸。

斜眼霸带领家丁进了酒店后，马上下令：一、今晚上不能再进其他客人。二、要用上等的好酒好菜招待。三、睡觉时，姐儿两个要同床陪他。

姐儿俩不敢怠慢，都按照斜眼霸说的去做。

可是，让姐儿俩陪斜眼霸睡觉，可就发了愁。刘邦说晚上来，可是快一更天了也没见到刘邦的影子。

这些家丁，大都喝了个多半醉，说话舌头发硬，走路三晃两摇，弄得满屋子酒气熏天。

"两位酒店小娘子，先来陪我喝两盅吧！"斜眼霸大声叫喊起来。

吓得开酒店的俩妇女慌忙跑到后院，浑身哆嗦着藏在一个柴火堆后边。斜眼霸一看喊不来俩女掌柜，就急啦，对家丁们说道："把那两个娘儿们拉来陪陪我！"

"是！"四五个家丁在屋里没找着，才去后院寻找，很快发现两个女掌柜，连拉带搡，把她俩拉到斜眼霸身边。斜眼霸嘿嘿笑了笑说道："你俩别不识抬举，马上自个儿把衣裳脱净，陪大爷我玩玩。"

"哎呀，大爷你看看俺两个，都四十多岁啦，早过了花朵年华，还是放过俺两个吧！"

"俺就喜欢你俩这个年龄的，少说废话，如自个儿不脱，我就让家丁给你俩把衣裳扒下来，脱不脱呀？"

两个女掌柜你看看我，我看看你，两张脸涨得通红，迟迟不脱。

"哈哈，看来，我们的人不动手，你两个是不会脱呀！"斜眼霸冲着家丁一招手，"把她两个身上衣服全扒净喽，一件也不能留下。"

吓得两个女掌柜扑通都跪在地上，呜呜地哭起来。

"别哭啦！"斜眼霸说道："我让他们都出去，你俩自个儿脱干净。这样，只有我一个人能看到你俩的身子，不然，你俩的光腔可就让大家都瞧见啦！这么办行不行啊？"

两个女掌柜浑身抖搂着，吓得脸焦黄，啥话也说不出来。

"说，行不行？"斜眼霸怒吼起来。

高个的女掌柜，忽然从地上站了起来，喘一口大气，拔高了嗓门说道："俺听老人说过，人生在世，要做善事，不做恶事，因为善有善报，恶有恶报，不是不报，时辰没到，时辰一到，一定会报。大爷你应多做善事呀！"

斜眼霸哈哈大笑起来，"我从小没做过善事，我什么也不怕，作恶多端，不得好报又怎么样，脑袋掉下来碗口大的疤，嘿嘿。我这叫一不停二不休，搬倒葫芦洒了油，做的坏事、恶事、不是人的事越多我越痛快。我说二位，自个儿脱不脱？"

正在这时候，门口间呼啦一声，闯进十几个人来，领头的正是亭长刘邦，他身后跟着十几个手提大刀的随从，进门直奔斜眼霸房间。把门的几个家丁上前想拦，这些人都有功夫，挥刀伸拳，啪啪啪把家丁打倒。

刘邦匆匆几步就来到斜眼霸跟前，把两个女掌柜往旁边一推，伸手就去抓斜眼霸。斜眼霸一个鲤鱼打挺跳起来，"你，你是什么人？"

"嘿嘿，敝人刘邦是也！"

"啊，听人说过，你一个小小亭长想来管大爷我的事，你到四里八乡访访，我是何等人物？"

"呸，你是什么东西没关系，你来酒店不干人事，爷爷就要管管。"

"我看你小子活够啦，来人呀，给我打，往死里打！"

呼啦啦，十几个家丁一拥而上。刘邦也大喊一声，兄弟们动手吧！

这下子可就热闹了，刘邦带来的随从个个挥刀和家丁打在一起，噼叭嘭噜一阵拼打。刘邦的随从，都是从各村挑选有功夫的青壮年，斜眼霸的家丁哪是他们的对手，功夫不大，就把所有的家丁打得东倒西歪，呼爹喊娘，有几个刀伤重的哎哟哎哟的怪叫。

斜眼霸的功夫都是花架子，他和刘邦打在一起，刚开始打个平手，时间一长，斜眼霸就只有招架之功，无还手之力了。两个人谁也没有兵器，只是拳打脚踢，打着打着，刘邦一个旋风脚，把斜眼霸踢倒在地。斜眼霸一个就地十八滚爬起来，双拳一挥，一个雷风灌耳，朝刘邦头上打去。刘邦一个缩颈藏头躲过，随后一个冲拳，朝斜眼霸前胸打去。只听扑腾一声，把斜眼霸打了个仰面朝天，他刚想爬起来，刘邦伸脚踩在他胸脯子上。

"哎呀呀，刘亭长脚下留情啊！"斜眼霸嗷嗷边叫边央求。

刘邦脚下稍微一用力，斜眼霸扑地喷出一口鲜血，昏死过去。

刘邦抬起脚，命随从端来一碗凉水，把斜眼霸喷醒。随后，叫人把他扶到一边，又把众家丁唤到跟前，大声说道："斜眼霸你听清，从今以后要改邪归正，如果再敢胡作非为，祸害百姓，只要让我知道了，定要你的狗命！"

"谢谢刘亭长不杀之恩，今后一定痛改前非，不再干一点儿坏事。"斜眼霸从嘴里往外流着血说道。

刘邦又对众家丁说道："你们谁再胆敢干坏事，祸害老百姓，只要让我知道喽，一定严惩……"

"是，我们一定按照刘亭长说的去做。"斜眼霸口服心服地说。

刘邦夜半放民夫

刘邦虽然生在乡下，但他从小就很懒惰。到处溜溜达达，游手好闲，年岁大一点儿，村民们背后指着他的脊梁骨，说他吊儿郎当的没出息。这些难听的话传到他耳朵里，他觉着脸上挂不住，就跟他爹说道："爹啊，我实在是不愿干庄稼活，你托人给我找个差事干吧！"

"唉，在家你也是个摆搭，我去找人舍舍老脸！"刘太公实出无奈，就带了些礼物，去托人给刘邦找事。托来托去呀，还真找了个差事，让刘邦当了捉贼办案、催要钱粮和抓民夫的亭长。甭看是比芝麻粒儿还小的官儿，他心里还美滋滋的呢。

这一年秋天，朝廷派一个叫童纪凡的官吏，来这里抓了一千八百名民夫，到骊山去给秦始皇造墓。

这个童纪凡身高体肥肚子大，是个吃喝玩乐干下流事的孬人，甭看长一副凶相，一身坠肉，手无缚鸡之力。他生怕这些民夫半路上跑掉，就让手下人用麻绳把这些民夫，都一串串的把胳膊腕子捆起来。然后编成五十人为一小班。每个班还指定三个体壮的人当正副班长。可是，他还是不放心，就把刘邦叫了去，阴沉着脸，傲慢地对刘邦说道："刘邦啊，本官交给你一个美差，你要跟我一起，在本月内，把我抓来的这一千八百名民夫押送到骊山去修造秦始皇墓，帮我把这些民夫送到后，朝廷一定会重赏咱俩的！"

刘邦不假思索地答道："好吧，我一定帮你按期把民夫押送到。"

"不过你可要知道秦朝王法的厉害，如果你我押送的这一千八百名民夫少了一个，就要砍掉咱二人的一条胳膊。如果少了两个，就要砍掉你和我的两条胳膊。要少了三个，就要砍掉咱两个人的项上人头哇，听清了没有？"

"哎呀！"刘邦听童纪凡一说，吓得他心惊胆战，冷汗顺脸簌簌地往下流。他想：这个丧尽天良的童纪凡，临死来找个做伴儿的呀！这么远的路程，能一个不少地送到吗？刘邦沉着脸带出一副不高兴的样子。

"怎么，你是不是害怕啦？"童纪凡问道。

"我从小还不曾懂得什么叫害怕呢！"刘邦自吹自擂地说道。

"哈哈，这还差不多，可是，你应知道，还有我这个朝廷的命官呢！天塌下来由我顶着还不行吗？"

"我怕这些民夫不听话，半路上闹事啊！"

"怕他何来，逮着一个逃跑的就杀一个，逮着两个杀两个，只要带了人头去就不算少。再说啦，他们跑啦，逮不回来，咱就再到村上抓几个补上也就是了。"

刘邦听他说的这些大话，心里直发毛，神情直打愣。童纪凡见他这个样子，两眼瞪得像两个铜铃，怒气冲冲地说道："看你个熊样子，没出征先怵阵，还让你当亭长呢！"

"你不要小看人，像你这样儿的，我三拳两招就能把你撂倒！你信不信？"

"得儿啦，得儿啦，咱是骑着驴看唱本——走着瞧，你不是会两下子吗，你先带领这一千八百民夫头前走，我明天再追赶，咱半路上见。"童纪凡说完，狠狠瞪了刘邦一眼甩手走了。

刘邦一看童纪凡不大满意的走啦，他心里也犯了嘀咕，他走里走外地转悠了一会儿，可又挡什么呢？他心一横，大喊了一声："豁出去啦！"就噔噔地跑出门外，把关押在大院子里的一千八百名民夫都赶着上了路，一边往前走，一边大声说道："各位兄弟爷们儿听着，我宣布三条纪律：第一条，半路上谁也不要逃跑，愿跑的，等到我交了差再跑。第二条，不要交头接耳的乱说话，有话说，先报告，我让你说你再说。第三条，吃饭、睡觉、大小便要听命令。以上三条如有违犯者，轻者打二十皮鞭，重者打五十皮鞭，拒不执行者打一百皮鞭。"刘邦说到这儿，民夫们谁也不吱声，都低着头，拖拉拖拉地走着。其实，这些民夫都是被抓来的，抛下家中的妻儿老小，心里都憋着气，刘邦说多少条，打多少皮鞭，没有一个怕的，根本不上脑子，都是这个耳朵听，那个耳朵冒。

这些民夫刚刚走出三十多里地，有的就走不动了，因为民夫里头有老的，也有少的，有体弱多病的，也有瘸腿拐脚的，也有在路上崴了脚根本无法走的。刘邦着急生气没有用，只好让体格好的搀扶着这些人慢慢往前走。

刘邦找了头毛驴骑着，他又跑前又催后，喊左又呼右，"快快跟上呀！"走了一天才走出六十多里地。

晚上，好不容易来到一个叫西威屯的小镇上，民夫们住进了一个大客店。可是，刘邦一清点人数，少了六十三个，吓得他脑袋嗡下子涨大啦，他自言自语地说道："少了三个就杀头，我少了六十三个，就得杀我二十一个头，我没有长这么多呀！"他懊丧着，念叨着，跟跟跄跄地走进一个小酒馆，找了个座位，要一壶烧酒和两碟子菜，刚刚喝了一口酒，突然，从门外传来咴咴的一声马叫，随后一个又高又胖的人牵马走到门前，"啊，童纪凡！"把刘邦吓了一跳，马上撂下酒盅迎上去，"哎呀，你来得好快呀！"

"哎，我怕你一个人照管不过来呀，怎么样，有逃跑的吗？"

"没——有。"

"没有跑的就好哇，刚才我进店一问民夫，他们说你上小酒馆来啦，我陪你喝几盅吧！"

"好吧！"刘邦说着给童纪凡斟上一盅烧酒。

"哎呀，这么个小盅子啥时候喝足啊！"童纪凡大声地说道。

"给你这个大酒壶，你自个儿斟吧！"

"斟啥呀！"童纪凡把酒壶拿起来，把壶嘴儿塞进嘴里，仰起脖子，咕咚咕咚的一阵猛喝，酒从两边嘴角往外流着，扑哒扑哒地滴在地上。功夫不大，把一壶烧酒喝干。他嘘了口长气，放下酒壶，用手擦了擦嘴角上的酒水，嘿嘿笑了笑说道："好酒，好酒！再来一壶吧！"说话舌头有些发挺，脸蛋子发红，说着说着往桌子上一趴，呼噜呼噜的睡着了。

刘邦本来是个不吃亏的人，今晚上让姓童的把一壶烧酒全喝了，心里很不痛快。他气呼呼的又买了一壶烧酒，自斟自饮起来，他喝呀，喝呀，一直喝到半夜，喝了个酩酊大醉，想站起来走出去，可他刚迈出一步，一晃身子，扑通一声倒在桌子下。

到刘邦睡醒，已经天光大亮。

"将军，将军，快起来吧！"酒馆儿掌柜的大呼小叫起来。

"别叫啦！"趴在桌子上睡觉的童纪凡先站起来。刘邦也马上从地上爬起来。

这时候，民夫们都在客店院子里站着。童纪凡和刘邦把民夫集合在一起，排好了队，一清点人数，只剩下一千零九个民夫了。童纪凡脑袋也涨大了，刘邦也懵了头。刘邦大声喊道："门里门外的人听着，统统到大院来集合呀！"他喊了一阵子也不见再有民夫走来。

这时候，童纪凡一看还剩下一千来民夫，如何交差呀？他眼珠转了转，对刘邦说道："刘亭长啊，你先带领着民夫往前走，我再到周围几个村子里去抓民夫，到天黑，在西北方向的平安镇会面。"

"平安镇离这儿一百多里地远，走不到哇！"

"那么？"童纪凡仰脸想了想说道："就到五十里铺会面吧！"童纪凡没等刘邦答话，一偏腿上了马，往马屁股上啪地抽了两鞭子，喊了一声："驾！"骑马飞奔而去。

刘邦一看童纪凡骑马走了，他无精打采地就把民夫召集到一块儿，排好了队，嘶哑着嗓子说道："兄弟爷们儿听着，今天咱们奔五十里铺，路上一定要守规矩，谁要再逃跑，逮回来就杀头，你们听清了没有？"他说完，一个答声儿的也没有。他真生气了，马上吼叫起来，"我再问一句，谁要不答声，就挨十鞭子！"他喘一口大气，又高叫了一声，"听清了没有？"

"听清啦！"大家异口同声。

"好，顺门前大道直奔西北方向的五十里铺。"

"是——"

这些民夫都像被霜打了的茄子叶儿一样，蔫头耷拉耳的往前走。有的挂搭着一张烦闷的脸，有的唉声叹气，有的嘟嘟囔囔。

太阳转到正南，刘邦驱赶着民夫，来到一片长遍小树棵和半人深野草的大洼里，这个大洼中间只有一条羊肠小道，小道坑坑洼洼，泥泞没脚，刘邦怕民夫再逃跑，就大喊几声，"谁也不要逃跑，更不要掉队，因为这个大洼叫迷魂洼，你们哪一个要离了队，一定走不出去，只有死在里头！"他编了这么几句谎话，还真管用，走出大洼后，一个民夫也不少。

刘邦和一千多民夫走到五十里铺，已经到了吃晚饭的时候。他在等着童纪凡，看他能抓来多少民夫。可是，到了定更也没有到来，刘邦心灰意冷，他认为姓童的怕掉脑袋，不一定回来啦！

半夜里，刘邦正在客店北房里睡觉，一阵当当的敲门声把他吵醒了。

"哎呀，你们不去好好睡觉，跑来这里砸门干啥？"刘邦知道砸门的是民夫，睡眼朦胧地说道。

"刘亭长，你快起来去看看吧，有三十多人都上吐下泻闹肚子，病的够呛啦！"

刘邦一听说民夫病了，很不情愿地爬起来，把屋门一开，呜啦一声，拥进一群民夫。他一细端详这些民夫，他们一个个蓬头垢面，狼狈不堪，每个人的手腕上还有绳捆的痕迹，红肿的肉皮上，往外渗着鲜血。

"你们想干什么？"刘邦大声吼叫着。

"亭长大人啊，我们家中都有老小，我们被抓去修骊山墓，不知何年何月才能回来，听说去了是九死一生啊！"

"这么说，骊山墓就别修啦，秦始皇愿意吗，你们怕死，难道我就不怕死吗！"刘邦气满胸怀。

"大人啊，你开恩放了俺们吧！"

"大人——"民夫们说着，呼啦一声都跪在地上。随后，都呜呜哇哇地哭起来，他们是越哭越痛越伤心，哭得刘邦打一唉声，拉着长声儿说道："别哭啦，你们要知道，我的心也是肉长的，谁家里没有妻儿老小哇！"大家一看把刘邦哭得心软了，都悲声悲调的苦苦央求。

"行啦，行啦！"刘邦真的被民夫们哭得心软了。他高声说道："我也不愿干这个缺八辈子德的差事，也是实在没法呀！"

"亭长大人啊，多发慈悲之心吧！"大家咕咚咕咚地磕起响头，有的把额头都磕出血了。

"恩公啊，我们都听说啦，我们被送到骊山，不是累死、饿死，就是被打死，就是一时死不了，最后也得被埋在坟墓里呀！"

"不用说啦，我都明白，你们都逃走吧！"

这些民夫一听说让他们逃走，马上又给刘邦磕一个头，呜啦一声都逃走啦！

这时候，已经到了后半夜。

刘邦来到客店东西两个大院，把睡在屋内、厦子下的近千名民夫都招呼起来，"快醒醒，起来，起来！快点儿，快点儿！"

这些民夫，每十五个人被绳子拴成一串，这几十串民夫大多数的胳膊和手腕子都被捆得红肿起来。他们拥拥挤挤的都集合在大院子里。刘邦站在院子当中一块大方子石头上，拔高了嗓门儿，对民夫们说道："各位父老乡亲，我说句实话，把你们送到骊山修墓，实在是送你们去死，我想来想去，觉着实在不应该呀，我今天把你们都放走，趁着黑夜，你们都逃活命去吧！"刘邦说到这儿，唰下子把挂在腰间的宝剑抽出来，亲自把捆绑大家的麻绳给砍断，正在大家往外逃走的时候，忽听门外大声呐喊，"不要走哇，都回到院子里！"

刘邦想不到跳出个阻拦的，他怒声怒气地问道："你是何人，竟敢阻拦？"

"我是童纪凡哪，你私放民夫居心何在？"

"嘿嘿，原来是童大人哪！"

"你，你好大胆，放了民夫你死罪一条。"

"我姓刘的不怕死，民夫我放啦，你想干什么？"

"我想杀了你！"童纪凡说着从后背噌下子拽出大砍刀，举刀砍向刘邦。刘邦闪身躲过，随后挥剑向童纪凡后腰刺去，童纪凡挥刀往外克，只听当的一声，火星迸出，二人杀在一起。

这时候，大部分民夫都逃走了，只有几十个腿脚有毛病和年纪大的民夫让年轻的民夫搀着还在院子里慢慢腾腾往外走。他们刚走到门口，突然听见刘邦哎呀叫了一声，这时候，刘邦被童纪凡砍伤，几个搀扶老民夫的年轻人都噔噔地跑回来。只见刘邦的上衣被刀砍破，后背流出了鲜血，几个年轻的民夫，抄起院中的木棍和铁锹、铁镐，嗷儿的扑上去。童纪凡根本想不到民夫会帮助刘邦，在他一打愣的工夫，镐头和大棍从他背后砸下来，他再想躲可就来不及了，只听扑嚓嚓一声响，把童纪凡砸倒在地上，他刚想爬起来，那木棍和铁镐、铁锹又砸下来了。

几个民夫一看童纪凡浑身上下都是鲜血，连喘气的声音也听不到了，随后踢他两脚都走了。

刘邦一看童纪凡死啦，也慌忙跑出客店大院。

曹碧玉

一

刘邦在泗水当了亭长后，每天办完了民事案子，就跟一班酒肉朋友去吃喝玩乐。有时候没事可干，就泡在酒馆里。

有一天中午，他正在一家酒馆里睡觉，忽然，被一阵喇叭声惊醒，他跑出酒馆大门，只见从房东大道上走来三十多人的吹鼓手和抬食盒的，这些人后边还有十五六个身穿青衣，头戴瓜皮小帽，腰扎宽大的牛皮带，皮带上都掖着长把宽背大砍刀的家丁，看前边像娶亲的，看后边这些打手又像打仗的。最后边还有一匹高头大马，马上骑着一个六十多岁的老头子，只见这个老头子，头戴相公帽，身穿黑紫袍，腰间挎宝剑，身在马上晃又摇。再看脸上，皱纹像一层老枣树皮，一对大眼睛像一对鼓出来的大铃铛，上下眼皮耷拉着。他前胸和马的头芯上都挂着个用红纸糊的花。刘邦一看像娶亲的，可是又没有轿子，他忙问酒馆的老掌柜，"这是娶亲的吗？"

"唉，你还不知道吧，这是万村的万家族长万老兴，也是这一带有名的恶霸，仗着他有亲戚在朝里为官，横行乡里，无恶不作，还害死不少人呢。去年春天他老伴就去世了，眼下孤身一人。前些日子不知在什么场合，他看见前曹村年轻又漂亮的寡妇曹碧玉，他托了好多人去找曹碧玉说亲，要什么条件也应，一定要娶这个曹碧玉为妻。刘亭长你想想，一个二十岁刚出头的年轻女人，又长得非常俊美，能嫁给一个六十多岁的糟郎老头子吗？要说他是癞蛤蟆想吃天鹅肉，也算名副其实吧！"老掌柜越说越上劲，累得嘴角吐噜白黏沫子。

"最后怎么样了？"刘邦追着问。

"人家曹碧玉甭看嫁过人，还像一朵初开的鲜花，谁见了谁喜欢。万老兴托多少人前去说媒也是白搭，人家根本不搭理他这个茬儿。"

"刚才吹着喇叭又骑着马的是不是去娶这个姓曹的呀？"刘邦急切地问道。

"后来听说曹碧玉把去说媒的人都给骂出来了。今天是不是去娶亲我就闹不清了。"酒馆老掌柜说到这儿急忙进酒馆招待客人去了。

刘邦听酒馆老掌柜这么一说，他那好打抱不平的脾气又上来了，他马上回到屋里还清了酒钱，就奔前曹村而去。

前曹村离这个小酒馆只有十里多地远，刘邦借了酒馆老掌柜的一头小毛驴骑上，嘚哒喔嚓的工夫不大就进了前曹村。这时候，村头上有几个老头儿正在喊喊嚓嚓地说话，一看刘邦骑着毛驴来了，他们早就认识刘邦，都向前走几步，跟刘邦说话。

刘邦心不在焉，马上偏腿下驴，问道："老几位，我问个事知道不？"

"啥事呀？"

"万村的万老兴族长是不是到这村来啦？"

"是啊，刚从这儿吹吹打打的过去。他是来娶亲，还是来送聘礼，我们就闹不清了。"

"不是说曹碧玉不愿意吗？"刘邦接着问道。

"万村的万家有人在朝里做官，势力大着哩，一个农村的庄稼女人有多大能量啊，她能斗过万家吗？"

"万家有什么人在朝里做官啊？"

"这个不太清楚，刘亭长及早别管这种闲事，弄不好连你也搭进去，白找腻歪。"

刘邦正和村头上几个老头儿说话，只见万家这伙子人，又急急忙忙的往这边走过来，他们的喇叭也不吹了，鼓也不敲了。万老兴仍骑在马上，他身后的马背上，驮着捆着腿和胳膊，被毛巾堵着嘴的曹碧玉，马后边跟着那十几个手握长把大砍刀的家丁。他们踢哩拖啦的走得很快。

刘邦一看这个阵势，知道这是抢来的，便问几个老头儿，"被捆绑着的女人，是不是那个曹碧玉啊？"

"是啊，他们这是凭势力来抢人的，真欺负曹碧玉没亲人哪！"几个老头儿恨得咬牙切齿叹息着。有一个年纪稍小的老头儿小声地说道："刘亭长，千万不要管这种闲事，这个年头谁有势力谁使唤，逮不着狐狸弄身臊也不值得呀！"其他几个老头儿也劝了刘邦几句。

可是，他们要不劝刘邦还不一定有事，他们这么一劝，可就激起刘邦来了，他真是怒从心头起，他一拍大腿，愤愤不平地说道："我这个当亭长的就是专管这种事的，如果怕这怕那，朝廷还要这个亭长干什么！"他说到这儿，噌噌噌几个箭步跑过去，拦住了这伙子人，俩手把腰一卡，大喝一声，"站住！"

十几个手握大砍刀的家丁先跑过来，贼眉鼠眼地问道："你是干什么的？"

"老子是泗水亭长，你们为什么捆绑人？"刘邦提高了嗓门。

这时候，万老兴从马上跳下来，匆匆几步来到刘邦面前大声说道："你是泗水亭长刘邦大人吧！"

"正是，你胆敢违反朝廷律条，强抢民女，该当何罪，你知道不？"刘邦语气非常强硬，万老兴一时答不上话来，愣了一会儿，说道："这，这，草民绝不敢强抢民女，马上这一女子是我花重金买来的侍女。"

"既是买来的，必然是两厢情愿，为什么要捆绑着？"

"这女子太不近人情，我把钱也花了，她也应了，事到今天她又变了心，说啥也不跟我去了，你听听能怨我们吗？"

刘邦听他这么一说，直气得涨红了脸，大声说道："好吧，你把她从马上弄下来，我要亲自问清楚。"

刘邦这么一说，万老兴嘿嘿冷笑了两声，毫不在乎地说道："亭长大人，你是不是管得宽了点儿呀，我的表弟槐根子在朝廷伺候丞相赵高，你可知道？"

刘邦一听万老兴搬出后台来了，他不但不惧怕，反而更生气了，便加重了语气说道："你说这个没有用，天高皇帝远，他们管不着乡下村野老百姓的这些小事，不然，朝廷设我这个亭长干什么？"刘邦说着，一指万老兴的鼻子说道："你马上把她放下来，不然，我不客气！"

万老兴也不示弱，大声说道："你这位亭长大人，好不知趣，你要胆敢管这事，我的家丁都不是无能之辈，岂能容你？"

这时候，万老兴的十几个家丁都提着大砍刀围拢上来。刘邦一看这个老头子仗着人多势众要打架，他往前一近身，伸左手抓住万老兴的脖领子。万老兴往后一挣扎，刘邦唰下子伸右手从腰间拽出防身用的一把半尺长的尖刀，逼在万老兴脖子上，大声说道："谁要胆敢碰我刘邦一下，我就把万老兴的脖子割断。"

坏人怕好人，恶人治坏人一点儿不假。万老兴一看明晃晃的刀子紧挨着他脖子的血管，吓得他哆嗦着像鬼嚎一样高声叫喊，"别，别再往前凑啦！"

"你让他们把那个女人放回去，不听话我就先割断你的脖子！"

"是，是，大熊和二虎快去放那个姓曹的女人。"万老兴一说，好几个家丁都跑到那匹马跟前，把曹碧玉从马背上解下来，让她走了。

这时候，万老兴用乞求的目光瞅着刘邦脸上表情说道："亭长大人，能不能放了我呀？"

"放了你可以，你说说，你以后还来抢这个女人不？"

"哎呀，你亭长大人有权有势，我怎会再敢来呢？看来，这个女人是个扫帚星，要不得呀，我今天认倒霉算啦！"万老兴说完这些话后，冲着刘邦装出一副假惺惺的笑脸。

刘邦听他这么一说，只见他一副乞求的面孔，就把刀子撤了回来。就在他回头的一瞬间，万老兴往后一撤身子，随后一个扫堂腿，只听扑通一声，把刘邦扫倒在地。十几个家丁扑上来，马上用绳子把刘邦捆起来。

"刘邦啊刘邦，你这么个米粒大的小官儿，竟狗胆包天来拾掇老爷我，你们给我打，往死里打！"万老兴一喝喊，十几个家丁一顿拳打脚踢。万老兴觉着不解气，又让家丁用刀把他砍伤多处才罢手。

刘邦因伤势严重，加上流血过多，很快就昏迷过去。

万老兴一看刘邦小命儿难保，他也怕出了人命担待不起，随着一声喝喊，"快去逮回姓曹的。"呼啦一声，他带领着众家丁抓回曹碧玉连跑带颠地走啦。

万老兴一伙人把曹碧玉抓走后，刘邦被村民们抬回泗水亭。

四里八乡的村民听说刘邦被万村的恶霸伤害后，都给请医送药和送来吃的喝的。尤其是被刘邦搭救过的老实百姓和几个做买卖以及开饭店的老少掌柜，昼夜不停的来伺候和守护着刘邦。

二

刘邦在泗水亭养伤暂不表。单说万老兴抓去的曹碧玉，她被万老兴捆绑着来到万老兴家后，万老兴就把她推进一间窄小的闲屋子里。这间闲屋子黑乎乎的，只有一个方圆不到一米的小窗户。小窗户下边有一个小土炕，土炕上铺着一张破炕席，炕席上落一层尘土。满屋子的潮土味儿直呛鼻子。万老兴解开曹碧玉身上的绳子，故意打个唉声说道："我为你差点儿让刘邦给割了脖子，把你弄到手多不容易呀！"万老兴又停顿了一下，压低嗓音，凑到曹碧玉耳朵边说道："你先在这间地狱般的屋子里考虑考虑，什么时候想通了，愿意嫁给我了，我再把你挪到像天堂一样又宽敞又明亮的大屋里去，是死是活，是享福是受罪，都在你自己了。"

曹碧玉抬起头，理了一下盖着前额的头发，喘一口大气，说道："万老先生，你已经是六十岁开外的人了，我跟你孙女年纪差不多，娶我当妻子合适吗？再说啦，你不经我同意，就耍势力，生把我抢了来，这么做，是不是缺阴丧德又伤天害理呀！"

"哎呀，我的姑奶奶，这能怨我吗，你要是长得不这么好看，你带上一万两黄金我也不要哇！"万老兴现出一副老流氓的面孔。

"呸，老不正经的狗食下三烂，不知万家祖上缺了什么德，下出你这么个畜生来。我实话告诉你，你让我在这间屋子里住上一百年我也不会同意嫁给你，你就早死了这份心，如有种你就杀了我……"曹碧玉说着说着就哭起来。

"哭又挡啥，你应该知道一个道理，常言说，只要功夫深，铁杵磨成针。我就不相信，凭我一个万家的老族长，连一个女人都征服不了。嘿嘿，我就把你放在这儿。"扭身把屋门一锁走啦。

打从这天起，曹碧玉就被锁在这间小屋子里，每天有人送三顿饭，方便时在炕头下边有一个便桶。门外和窗外昼夜还有人在站岗监守。

再说住在泗水亭的刘邦，经过乡亲和朋友们的精心治伤和无微不至的照顾，很快恢复了健康。他不但仍在担心着曹碧玉的安危，还在千思万想的怎样铲除作恶多端的恶霸万老兴。

这一天，他让串村卖烧鸡的酒店二掌柜的金柱子，去打听一下曹碧玉是不是和万老兴成了亲？金柱子很快给打听清楚，万老兴把曹碧玉抢去后，被关押在一间闲屋子里。听说，眼下曹碧玉正病着，还没有和万老兴成亲。

刘邦听到这一消息后，马上又派人把万老兴家的房屋和居住保卫情况打听清楚。这样，他心里才有了底。

在一个漆黑漆黑的半夜里，突然刮起了西北大风，这大风越刮越大，"呼，哇——呼，哇——"一阵紧似一阵，它呼啸着，横扫着大地，它把大树刮倒，把小房子刮歪。家家户户的男女老少都龟缩在屋子里，有的蒙上被子，把脑袋缩在被窝里不再出来。

就在这时候，刘邦把大哥刘伯二哥刘仲和七个好朋友都约来，聚在泗水亭里，大家商量怎样除掉恶霸万老兴和救出曹碧玉的事。

大哥刘伯年纪大，心眼儿多，他首先说道："万家看家护院的家丁又多又都会些武功，大家都要做好拼斗的准备。再一点，我们不要滥杀无辜，除掉恶贯满盈的万老兴，救出曹氏碧玉马上撤回。"他想了想又说道："我们没有圣旨，又没有缉捕和杀人权力，不能暴露出我们的真面目，都要蒙头盖脸。就是将来他们告官咱们也不承认。无凭无证，地方官也无法查案……"

刘邦接着说道："趁今夜大风肆虐，家丁一定会把守松懈，我们要速战速决。"刘邦说到这儿，对身材高大而又武功超群的朋友丁茂通说道："丁老兄，你武功高强，你带领六个兄弟去杀家丁救曹碧玉。我和两个哥哥到北房内杀恶霸万老兴。如果不顺利的话，你就去点着他们的柴火棚子。他们一定去人救火。我们趁机把人救出来，完成任务后，马上奔村西大道，迅速返回。"这样，大家商量好后，休息片刻，等待后半夜去到万村，除暴安良。

三

后半夜，大风并没有减弱，它好像知道刘邦一伙去除霸救人，把黑夜刮得更黑更杂乱。

刘邦和九个弟兄，都穿戴好，手握大刀和斧头，奔万村而去。

万老兴住在村北头一片砖瓦房里，这片砖瓦房很高大，是一个四合套的大院，北方东间住的是万老兴，东西配房放的是粮食和农具。南房东头两间住着家丁，当中一间放着柴草，最西头一间是空闲房子，曹碧玉就被关押在这间房子里。

万老兴两个儿子看不惯万老兴的所作所为，都搬到村东头去住。

刘邦一伙子很快就来到万老兴住的房东边。刘邦正想用带铁钩的大绳钩住房顶灶筒上房，忽见万老兴这套房子四周种了些老榆树，这些老榆树又高又大，有的树杈子已伸到房顶子上了。刘邦马上嘶哑着嗓子对大家说道："真是天助我也，大家攀树上房，然后，把绳钩子钩住灶筒下院子……"

大家都听明白了。马上攀着树上了房顶。只见院子里没有灯，只有南房东头家丁屋子里有灯光。正在这时，大家在房顶上，突然发现院子里有两条大狗卧在窗台下。因为大风呼叫，他们还没有被狗发觉。大家一看这个情形，都愣住了。可是，刘邦早有准备，冲着大家一挥手，意思是让大家先蹲房上别动，他迅速从衣兜里掏出用酒泡过的馒头和牛肉，扔到院子里，两只狗抢着吃了。功夫不大，两只狗躺在地上不动了。

十个人下到院子后，因风声太大，还没有被家丁发觉。他们是各行其是。先说刘邦和两个哥哥，直奔万老兴住的北屋。屋门上着插管儿，刘邦用刀一拨，里边还有铁串链，他们知道屋门里边上着锁，无法弄开。可是，他们一动门，万老兴睡觉的东屋忽然点着灯了。哥仨怕被发觉，马上躲藏在西夹道里。工夫不大，屋里灯灭了。刘邦他大哥把刘仲、刘邦往身后一推，他哈下腰，来到屋门口，抓住一扇门轴间，拼着劲的往上一提，咕咚哗啦一声，就把一扇门给卸下来了。

"谁呀？"可能万老兴听到门响了，他才问了一句。

刘邦和两个哥哥噌噌几步闯进屋子。

这时候，万老兴在炕上一翘身子刚想爬起来。

"你给我躺下吧！"刘邦说着，和两个哥哥往炕上一扑，就把万老兴扑倒，随后，掐住了万老兴的脖子。万老兴拼了命的往下一缩脖子，只听他哎呀一声叫喊，没把脖子缩回去，反而被六只大手把脖梗子给掐破啦。这时，刘邦还没听到南屋有动静，他怕时间长了影响救曹碧玉，他和两个哥哥不约而同的一使劲，生把万老兴给掐死了。

再说去南屋的丁茂通几个人，他们脚步轻轻的来到南屋窗外，通过窗户上的小洞，只见只有一个家丁坐在炕边上，拿着小烟袋在一口一口的吸烟，其他十多个家丁都没有脱衣裳，横三竖四的躺在炕上呼呼大睡。丁茂通冲着几个人一摆手，又奔关押曹碧玉的西屋。走到近前一看，屋门用大铁锁锁着，里边没有灯光也没有动静。几个人只好又回到东边屋外，丁茂通让大家掏出刀子、斧头，推门闯进屋里。

"你们。"那个吸烟的家丁刚说出半句话，就被丁茂通一拳打趴下。在炕上睡觉的家丁睡得很死，也没有被惊醒。丁茂通一挥手，让几个人先把家丁挂在墙上的长把大砍刀都收起来放到门外。他几个人做好拼杀准备后，丁茂通大喊一声，"都起来，起来！"

有两个家丁先醒了，睁眼一看，炕沿下站着六七个手握刀斧的蒙面人，吓得嗷的一声叫喊，把睡觉的家丁都喊醒了。丁茂通把刀一举喝道："谁要敢动，就先砍死谁！"

这些家丁都是狗仗人势的家伙，看真有人来杀他们，谁也不敢动了。随后，丁茂通让兄弟们用他们自己的腰带都倒捆了双手腕子。

这时候，刘邦和两位哥哥从北屋跑过来，让一个家丁打开西屋门，刘邦进屋点上灯一看，曹碧玉蜷曲着身子，在炕上躺着，两眼紧闭，奄奄一息。

"她这是怎么啦？"刘邦问开门的家丁。这个家丁哆哆嗦嗦地说道："这个女人从被抓来后，不吃不喝不说话，气得万老爷想杀了她。可是，一看她长得这么俊俏又舍不得，计划明天，万老爷弄他北屋再好好劝劝她。"

刘邦一听曹碧玉还没有死，马上对刚进屋的丁茂通说道："你先把她背出去。"

"好咧！"丁茂通马上把曹碧玉背走了。

刘邦走进东屋，又对所有的家丁说道："万老兴作恶多端，已遭民愤，我们已经把他杀死，你们要想活命，赶快远走高飞！"

这些家丁一听说万老兴死啦，呜啦一声，都穿衣裳，卷铺盖，不顾一切地开了大门都跑啦。

刘邦让兄弟们把万家所有的房子都点着后，背着曹碧玉迅速回到了泗水亭。

午夜为民伤"三虎"

刘邦四十四岁的时候，他爹刘太公花钱托人让刘邦当了泗水亭长。

亭长负责方圆十里地以内的地方治安，民事纠纷，盘查旅店、客商等。官儿不大，管的事不少，何况只有他一个人的小衙门。十里地内的乡民都恭维他，有什么事找他办，也给他些好处，他倒也快活舒心。

在他管辖的张家周村村南，有一个周家小酒铺，酒铺掌柜的是个四十多岁的单身女人周氏，她见刘邦长得四大方圆，天庭饱满，说话仗义，善交朋友，又是管这儿的亭长，就非常尊敬他，每次来吃饭喝酒，伺候得很周到。

在一个寒风刺骨的隆冬夜。天空飘着雪花。

刘邦下村办案结束后，已经是后半夜，他觉得又冷又饿，就连跑带颠的奔向周家小酒铺。

每到夜深，一般的农村里大都已无声无息，偶尔有一两声狗叫也不为奇。可是，刘邦刚刚跑到距离周家小酒铺不甚远的地方，突然听到从小酒铺里传出怪叫声和央求声。

"哈哈，小娘儿们，你应下我三个人的要求，要多少钱给多少钱，不然嘛，把你糟践个人不像人，鬼不像鬼。"一个大嗓门的人高声叫喊着。

"呸，呸，我宁愿死在你三个狼羔子手里，也不会应你三个狗杂种，快，快把我杀了吧！"

"嘿嘿，你想的，倒，倒挺美，谁杀了，了，你呀，赶快，快，快应下大爷的，好，好事。"一个喝得半醉人的叫声。

刘邦已经听出有坏人想欺辱女掌柜，他噔噔几步闯进小酒铺。进屋一看，有三个喝醉酒的汉子栽歪在酒桌旁的椅子上，瞪着血红的眼，瞅着双手被捆绑在桌旁木板床沿上的酒铺女掌柜周氏。

只见周氏棉裤棉袄已被扒掉，只穿一身内衣，冻得直打哆嗦，她愤怒地挣扎着，咒骂着。

周氏一看刘邦突然闯进来，她大喊一声："亭长，救命呀！"

刘邦几步来到周氏跟前，伸手唰唰唰，就把周氏双手上的绳子解开。

这时候，两个肉头肉脑的醉汉嗷地叫一声站起来，刚想说什么，脑袋一歪，晃了两晃身子，扑通扑通都摔在地上，"你，你，好大胆，敢，敢破破，破坏大爷的好，好事。"倒地上的两个醉汉叫喊着站起来，身子一晃，扑通又摔倒。

在凳子上坐着的小个的汉子可能没有喝多，他一看刘邦把周氏放了，又见那两个伙伴已醉成那么个熊样子，起身来到刘邦跟前吼道："你好大胆，你到四乡八村打听打听，我甲家村的甲家三虎，哪个敢惹？你一个小小的亭长算什么屁官，竟敢来管三个爷的好事，看拳！"小个子说着，一个冲拳照刘邦脸上打去。

冲拳是刘邦的拿手武功，今天小个子也来了个冲拳。刘邦一看这小个子冲拳将要打在脸上时，他一低头，把冲拳躲过，随后，一哈腰，脑袋往小个子的前胸撞去。小个子哪见过这一招哇，在他愣神的一瞬间，只听咕咚一声，把小个子撞了个仰面朝天。小个子哎哟一声，一扭身子，腾下子站起来，双拳一抡，一个雷风贯耳的招术，往刘邦耳门子打去。

刘邦一看小个子真有两下子，他再也不敢含糊，马上往后一撤身子，转身一个扫堂腿，扑通一声，把小个子扫倒。随后抬起右脚，踩在小个子胸口上。

"刘亭长饶命啊！"小个子说着，噗地喷出一口鲜血。

"对你甲家三虎我早有耳闻，竟敢在这一带欺压百姓，抢地霸女，无恶不作，民愤极大，今天我要为民除害。"刘邦高声高调地说道。

"刘亭长啊，我哥三个是坏蛋，是狗屎，是畜生，可，可没有害死过人哪！不信你问问各村的老百姓啊！"小个子央求着又喷出一口鲜血。

刘邦扭头看看那两个醉汉，像死狗一样，已经昏睡在地上。他再低头瞧瞧脚下的小个子，嘴和鼻子往外冒着血，脸色蜡黄，奄奄一息。刘邦知道他脚下用力太大，再不抬脚恐怕会把他踩死，他马上把脚抬起来，说道："先饶你不死，起来！"小个子蹲在地上又吐了几口鲜血，才爬起来趴在一个矮腿凳子上，呼咧呼咧地喘着粗气。

刘邦想：甲家三虎虽然作恶多端，没干过好事，但也没听说杀死过人，可是，今晚上要放走他们，明天定会找我来算账，再想治他们可就难了。刘邦想到这儿，就对小个子说道："你们干的坏事太多，不算是天怒人怨，也是民愤极大。常言说，坏人不除，好人难安，不知你们想死还是想活？"

"哎呀，亭长大人，蝼蚁尚且贪生，何况人乎，你只要饶我们不死，怎么办也行啊！"

"那好吧，你从菜板上拿一把菜刀，把那两个人的大腿各砍掉一条，然后，再砍掉你自己的一条，你砍下的三条腿留下，让酒铺掌柜的找人用车送你们回去。怎么样，你同意吗？"

小个子一听，哎呀一声从凳子上出溜到地上。

刘邦几步来到切肉菜的案板前，抄起一把大菜刀说道："不同意我把你仨全杀喽！"

"别，别，别杀，我同意！"小个子说着，浑身哆嗦着，有气无力地接过刘邦手中的菜刀，迈着艰难的步子，来到正呼呼大睡的两个醉汉身边，一咬牙，使足了力气，吭嚓吭嚓，把两个醉汉的大腿各砍掉一条，疼得俩醉汉像狼羔子一样，在地上打着滚儿地哎哟哎哟地嚎叫。小个子知道自己也难逃这一刀，不过他不从大腿根往下砍，而是把下边小腿砍断。

这时候，刘邦对酒铺掌柜的周氏说道："你马上到村里找辆车来，把这三个坏人送回甲村。"他扭头对还在惨叫的三个人说道："回去好好养伤，如果胆敢让人找我报复，我要让上司发兵抄灭你们三族，听清了没有？"

"听见啦，亭长大人，我们不敢啦！我们，我们还不一定活得了呢？"……

龙光闪烁

一

刘邦当了亭长后，虽然官不大，可也自觉着腰板挺直了，在人们面前也神气起来。再也没有人戳他后脊梁骨了。尤其他经常去吃饭喝酒的几家饭店酒铺掌柜的，更高看他一眼。

一个夏天的晚上，刘邦来到路旁一家叫好吃再来的小饭店，他还是头一次到这个小饭店来吃饭呢，饭店是母女俩开的。老女人叫汪氏，五十多岁，是饭店掌柜的，女儿小翠二十多岁，负责里外忙活和伺候来吃饭喝酒的客人。刘邦一看母女俩又厚道又勤快，也很高兴，他要了两壶酒两碟小菜和五个小包子，便吃喝起来。

刘邦从小不但好喝酒，还好傍护女人。今晚上，他喝了个半醉，不但喝红了脸，浑身也冒出了热汗，他脱掉身上的小褂子，又喝了不少酒。他瞪着发红的眼睛，把女掌柜汪氏叫到跟前说道："老妈妈呀，你能不能让你女儿陪我喝几盅啊？"

"哎呀，刘亭长，我早就认识你，今晚上你来我这里吃饭喝酒，给俺增了光，带来了财气，你吃喝我不要钱，让孩子陪你喝几盅行啊！"汪氏叫过女儿小翠说道："刘亭长想让你陪他喝几盅酒，你要陪好他呀！"

"是，妈，你去歇着吧！"小翠长得挺丰满，白里透红的漫长脸上，一对有神的大眼睛，她给刘邦斟上一盅酒，又给自己斟上一盅，便微笑着说道："刘亭长啊，小女子只陪你喝这一盅，不然你就会喝得酩酊大醉，明天就无法去办案啦！"

"没，没关系，再喝十盅也没有事呀！"刘邦又让她斟上一盅。小翠很精明，怕他大醉，只斟了半盅，他抓过去一口喝下去。他两眼微合，结结巴巴地说道："你，你过来，摸，摸我头，烧不烧？"

小翠刚来到他身边，他伸胳膊把小翠搂进怀里，又用嘴吻了一口，小翠一挣扎，扑通一声，两个人把椅子砸倒，两个人也倒在地上。可是，刘邦俩胳膊紧紧搂着小翠，任凭小翠怎么挣拽也起不来。

这时候，女掌柜汪氏慌忙走过来，只见刘邦已经醉得昏昏大睡，打着呼噜，喷着酒气，像一摊烂泥。她连忙把女儿小翠拉起来。

小翠羞得脸通红，哆哆嗦嗦地说道："这个刘亭长喝得太多啦，地上很潮湿，快把他架床上去吧！"小翠说完，就和汪氏把刘邦架到里屋床上。

刘邦四肢伸开，沉睡起来。

半夜里，吃饭的顾客已经走光。汪氏怕刘邦着凉，又找了一块被单子走进里屋，想给刘邦盖上。哪知道，她一进屋，只见沉睡的刘邦，从头顶上钻出一道白光，白光里有一条像筷子一样长的小龙，在刘邦头顶上转来转去。白光把屋内照得闪闪烁烁发亮。汪氏马上跑出屋去叫小翠，小翠半信半疑的走进屋。

"啊，这是怎么回事？"小翠一声惊叫，把刘邦叫醒了，"哎呀，你嚷什么呀？"刘邦一说话，他头上的小龙和光都不见了。

从此，汪氏和小翠认为刘邦将来定有大福大贵，再来这里吃饭喝酒，不但不要钱，还伺候得特别周到。

二

刘邦当了亭长后，在他的管辖区抓差办案，惩治了不少为非作歹的恶人，当然也得罪了一些不三不四的地痞流氓和小偷小摸等社会渣滓。

有一个夏天的傍晚，刘邦办完一个案子，就急忙往家走，当走到半路上，忽然，电光闪闪，雷声隆隆，忽然一阵凉风吹过，狂风卷着暴雨铺天盖地而来。

刘邦没带雨具，也没戴草帽，急忙顶风冒雨往前跑起来，跑着跑着在电光下，突然看见路旁小河堤上有一座小土地庙，他紧跑几步，便钻进小土地庙里。

小土地庙比较窄小，在土地庙前只有一个供桌，供桌西头有一个很小的空地方。刘邦蹲在空地方，脱下衣裳拧了拧上边的雨水又穿上。这时庙外边的风雨更狂更大了，他觉着浑身有些酸痛，蹲在供桌下有些不好受，他站起来瞅了瞅土地神说道："土地神哪，真对不起，我实在累啦，我借你这个供桌歇歇吧！"刘邦说到这儿，就躺在供桌上呼呼的睡着啦。

一直到后半夜，狂风暴雨才渐渐停下来，只有细小的雨点儿还在淅淅沥沥的下着。

正在这时候，顺着刘邦来的路上走来两个人，一个是前村的无赖牛二儿，一个是河东村的马三儿，他俩每人手里拿着一把牛耳尖刀，这俩人都是因为劫道诈财被刘邦处理过的坏人。他俩知道今天刘邦在北大村办案，一定到晚上才会走，二人商量好，天一黑就腰掖尖刀去行刺刘邦。想不到，傍黑来了一场暴风雨，到风雨过后，再也找不到刘邦了。他俩只好顺着大道追下来，到刘邦住处行刺。

他俩走着走着，雨又下大了，路上的积水没了膝盖，正在无法往前走的时候，突然发现路旁有一座小土地庙，二人慌忙奔向小土地庙。

牛二儿和马三儿走进小土地庙后，一看供桌上睡着一个人，打着呼噜还睡得挺死。牛二儿小声说道："别嚷，看看这小子是不是当亭长的刘邦啊？"

二人都凑近了供桌弯下身子，低下头，把脸挨近刘邦的脸，仔细端详了一番后，嘶哑着嗓子说道："就是刘邦。"

"怎么办哪？"牛二儿压低嗓音说道。

牛二儿马上把马三儿拽到小土地庙外边，说道："你在这儿等着我砍下他的脑袋，扔到河里，咱一块儿再走。"马三儿点了点头。

牛二儿手攥牛耳尖刀，迈着轻轻的步子来到小土地庙供桌前，他把牛耳尖刀一举，胳膊腕子一使劲，冲着刘邦的脖子砍下去。就在这一瞬间，只见从刘邦头顶上，唰下子蹿出一道白光，唰的一声，把牛耳尖刀冲飞，当啷一声落在庙门外。这时，又见白光里有一条淡黄色小龙向牛二儿冲来，吓得他大喊一声，"哎呀，我的妈呀！"咕咚一个后仰倒在地上吓死啦。

吓得在庙门外站着的马三儿，嗷儿一声惊叫，撒腿就跑，一会儿就跑得无影无踪。

刘邦一直睡到天亮才醒……

深山遇难

秦朝末年，爆发了农民起义。起义队伍里，有一个头领叫刘邦。

这一天，刘邦带领队伍和秦兵打仗，把秦兵打垮啦，那些秦兵呼啦下子都逃到一个大山里不见了。

刘邦为了追赶秦兵，骑着战马如腾云驾雾，直奔大山里追去，工夫不大就把所有的兵将落下很远。

大山深处，道路崎岖，怪石横卧。那匹战马跑着跑着，就跑到了一个悬崖边上，刘邦再想悬崖勒马已经来不及了，只见战马扬蹄一阵嘶叫，被一块怪石一绊，蹄下一滑，呼噜一声跌下山涧。

这三四丈深的山涧下是一条波涛滚滚的小河，刘邦和他骑的战马一起跌进河里。

河里有半人多深的水，水下是鹅卵石和泥沙，战马虽然被摔进泥沙里，它毕竟是百里挑一的宝马良驹，工夫不大，又挣扎出来，很吃力地往河边上跋涉，刚刚来到河边的一块大卧石间，这匹马扑通一声倒在河边上，一蹬腿死啦。

刘邦一看战马死啦，就扒着石头，拽着杂草，慢慢爬上一个山坡。

刘邦的头被摔破多处，鲜血直淌，他在山坡上刚刚站起来，眼前一阵金星乱飞，咕咚一声栽倒在石头下。

老大工夫，刘邦才爬起来，觉着浑身疼痛难忍，他强打精神，咬着牙，一瘸一拐地沿着山涧下的一条羊肠小道往前挪动。

正是晚秋，山风卷着枯草腐叶横扫过来，刮得刘邦睁不开眼。他吃力地一直走到天黑，才来到半山腰。累得刘邦身子一仄歪躺在一块平滑的大石头上。他正歇着，忽然听脚下哗哗的流水声。过去一看，有一条小水沟，从山坡上边弯弯曲曲地伸下来，清清亮亮的山水映着星星，他看见水顿时觉着渴得厉害，连忙用手捧着喝了几口，这才觉着心里舒坦多了。

这当儿，听到右边一片小树棵子间有狗叫声，"噢，这里有人家呀！"他一边自言自语地说着，一边就走了过去，绕过树棵子就见有两间小石头房子，石头房子的窗户上映出了灯光，窗户右边有一个小栅栏门，刘邦站在门前，当当地敲了两下。

"谁呀？"随着走出一个年轻姑娘。

刘邦忙说道："我迷路了，请大姐行行好，我歇歇脚再走。"

"进来吧！"姑娘很痛快地说道。

刘邦连忙走进小石头房子。

这当儿，那个姑娘从里边屋里叫出个六十多岁的老太婆。刘邦借着灯光一看，那位十七八岁的姑娘虽然衣着破旧，但面目长得如花似玉，她身后那老太婆白发如霜，慈祥的脸上布满了皱纹。她一见刘邦这个打扮，就知道是位打仗的将官，连忙说道："将军，为何落得这般光景？"

刘邦并不隐瞒，直接了当地告诉了他的身份。老太婆一听是刘邦，慌忙下拜，"久闻将军大名，不知今晚来到深山寒舍，有失远迎，有罪，有罪！"老太婆又拉过女儿给刘邦磕头，并说，"这是我的小女儿姣娥。"

刘邦一听老太婆言语文文绉绉，不像一般的乡下山民，便问道："老人家，为何独自住在深山老峪啊？"

老太婆一见刘邦问，就哭了，她抽噎着说道："我不瞒将军了，我丈夫乃秦始皇派往西川的郡守柳玉春，因他为官清正，不贪赃枉法而得罪了奸臣赵高党羽，落了个满门抄斩，幸亏一位张大人提前偷放了我母女，才逃到这深山老峪啊……"

"老人家不要啼哭，将来我与你报仇雪恨也就是了！"

老太婆一见刘邦浑身是泥，衣服挂破，多处有伤，便对姑娘说道："快给将军做饭吃吧！"

刘邦吃了饭后，就睡在小石头房的外间屋。

第二天，刘邦起不来啦，母女俩就精心在意地伺奉。

一晃好多日子过去了，刘邦的伤逐渐好啦，也有了精神，每天和柳家母女谈古说今，闷了就到深山打猎。

柳姣娥长得不但俊俏还很聪明伶俐，她一见刘邦每天无话找话地跟她一块儿嗑唠，还天天中午拉她去深山里一块儿打猎，心里很是不安。可是，她也看出了刘邦对她的一番用心。

这天晚上，柳母已在里间屋睡了觉。柳姣娥故意先不进屋，而趁刘邦出屋的机会，用白灰石在桌上写下一首诗：赤金沉沙仍赤金，浪淘千遭金更纯，待到玉柱镶金日，光照丹墀与群臣。

刘邦回到屋内看到这首诗，对柳姣娥的胆识和才华更加爱慕和敬佩，第二天照样又带柳姣娥去打猎。

他打猎回来，忽然看到石桌上又有一首诗：将军心怀英雄胆，勿重芙蓉重江山，扫尽残孽朝南日，万紫千红花满园。

刘邦一见这首诗，不由得心里一震，他连忙向柳母说道："老人家，昨晚柳姑娘的诗我已明白，你母女都是洁白如玉的忠良之妻女，今又见老人家的诗句，更激起我刘邦讨灭秦王朝，统一天下之决心，日后，我要打得天下，定前来迎接你母女入宫！"

日子不多，刘邦已经身强力壮，他就拜辞了柳家母女下山而去。

红石山救人

话说楚怀王派刘邦率领两万多楚军去攻打咸阳，一路上过关斩将，战无不胜。

这一天中午，刘邦率领楚军路过一座叫红石山的高山，只见这座高山，到处是峭岩陡壁，怪石林立，山风呼啸，飞沙弥漫。

刘邦刚想绕山而过，突然，山坡上当啷啷一声铜锣响，冲下一伙山贼，这些山贼个个是黑衣黑包头，锅灰抹脸，手执大刀长矛，呐喊着拦住去路。

"哪儿来的官兵，快快留下刀枪马匹，山大王好放你过去！"一个高个子山贼头目叫喊。

刘邦勒住马缰绳，回头一指后边黑底白字的三角大旗，高声说道："瞎了你的狗眼！"

众山贼抬头一看，只见一杆大旗中间有一个斗大的楚字，都慌忙跪倒，"请刘大将军恕罪，在下狗眼不识真人，请诸位到山上一叙！"

"你们是什么人？"刘邦问道。

为首的高个子山贼说道："在下姓马名大熊，是本山大寨主！"又指着另一个黑胖子说道："他是二寨主张三黑子，那个满脸黑麻子的是三寨主邹五儿！"

"噢，你们是占山为王的贼寇，快快闪到一旁，让我们大军过去。"

"啊，刘大将军请便！"

就在这当儿，忽然从山脚下右边的大道上拥来好几百村民，有男有女，有老有少，他们跌跌撞撞地跑到刘邦马前，呼啦啦全跪在地上，一齐喊道："将军救命！你眼前这伙山贼好厉害呀，不但把山下各村寨的粮食和牲畜抢光，还抢去不少闺女媳妇，我们没法过啦！"

刘邦一指山贼喝道："尔等可有此事？"

"没、没有！刘将军不要听他们一派胡言！"山贼头目互相一使眼色，站起来往后退了几步。

刘邦一看他们要逃跑，大喝一声："都给我站住！"

"呜啦"一声，山贼们拼命地跑上山去。

刘邦一切都明白了，他慌忙下马，走到村民跟前，提高嗓门儿说道："众位父老乡亲，快快请起，我们一定消灭山贼，救出你们的亲人！"

众村民磕头作揖，回了村寨等候。

刘邦命令众将士马上把红石山包围起来。

太阳刚刚偏西，山脚下人呼马嘶，号角齐鸣，两万多楚军将士，包围了红石山后，一声号令，一起杀往红石山顶。

再说跑到红石山顶的三个贼头儿，他们原是从秦国死囚牢里逃出来的杀人犯。潜逃后，来到红石山上为王，招收亡命徒一千多人，这些山贼干尽了坏事，搅得红石山下的百姓无法过日子。今天他们见大路上来了官兵，想劫人劫财。哪知遇上了刘邦率领的两万楚军。他们知道刘邦的厉害，不敢造次。认为放楚军过去就没事了，村民来诉他们的苦，只好逃回山寨。

这伙山贼正在想对付刘邦楚军的办法，忽然听到山四周响起号角声，潮水般的楚军从四面八方冲上山来。

马大熊呛啷抽出大刀片子，大声吩咐道："二弟张三黑听令，你带领二百名弟兄先逃往东山坡黑人洞，在那里等着，我们集合起队伍马上就到，然后，一起从黑人洞逃走。"

"是！"张三黑子领着二百多口子喽啰逃走啦。

马大熊对邹五儿说道："刘邦手下战将不计其数，可算是兵多将广。咱不是他们的对手，快吹号角，集合起来上东山坡黑人洞，我们从那儿逃出去。"

"大哥，抢来的那些妇女和粮食怎么办？"邹五儿焦急地说。

"哎呀，逃命要紧，怎么还顾那个呀！"马大熊说完，和邹五儿刚集合起众喽啰，楚军将士已经杀到山顶。

这些山贼跑了一部分，没跑掉的，抵抗的被杀，投降的当了俘虏。

再说已经下山逃跑的张三黑子，刚跑到东山坡下的洞口，工夫不大，马大熊和邹五儿带领部分喽啰也跑来了。马大熊慌忙喊了一声："别犹豫啦，快下洞。"

东山坡山洞在半山腰，洞口前是一片小树棵子，正遮住洞口。洞口又很小，不易被人发现，它一直通到五里开外的山脚下一座古墓旁的石碑下的出口。

刘邦没见到三个贼头儿，忽然在山顶两块大石头间里逮着一个小喽啰，"快说，三个贼头跑哪儿去啦？"

"我，我不知道！"

樊哙把大刀一举，吼道："不说实话我就砍死你！"

"将军饶命，我说，我说，东边半山腰有一个山洞，一直通到山外，他们可能从那儿逃走啦！"小喽啰吓得哆嗦起来。

"好，饶你不死，快带我们去追！"

"是！"小喽啰带路，工夫不大就找着山洞口了。

山洞里很黑，每人一手举着火亮子，一手握着大刀、长矛。刚进去时山洞里又黑又窄憋，越往里走越宽绰，脚下是碎石块，洞壁上往下哗啷啷的流着山水，里边充满了潮湿味。

刘邦和樊哙伙同十几个将士追了一程子，累得大气喘喘，浑身是汗，刚想歇歇脚，突然从洞前传来叫喊声，"哎哟——可不得了啦，救命啊！"

几个人往前跑出三四丈远，只见贼头儿马大熊、张三黑和邹五儿，都被好几条大蛇缠住了大腿和腰部，他仨正拼了命的挣扎。樊哙冷笑了一声，说道："贼小子还跑不？"他刚想抡刀砍，刘邦一个箭步来到他前头，把宝剑一挥，嚓嚓嚓，把三个蟒头都给砍下来，嘟喽——蟒身子脱落在地上。

这三个贼头刚想站起来，可是身子晃了晃，扑通扑通都倒在石头上死啦。

这时候，从对面传来喊叫声，喊的啥也听不清楚。

刘邦说道："我们在天黑前一定要钻出洞去，快，往前快走吧——！"

"刘将军——！"对面来了一伙将士，都举着灯笼火把。刘邦往前紧走几步，仔细一看，不是别人，正是谋士张良。

张良一见刘邦，忙说道："我怕洞里黑，你们一时半会儿走不出去，才特来接你们。"

"被抢来的那些女人呢？"刘邦问。

"不管是女是男，都被放走了，粮食、物品也让山下村民背去，山寨已平，快走吧——！"张良说到这儿，举着火把头前带路，很快走出山洞。

刘邦巧计拖项羽

刘邦和项羽进咸阳之前，都在楚怀王面前称臣。

他俩一听说楚怀王要打咸阳，都挺身而出。

项羽说："我愿意带领人马打进咸阳灭秦。"

楚怀王大喜，说道："两位将军可分南北两路进攻咸阳，谁先进咸阳为君，也就是关中王，谁后进咸阳为臣，就是扶保关中王。"

当时，北路有秦军大将章邯带领二十万大军阻拦，南路没有重兵阻拦，只是把守各城池的一些无名将士。

刘邦一琢磨，北路有章邯二十万大军，我哪对付得了哇！马上向楚怀王说道："项将军正要找章邯报杀叔父之仇，我甘心情愿把北路让给项将军。"

项羽也不加考虑，马上说道："好，我正要找章邯老儿算账，我走北路。"

晚上，刘邦可就睡不着啦，他深知项羽勇猛异常，章邯不是他的对手，很快就会打进咸阳。他就悄悄爬起来，把几个心腹将士叫到一起，说道："我们的力量不如项羽，他定会打马舞戟破关斩将，迅速到达咸阳，大家应想个办法，拖住项羽才是。"

一直到深夜，刘邦和众将士才商量出一条计策。

清晨楚怀王刚起床，刘邦就来到楚怀王卧室，先从怀里掏出一个白玉茶杯，放在楚怀王面前，说道："这是只宝杯，杯底有一美女面孔，倒上水后，这美女眼睛会眨，嘴会张，面有笑容。"刘邦说到这里，随手抓过一把有水的茶壶，把水倒进茶杯，"怀王，你来看！"楚怀王往杯里一看，果然杯底有一微笑着的美女面孔，连声夸奖，"宝杯呀宝杯！"

"我刘邦要一路征战到咸阳，家传之宝，实难携带，赠予怀王留个纪念吧！"

楚怀王连忙推辞，说道："此杯既是将军传家之宝，我怎好收纳！"

"我诚心实意相赠，不收就是瞧不起我刘邦了！"

楚怀王不好再推辞，就说道："多谢刘将军一片心意！"

刘邦一看时机已到，就故意装出一副激动的样子说道："此次进咸阳，我要洒热血，抛头颅，定灭秦王朝！"

"难得将军一片忠心啊！"

"不过项将军脾气刚强，性如烈火，这次进攻咸阳，又为其叔父报仇心切，恐怕一时莽撞。万一项将军有个好歹，不但对不住死去的项梁老将军，也会误大事呀！"

"对呀，对呀，可有啥办法呢？"

"如怀王派一个有智有谋之人为统帅，定能消除这一忧虑！"楚怀王认为刘邦说得有理，连连点头称是。

刘邦走后，他马上把出使齐国的谋士宋义召回，拜为第一等的上将军，项羽为副将。

这当儿，刘邦又派心腹将士给宋义送去了金银等珍贵礼物，让他在路上千方百计想法拖延时间。宋义本是一个穷酸小人，他见财眼开，就满口答应了。

宋义带着项羽、范增、钟离昧等将士率领二十万大军奔向咸阳。这天，当大军来到漳河南岸时，宋义下令：全军将士在此安营下寨，养兵数日，再起营拔寨，没有上将军令，不准一兵一骑渡河，违令者斩。

项羽和众将士也认为，连日来行军作战，昼夜兼程，歇息几日，也无关大局。

三天过去了。

十天过去了。

十五天过去了。

宋义还是按兵不动。

众将心里火烧火燎，都找到项羽说道："项将军，照这样待下去，不用说去咸阳，恐怕连漳河也过不去啦！"急得项羽哇哇大叫："我比你们更急，可，可那上将军他，他……急煞我也！"

这天上午，项羽实在耐不住性儿啦，就气呼呼地去找宋义。一进宋义大帐，只见他正和亲信尤二、孙三等在吃喝玩乐。他坐在那里，玩得前仰后合，一见项羽来啦，抛腔抛调地说道："项羽，你，你大概有点心急了吧，哈哈哈，哈哈哈！"

项羽差点儿把肺气炸喽，气呼呼地说道："上将军，我等在此二十天有余，何时才能渡江西进啊？"

"不，不用着急，常言说，欲速则不达嘛！"

气得项羽啪的一拍桌子，怒吼道："岂有此理！"匆匆走出大帐。

第二天早晨，咚咚响起聚将鼓，全军将士都以为要渡河出战，个个喜笑颜开，马上披挂整齐，来到大帐前，参拜上将军宋义。

宋义来到众将士面前，摇头晃脑地说道："众将士听令，从眼下开始，无论是将军或是士卒，都要按令行事，有违令者，定斩不饶！"说到这里，用眼盯了盯项羽，一甩袖子走啦。

项羽和众将士像泄了气的皮球，一个个无精打采地回去啦。

一晃，四十多天过去了。

由中秋到入冬，阵阵冷风吹来，将士们虽然不敢说啥，但人人唉声叹气。

这天午饭后，项羽实在受不了啦，他独自一人大步流星地来到大帐。

宋义正翘着二郎腿，摇摇晃晃地哼小调儿，一见项羽闯进来，便斜眼问道："项将军有何贵干哪？"

"启禀上将军，我等在此四十天有余，士气越发低落，到何年何月才能进得咸阳？"

宋义心怀鬼胎，只觉理亏，一时被问得张口结舌，好大一会儿，才结结巴巴地说道："项将军言之有理，你先回去，明天或后天即可发兵出战。"

项羽一看宋义答应出战，也就无话可说，马上回到自己军帐。

项羽走后，宋义跟尤二、孙三等几个心腹说道："看来，再也无法拖下去啦，不然项羽会造反杀人啊！"

"将军为何答应出战呢？"

"那是缓兵之计，我想今晚待项羽睡熟后，前去将他杀死，尔后，带领三军儿郎杀进咸阳，那王位就是我宋义的啦！"

半夜，寒风卷着柴火叶子呜呜哗哗地响着。

宋义睡醒一觉后，把浑身上下扎紧裹严，从床上抓过一把单刀，悄悄走出大帐。

在大帐外等候多时的亲信尤二、孙三马上提刀跟在身后。

大帐外的几盏油灯已被吹灭，只有土台上几个火堆还在燃烧着，几个守夜士兵在东倒西歪地呼呼熟睡。

宋义恐怕脚步声大，三个人都脱了鞋，光着脚板直奔项羽军帐。

项羽和谋士范增睡在一个军帐里，因为风大也没有掌灯，里边一片漆黑，从里边还不断传出项羽呼噜呼噜的鼾声。

宋义和尤二、孙三都哈着腰，提着气，先围项羽军帐转了几圈儿。宋义一打手势就让尤二、孙三从西南角间钻了进去。宋义怕他俩杀不了项羽，他也随后钻进去。

这时候，范增因上了年岁，又有哮喘病，并没有睡着，宋义和尤二、孙三绕军帐转悠的时候，他就听到了，他立刻坐了起来，用手轻轻推醒了项羽，把嘴凑到项羽耳边嘶哑着嗓子说道："外边有刺客！"项羽一激灵，也马上坐起来。范增又把他拉到军帐旮旯间，低声说道："你还装打呼噜。"项羽一边装打呼噜一边瞪眼瞅着军帐外。

果然，工夫不大，三个黑乎乎的家伙手持单刀就从西南角先后钻进来。

项羽躲在一旁，只见一个刺客扑向他睡觉的草铺，他一伸右手抓住了尤二拿刀的手腕子，一伸左手掐住了尤二的脖子，伸出右脚咔嚓一声，把脑袋给踹了个脑浆四溅。孙三刚想叫喊，项羽砰的一脚也给踢死啦。这时，宋义也钻进来了。他听到喊噜噗噜几声响，也不知把项羽杀了没有，他稍一犹豫，范增抓过身旁的一只尿壶，照他脑袋上啪的一声砸去，砸得他哎哟一声，扔刀就往外钻，项羽一伸手抓住他的一条腿，生给拽了进来。

这时候，范增大喊一声："来人哪，有刺客！"有几个巡营瞭哨的士兵听见喊声，先举着火把子跑过来。

火把子一照进军帐，只见项羽赤着双臂，右手掐着宋义脖子。

项羽低头瞅了瞅，一看是宋义，"啊，原来是你个狗杂种想来行刺于我！"项羽说到这里，大手一用力，活活把宋义给掐死啦，然后从地上拾起宋义的刀，咔嚓一声割下了宋义的脑袋。

项羽拎着宋义人头，匆匆走出军帐，大声喊道："众将士听真，我已把狗宋义杀啦，马上整装渡河杀奔咸阳。"

结果，项羽收了降将章邯后，很快就杀到了咸阳，这时，刘邦早已进咸阳半月有余啦！

青蛙报恩

在没灭秦王朝以前，刘邦和项羽都在楚怀王殿下称臣，在一起并肩大战秦兵。

这一天，楚军突然间被秦兵打败啦，常言说，兵败如山倒，可一点儿不假呀，一败就是百十里。

天黑，刘邦和项羽带着残兵败将来到潍河的南岸，站大堤上一看，河水波涛滚滚，再瞅瞅岸边，也没有渡船。只好就地安营下寨。

刘邦和项羽宿在河南边一片有小树的开阔地里。

一天的拼杀跋涉，二人都累得筋疲力尽，闭上眼就呼呼睡着啦。

项羽睡熟后，鼾声大作，一声半声叫不醒；刘邦睡熟后，细声细气，有不丁点儿动响就会醒喽。

夜深了，刘邦被项羽呼噜呼噜的鼾声搅得睡不踏实。

就在这时候，刘邦被一阵呱儿呱儿的叫声吵醒，他爬起来一细听，是只青蛙在叫，一仄歪身子就又躺下来。

可是那青蛙呱儿呱儿地叫声还是不停，叫着叫着，就变音啦，叫声又微弱又悲切。

刘邦一听青蛙的叫声不寻常，马上起来。借着明亮的月光一看，有一只小青蛙头冲着正东，蹦一下就叫一声。刘邦心想：它这是怎么啦？他抬头再往小青蛙蹦的方向一看，把刘邦吓了一跳，只见一条又粗又长的白花蛇，张着嘴正要吸这小青蛙呢。

刘邦骂了一声，"混账东西！"随着猛一抬脚，噗嚓一声，把白花蛇的脑袋踩了个稀巴烂，小青蛙抬头瞅了瞅刘邦，就一蹦一蹦地走啦。

事隔几年以后。

经过浴血奋战，终于把秦王朝灭啦。

灭了秦王朝不久，刘邦和项羽为争天下也相互打起仗来，打得可残酷哩。

这一天呀，刘邦突然被项羽打败啦，好几十万人马也被项羽的楚兵杀散。

刘邦扭头一看，身边只还有几百士卒，连个护驾将军都没有，吓得他魂飞胆裂，把马啪啪狠抽几鞭，就拼了命地跑开啦。

跑哇！跑哇！刚跑到一个长满荒草的大土岗间，就被追上来的楚军里三层外三层围个水泄不通。

项羽一看刘邦成了笼中之鸟，就哈哈大笑着说道："刘邦啊刘邦，我看你还往哪里跑，今天老子非把你剁成肉酱不可！"项羽刚说到这里，忽然从西北刮来了一阵狂风，这狂风要多大有多大，要多猛有多猛，直刮得天昏地暗，白日无光，它呜儿哇地吼叫着，掀走了屋顶，刮断了树木，把整个柴火垛都刮到了高空。把包围刘邦的楚兵楚将刮得闭眼抱头，人仰马翻，也有的趴在地上，也有的抱着大树，谁也不敢动啦。

刘邦虽然也被刮了几个跟头，他一看是逃命的好机会，他往马背上一趴，啪啪两鞭子，那马咴儿地一声嘶叫，顺着大风拼命地突出重重包围跑啦。

大风稍微一见小，项羽再找刘邦没影儿啦。

一问士兵，才知道刘邦顺大风逃走啦。

项羽马上让一个叫丁公的人前去追赶。

哪知这丁公吃里扒外，他追上刘邦不但不杀，反而说道："刘将军，只要你坐了天下忘不了我，我就放你逃生。"

刘邦马上说道："哪能忘了救命恩人呢！"

丁公假装腹痛难忍，大叫一声："疼煞我也！"扑通一声从马上摔到地下。刘邦如鱼得水，拼着命地打马飞奔。他跑着跑着，忽听后边一阵呐喊声，他回头一看，是项羽带领八千子弟兵追上来，刘邦想藏躲一下，可是他往四周一看，这里是一眼望不到边的平原地，连个小沟小岗也没有，他仰天一声长叹："天哪，想不到我刘邦死于此地呀！"

就在这时候，突然从身旁茅草丛里站起一个穿一身绿色绸褂的俊俏白面书生，他几步跑到刘邦跟前说道："恩公，不必害怕，快随我来！"

"你是谁？"

"不用多问。"

刘邦随白面书生往西走了几步，只见这白面书生一张嘴，噗的一声，吐出一团白雾，这白雾把刘邦和白面书生都罩在里边。又见那白面书生唰啦摇身一变，变成一只比人还大的青蛙，只见这青蛙用屁股往地下腾腾蹲了几下，眨眼工夫青蛙不见啦。

"恩公，快下来！"

刘邦从马上跳下来，他低头一看，在青蛙蹲的地方出了一眼两人深的土井，就听青蛙在土井里喊道："恩公，快跳下来呀！"

刘邦这下子全明白啦，"噢，青蛙这是来救我哩！"他随手抄起鞭子，往马屁股啪啪啪地抽几下子，那马一尥蹶子往东南唰唰地跑下去，他马上跳下土井。

工夫不大，项羽就带领着人马呼喊着追过去啦。

天渐渐黑了，刘邦和青蛙才从井下爬上来。

刘邦忙跪倒在地给青蛙磕头，说道："谢谢青蛙神仙救命之恩！"

那青蛙唰啦下子，又变成白面书生，他连忙跪下拉着刘邦说道："恩公，你还记得前几年夜里，你在这里救过一只青蛙吗？"

这么一提，刘邦忽然想起来了，"对，我和项羽一起同秦兵作战的那年，半夜踩死一条白花蛇，救了一只小青蛙。"

"是呀，我就是那只小青蛙呀，不然，我早就被那蛇吞吃啦！"

苦瓜的来历

老辈子的时候，咱们中国大地上根本没有苦瓜，无论是什么瓜，一长出来就甜，而且是越长越甜，长足了个儿后比蜜还甜哩。那么，这会儿为啥有的瓜是苦的呢？

传说，刘邦和秦军打仗争天下的那年夏天，刘邦被秦军打败啦，他越往下败，秦军就越追得起劲，一直追了三天三夜。把刘邦追得丢盔卸甲，望风而逃，他逃哇逃哇，这一天中午，刘邦匹马单枪逃到一个瓜园里，觉着又热又累，跳下马来，躺在瓜地里睡着了。

一觉醒来，觉着渴得口干舌燥，饿得肚子乱叫，他扭头一看，瓜地里有大大小小数不清的甜瓜，"嘿嘿，天助我也！"他说着就伸手摘了一个吃起来，越吃越觉甜，甜得他直流哈喇子，吃啊，吃啊，一直吃得肚大腰圆，他才伸腰站起来，也不觉渴啦，也不觉饿啦，高兴得对着满地的甜瓜说道："甜瓜呀甜瓜，今日你为我解了渴，治了饿，一旦我坐了王位，定会来报答你呀！"刘邦说完就上马走了。

不久，刘邦真的当了汉中王。他每天在汉中吃喝玩乐，早把吃甜瓜的事忘了个一干二净。

这一年，刘邦又率领汉军杀回关中。

在行军路上，赤日炎炎，热得他七窍生烟，两眼冒火。这时，正巧路过一个大瓜园，他一看园内遍地是甜瓜，顿时想起那年吃甜瓜的事来，"吁！"他勒住缰绳下了马，匆匆紧走几步来到瓜园内，低头一细瞅，果然就是他那年吃过的花皮大甜瓜，他连忙蹲下去，找一个大的摘下来，一张嘴，咔嚓就是一口，"哎呀，呸呸！"马上又咧着嘴吐出来，"哈，好苦哇！"他一连摘了几个都是苦的。

稀蜜甜的瓜怎么都变苦了呢？

刘邦忘了那年吃甜瓜时许下的报答诺言，今天他一进瓜园，遍地的甜瓜可就生气了，个个都从心里暗骂他是忘恩负义的小人。当他把甜瓜摘到手后，恨得甜瓜就马上变苦啦，他摘了几个苦了几个，他只好长叹了一声，"可惜没有一个甜的呀！"他说完这句话，随手扔掉苦瓜蔫蔫地走了。

从此，甜瓜中就有了苦瓜，一直到今天还有苦的呢。

"约法三章"得民心

公元前二〇六年十月，刘邦率领十万大军攻进咸阳，秦朝皇帝子婴投降，宣布秦朝灭亡。

刘邦的十万大军进入咸阳城后，个个如狼似虎，到处抢民财，掠民女，胡作非为，无法无天，搅得民怨沸腾。

当刘邦骑马走到街头时，吓得民众高叫着，"快跑吧，汉军来杀人、抢东西啦！"顷刻间，民众都跑到家关门闭户不敢再出来。刘邦皱着眉头继续往前走，走着走着，只见一个穿红花袄的年轻女子从一个小巷里跑出来，边往前跑边高喊救命。女子后边有两个汉军一路猛追。

刘邦气愤地对身后的大将樊哙说道："你马上把追女人的两个士兵截住。"

樊哙打马向前，挡住两个士兵去路。两个士兵不认识樊哙，很不满地说道："你凭什么管俺们的闲事？"

樊哙一抡鞭子，啪啪就抽打起两个士兵，边抽打边叫喊，"老子就凭这个！"两个士兵被鞭子抽打得满头满脸都是鲜血，他两个想跑哪有马快，直抽打得跪地求饶。

晚上，刘邦心事重重，吃不下饭，也睡不着觉。谋士张良一看刘邦犯了愁，就对他说道："主公，发愁没有用啊，自古以来，得民心者得天下，失民心者失天下，我们的军队进入咸阳，就像今天所闻所见，官兵无有法纪，进城苦害民众，让民众寒了心，岂能成其大业呀！"这几句话勾起了刘邦的回忆，他想：我本是个农家出身的底层小农民，受尽地方官吏的欺压，过着低人一等的苦日子。今朝领兵进了咸阳城，再让自己的兵将扰民、苦民、害民，其心何忍啊！刘邦想到这儿，低声喃喃地说道："张良兄弟说得有理呀，我们要'约法三章'来约束官兵和不法民众，让他们老老实实地做人，规规矩矩地做事。"刘邦说到这儿，抬头看看张良，只见张良对他不住地点头赞许。刘邦更高兴了，他想了想说道："我认为对办坏事、办恶事的官兵和民众，要定个约法，你听听我想的这三章行不行，第一，杀人者一律处死。第二，偷盗抢劫和伤人者，要按轻重给予处罚。第三，原来秦朝的苛法，全部废除。"刘邦说到这儿，又问张良："这三章如何？"张良很高兴地点了点头。刘邦又说道："我三军将士，除去遵守这'约法三章'外，再加上不得骚扰黎民百姓，违令者斩无赦。并派人告知地方官吏，马上四处张榜，以安民心……"张良听刘邦定的这些章法，高兴得直拍手称赞，"好哇，有主公定的这些'约法三章'，定能得民心得天下呀！"

三天后的一个中午，刘邦、张良和樊哙，都打扮成商人的模样，走出大营，顺着咸阳大道走向较繁华的市中心街。平时中心街商贾凑集，热闹非凡，而今冷冷清清，行人稀少，大部分商店都关门停业。三个人信步走进名叫积德兴的饭店。三个人刚坐下不大一会儿，从门外走进五个汉军，为首的一个大个子，歪戴着帽子，晃悠着身子，两只大眼冲着饭店掌柜的喊道："有什么吃的呀？"

掌柜的忙跑过来，笑着问道："军爷想吃什么？"

"先给老子上三壶烧酒，五盘肉菜，然后再上一笼屉韭菜馅的包子！"

"好咧！"饭店掌柜的马上去准备。

"快点，快点——"大个子军人大声吆喝。

"来啦！"店掌柜端来三壶酒和两盘子肉菜。

"那三盘子呢？"

"马上就到。"店掌柜慌忙跑进后堂。

功夫不大，酒菜和包子上齐。五个汉军大吃大喝起来。喝足吃饱后，大个子军人又喊一声，"掌柜的算账。"掌柜的乐呵呵的跑过来，"军爷吃好喝好啦？"

"好啦，要多少钱啊？"大个子军人迷糊着眼问道。

"一共七个大钱。"

"我们军人没有钱，你知道不知道哇，想要钱的话，等我们大头目刘邦当了王什么的我们再来还。"

"哎呀，军爷，我这小饭店十天也挣不了你这一顿饭钱，如果到你说的那时候，到哪里找你们呀？"

"哈哈，我看你小子蹬着鼻子上脸！"大个子军人伸手啪啪打了饭店掌柜几个耳光子，直打得他口鼻流血。

这时候，刘邦三人正吃着饭，大个子军人所作所为早把他仨人气坏啦，樊哙把饭碗一推，噌噌几步来到大个子军人身前，一伸右手，啪地扇了大个子军人一个耳光子。耳光子打得很重，把大个子军人扇了个趔趄，他啊的一声，用手捂着红紫色的脸蛋子，喊道："你干吗吃的，敢打老子，大家上！"其余四个汉军呜啦一声扑上来。

刘邦一看樊哙要吃亏，他往前一蹿来到五个汉军跟前，挥拳伸腿，砰啪的猛打猛踢，樊哙一看刘邦施展开了拳脚，他更疯狂地打起来，直打得五个汉军鼻青脸肿毫无还手之力，趴地上哼啊哎哟地爬不起来。

"都滚起来接着打！"刘邦气呼呼地说道。

"你们不要打啦，我们的胳膊腿都要被打断啦！"大个子军人央求说。

这时候，张良走过来，大声训斥道："最近，我们刚发布了约法三章，你们胆敢公开违令，欺压饭店掌柜，吃饭不给钱，还要伸手打人，你们是不是不想活啦？"

"我们错啦，你三位千万别声张出去，要让上边知道了，俺们可就活不了啦！"五个人苦苦央求起来。

"你们还怕上边，谁是上边，我身右边是我们的主公刘邦，左边是大将樊哙，还有什么上边？"张良说到这儿，五个汉军像从万丈高楼上掉下来，都哎呀一声，浑身打起哆嗦。

　　"你五个起来跟我们走。"刘邦三人把五个汉军带回大营，进行了游街示众和严惩。

　　从此，汉军谁也不敢再违犯纪律，都严格遵守"约法三章"，使汉军受到老百姓们的拥戴。

刀劈黄龙帐

这一天，刘邦率领几万人马浩浩荡荡地杀进咸阳城，秦王子婴一看秦朝大势已去，只好带领文武百官投了降。

刘邦为了收买人心，进咸阳城内不杀一官一卒，只是派人把秦王朝的大小官员都关押起来。并下了一道命令，要求全军将士，进城后不准滥杀无辜，更不准掠夺平民百姓。然后，他带领两个随从悄悄奔向秦王的阿房宫。

到了阿房宫门口，他向两个随从说道："你两个人在门外等候，我到里边遛一圈儿就回来！"刘邦吩咐完毕，就走进阿房宫大院，他抬头一看，满院景色秀丽，处处奇花异草。他从宫门走进一箭之远，就是一座白玉石小桥，桥下水清草绿，水中红鲤漫游，白鲢蹦跳，过了白玉石小桥就是两排一般高的龙须柳，穿过龙须柳，靠北面是一排排前出厦的粉墙，粉墙后边就是金碧辉煌的宫殿，宫殿四周挂着五光十色的帷子，帷子上绣着蛟龙出海和虎啸山石，他往宫殿内再一看，里面都是各国进贡来的珠宝玉器，他瞅啊，看啊，使他看得眼花缭乱。

就在这时候，突然从阿房宫后边走来一班子模样雪白粉嫩、身穿白绫子长裙的美女，她们个个像刚落凡尘的仙女，轻轻来到刘邦跟前，飘飘下拜，拜后一齐银铃般地说道："小的们迎接大王到来！"这下子喜得刘邦手舞足蹈，马上说道："不必多礼，不必多礼，哈哈哈……"

这些美女是原来伺候秦王皇后的，她们拜见完刘邦就走了。她们刚走，随后又来了一队穿彩衣彩裙的宫女，她们个个长得粉面朱唇，水灵灵的眼睛，含情脉脉，真是要多美丽有多美丽。她们迈着小碎步，来到了刘邦身边，也是先弯身下拜，然后，就簇拥着刘邦进了秦二世的卧室。

刘邦跟这些如花似玉的宫女进了秦二世卧室后，顿觉神魂颠倒，好像一个跟头飘悠悠地栽到云雾里，他自言自语地说道："哈哈，我刘邦也有今天啦！"说完这句话，伸胳膊搂过在他身边站着的一个宫女，扑通一声躺在秦二世的龙床上，并贱声贱气地说道："我刘邦在这儿舒舒服服住上几天，也算不白来到世上哟！"

再说军师张良，一看大军进了咸阳虽然没有杀人，可也有些乱套。他就急忙找刘邦商量对策，可是他找了好大一会儿，才听一个小校告诉他，刘邦早已进了阿房宫。

张良一听刘邦进了阿房宫，不敢怠慢，急忙也奔阿房宫而来。当他找到秦二世的卧室门前时，已听到了刘邦在室内和宫女们的说笑声。

张良听了很是生气，就气呼呼地推卧室门，一推推不动，他就当当地敲起来，任他敲个没完，就是没人来开。张良气急了，敞开嗓子大喊大叫起来："刘将军，快快开门，我有要事相告！"

一敲门，刘邦就预料到，一定是张良，别人没有这么大胆量，他为了享乐，故意拖延不让宫女去开，他越不开，张良喊得越凶，"开门呀，我是张良，有大事相告啊！"刘邦实在没法啦，才让一个宫女把门开了。

张良进卧室一看，只见刘邦在秦二世龙床上半躺半卧着，七八个宫女围在床边，有一个宫女已钻进黄龙帐里头，正偎在刘邦身后。

张良焦急地对刘邦说道："将军你刚刚进了咸阳就想到享乐，莫非你忘了自己的诺言吗？你曾说过，你打天下是为了铲除秦朝暴虐和奢侈，是为了给天下人除害，而你一进咸阳就跑到这儿来，与那已亡的秦二世有啥不同呢？"张良的话音高又带着八分气。刘邦皱皱眉头，就没好气地说道："好啦，好啦，你先走吧，我在这儿休息片刻，天黑以前一定回去。"

张良打了个愣，觉着自个儿是叫不走他的，只好转身走出来。

这当儿，刘邦手下的大将樊哙手握一把宽背大砍刀走了来，一见张良就问道："刘邦呢？"

"哎呀，甭提啦，他正在秦二世龙床上躺着呢！"

"太不像话啦，一进咸阳，他先扎进这个肮脏地方来，还有好吗，我去叫他！"

"好吧，我张良是叫不动的，你们是连襟儿，可能还行吧！"

"不要脸的东西，他不出来我也得叫他出来！"樊哙一边说着一边往宫里走。他来到宫内，一看秦二世的卧室门关闭着，啪地一脚给踢开了，没等刘邦说话，匆匆几步就来到龙床前，一看刘邦正缠着一个宫女耍闹，他眼珠子一瞪，大喝一声："刘邦，你知道不知道秦王朝怎么灭的，你刚进咸阳就卧到这个臭地方来，像话吗？"

"这，这……"没等刘邦说完这句话，樊哙把脚一跺，"我叫你跑这儿来！"随后把大砍刀一抡，唰的一声，把龙床上边吊着的黄龙帐给劈落了，随后指着那些宫女说道："你们这些不要脸的臊气货赶快走开，我姓樊的刀不认人！"

吓得宫女嗷的一声都跑啦。

刘邦只好咧了咧嘴，喘一口大气，耷拉着脸，无精打采地跟樊哙从阿房宫里走出来。

飞天鸳鸯剑

当年刘邦和项羽争天下时，他先杀进咸阳。杀进咸阳后，心里老想着秦始皇阿房宫里那些美女，几次溜进宫内，都被张良、樊哙等文武将官给叫出来。

刘邦在阿房宫美女群里没有得手，他哪里会死心呢！

这一天晚上，全军将士刚刚吃过晚饭，刘邦就一声不响地离开军帐，并嘱咐守门的卫士，如有人找他，就说到外边巡查去了，很快就回来。其实，他又独自一人奔向秦始皇的阿房宫。

这时候，阿房宫的美女都已进自己卧室，有的已经躺下，有的宽衣解带准备睡觉。刘邦走进阿房宫的院子，到处寂静无声，弯月挂高天，照得宫里一片银白。他也不知道哪个房间里有美女，就沿着一条小通路往宫里走下去。他正走着，突然迎面走来一个穿蓝布衣的老厨师，老厨师右手拎着一只饭桶，左手拿一把笤帚，一见刘邦，就问道："这位将军，你找谁？"

"呵，我，我找宫女！"刘邦既不认识哪个宫女，也不知哪个宫女姓甚名谁，说话支支吾吾。

"哎，眼下，宫内还有一百多宫女，你又不知宫女名字，怎么能找得着哇？"

"她，身穿一件粉绸子裙，细高挑个子，面如桃花……"

"哈哈哈，宫里女子都是这般打扮，不知这位将军，找她们有何事？"老厨师这么一问，刘邦一时无言答对，哼哼哈哈地说道："我，我认识她呀！"

"这……"

刘邦假装想了一会儿，实在不知说啥了，一低头正看到自己腰间的宝剑，他灵机一动，就编造说道："这宫女，腰间是不是经常挎一把宝剑呀？"刘邦这么一说，倒提醒了老厨师，他笑了笑说道："宫女中，是有一个身带宝剑的，她不是挎在腰上，是插在后背！"

"对，是插在后背。"

"她是两把飞天鸳鸯剑！"

"对对，就是两把飞天鸳鸯剑。"刘邦高兴起来。

老厨师又上下打量了一下刘邦，问道："你是汉王手下的将军吗？"

"对，是将军，是将军啊！"

"贵姓大名啊？"

"人称大将军的便是我呀！"

"噢！大将军，你找的这位宫女名唤玉倩姑娘，是当年从西山来宫内保护秦始皇的，这个女子长得貌似天仙，性情刚烈，有一身好武艺，尤其她那两把飞天鸳鸯剑，剑术精奇，顷刻间能杀掉敌人头颅。秦始皇在世时，一出门，她就不离左右，秦始皇死后，她一人独居后宫，白日弹琴作画写诗文，夜晚练剑法习武艺，可算宫中一奇女呀！"

"谢谢老人家，我这就去找她！"刘邦说完，急忙转身顺着一条用青砖砌的小路奔向后宫。

刘邦走过四七二十八礅宫房，面前出现了一个大圆门，圆门上首有两个黄色灯笼，灯笼上写有后宫两个红色大字。走进后宫抬头一看，这里的房子又是另一番景象，不高不矮的青砖房，都用大瓦当装饰着飞檐，飞檐下一根粗大的红漆横梁，横梁下吊着一溜儿黄缎子糊的宫灯，宫灯上往下耷拉着红绸子穗头。刘邦正愣着观看宫房，突然从东边宫房里传出练剑声，他便往前紧走几步，来到那间高大的宫房门外，只见房门大敞四开，不见有人走动，他便溜进门，绕过一个画有二龙戏珠的大影壁，便是一个宽大的院子，院子四周古树参天，树下一排排灯笼照得通亮。

院子中间正有一个身穿紧身衣的年轻貌美的女子在舞双剑，"啊，玉倩姑娘！"刘邦情不自禁地说出口。

此女子正是玉倩姑娘，从秦始皇死后，每天晚上她独自一人在这儿练剑。

刘邦站在一棵树下，只见玉倩姑娘双手擎着两把闪烁着寒光的鸳鸯剑舞动如飞，这两把鸳鸯剑越舞越快，起初是剑随人转，一会儿就是人随剑转，一会儿只见满院剑光闪闪，剑声啸啸，两把鸳鸯剑像霹雳中的闪电。

一会儿，两把鸳鸯剑脱手而出，嗖地飞向空中，唰唰，把院旁一棵垂柳树上的树枝砍断，又飞回玉倩姑娘手中，这一招，正是飞天鸳鸯剑的妙处。

刘邦看得出神了，当他看到鸳鸯剑凌空飞起砍断树枝又飞回玉倩姑娘手中时，情不自禁地喊了一声："好飞剑！"

"什么人？"玉倩姑娘收住脚步，手擎双剑横眉怒目地大声问道。

"我，我是……"

"夜入后宫，偷看练剑，定不是好人！"玉倩姑娘说到这儿，身子一纵，双剑一挥，唰的一声向刘邦刺去。

刘邦也是身经百战的将军，他一看玉倩姑娘的双剑刺来，一个急转身，躲到树后，可是那双剑非比一般，带着寒气嗖地一声飞将起来，飞着飞着，便凌空劈下，吓得刘邦抽出腰中的宝剑，急忙往上架，只听当当两声，两把剑又飞上高空。

"你是什么人？"玉倩姑娘收剑在手，指着刘邦问道。

这时候，吓得刘邦出了一身冷汗，他哆哆嗦嗦地说道："我，我是刘邦！"

玉倩姑娘一听是刘邦，往后倒退了几步，正色说道："你是汉王？"

"对，我正是汉王！"

"好，你汉王进了咸阳兵不血刃，不杀秦王朝一臣一士，可敬可佩，姑娘我饶你一条性命，逃命去吧！"

"我早听说秦始皇身边有一叫玉倩的姑娘，身怀绝艺，使的两把飞天鸳鸯剑，神出鬼没，曾打遍天下无对手，孤家进了咸阳，特前来拜见，并无恶意！"刘邦说完，躬身施礼，喃喃地又说道："望姑娘宽恕！"

"拜见我为何？"

"既然玉倩姑娘当年能为秦王效力，我愿请姑娘跟我刘邦去战败项羽，一统天下后，共享清平之乐！"刘邦一副低三下四的样子。

只见那玉倩姑娘，嘿嘿冷笑了几声，说道："当年我是奉师父神剑女侠之命，下山保护秦王的，而今秦王已死，不几日我将回山。"

"哎呀，你万万走不得，只要你答应留下，我绝不亏待你！"刘邦眼瞅着眼前这位貌美而又武功高强的姑娘，焦急万分。

"请汉王自重，师父之命难违！"

"哎呀，这，这……姑娘你能否让我仔细看一看飞天鸳鸯剑？也算我的眼福啊！"

"看看无妨！"玉倩姑娘很大方地来到刘邦身边，伸手把双剑递给了刘邦。刘邦把剑接在手，顿觉双剑寒光嗖嗖，剑光刺眼，"神剑，神剑！"他一边说着一边用眼直勾勾地瞅着玉倩姑娘，他觉着眼前这姑娘是一朵喷射着香气的牡丹花。他突然像发了疯一样，把双剑一丢，猛扑过去，拦腰抱住了玉倩姑娘，玉倩姑娘嗖地往下一抽身子，右手一抓刘邦的左小腿，扑通一声把刘邦掀了个仰面朝天，摔得刘邦两眼直冒金星。刘邦还真有两下子，随着一个就地十八滚，一个鲤鱼打挺就站了起来，呼地一声又扑向玉倩姑娘。玉倩姑娘像一只飞舞的蝴蝶，绕着刘邦腾身挪步，任凭刘邦怎么舞炸，连她的衣裳都碰不着，简直就像傻小子扑蝴蝶，扑来扑去，刘邦的靴子也甩掉了，他实在抓不住玉倩姑娘，就一屁股坐在地上，气急败坏地喊道："我饶不了你！"

"实话告诉你，从当年我进得宫来，连秦王嬴政也不敢无礼，你这是自找苦吃！"玉倩姑娘说完扭身走了。

"好哇！"刘邦只找到一只靴子，索性光着双脚，披散着头发，带着满身尘土，一瘸一拐地走出阿房宫大门。

张良、樊哙等文武将士正想去寻找，忽见刘邦这般模样回来了，大吃一惊，"汉王你这是怎么啦？"

"快，快，快集合一千名汉军，把秦王嬴政的阿房宫团团围住，千万莫放跑了一个叫玉倩的宫女！"刘邦喘着粗气，怒冲冲地向众将喝喊着。

"这……"张良刚一张嘴，刘邦就火冒三丈地喝道："哪个胆敢不听，我要以命相拼！"

将近二更天，上千名汉军披盔甲，执刀枪，把个阿房宫围了个水泄不通，刘邦亲自带领三百多剽悍的汉军闯进宫内搜索。搜哇，搜哇，把阿房宫旮旯，树林草丛都搜遍，把所有的宫女都搜出来，有的还被捆绑住手脚，赶到阿房宫前面一个院子里。

刘邦让这些宫女排成一长队，让士卒高举灯笼火把，他一个一个仔细辨认，认啊，认啊，哪个也不是。他又问道："宫女们，你们哪个看见玉倩姑娘啦？"没有一个搭腔。

"给我一个个地狠打！"刘邦刚想让人动手打这些宫女，突然从一个大树梢上发出了喊声："刘邦住手！"随着嗖的一声，一个女子落在刘邦身旁，刘邦扭头一看，正是玉倩姑娘。

刘邦刚想让汉军上前捉拿，哪知玉倩姑娘把一片竹简往刘邦面前一丢，一纵身子，呼的一声登上阿房宫的房顶，没等刘邦醒过腔来，玉倩姑娘早无影无踪了。刘邦叹息了一声，只好拾起地上那片竹简，只见上边写着两行字：

快放宫女莫纠缠，玉倩月下回西山。
清正廉明江山久，腐化堕落帝业短。

骊山寻墓

　　刘邦比项羽早进咸阳好多天，他进了咸阳后，办了两件事。第一件事是把秦王子婴和他手下文武大臣都入了牢狱。第二件事就是他听说秦二世把原来六国的无价之宝都埋进了秦始皇墓，怕项羽进了咸阳他弄不到手，就来了个先下手为强，几次派人去找，结果找了个假墓。真墓在哪儿？刘邦恨不能马上找到它。

　　这天，他把文武百官召集到一起，问道："各位文臣武将，谁知道秦始皇的真墓在哪儿？"

　　百十名文武官员，都面面相觑，谁也不说一句话。一是秦始皇墓太多，真假难辨，再就是怕说错了杀头。刘邦连问数声无人答话，只好扭头问张良："难道各位都不知道吗？"张良点了点头，说道："主公，秦始皇修筑了数不清查不明的坟墓，他死后，人们都知道，明摆着的墓都是假的，暗藏在地下的墓才是真的，可真中又有假，真墓到底在何处，在场人不一定有知道的啊！"

　　刘邦一看问不出个长短，只好闷闷不乐地走了。

　　张良一看，刘邦对秦始皇墓这么感兴趣，就几次派人到骊山一带去打听秦始皇真墓到底在哪儿？结果也没有打听到。

　　这天，刘邦把张良叫到跟前说道："你派了那么多人去找秦始皇真墓，始终没找到，我看还是工夫不到哇！"

"主公，你的意思是？"

"你和我都打扮成算卦相面的先生，明天一早到骊山去走乡串寨，想办法找到真墓。"

刘邦说完，两只眼紧盯着张良，张良没有立刻回答，他踱着步想了一会儿说道："主公去是好事，但也应考虑安全啊！"

"请放心，我不是只有缚鸡之力的人，是马上步下能征战杀敌的将军。"

张良一看刘邦主意已决，只好答应。

第二天，刘邦和张良分别打扮成乡间算卦相面先生，秘密走出咸阳城。

他二人在骊山一带村寨里，打着铃板转悠。

"相面，相面，能相福贵祸灾，能相寿长寿短……"

"算卦，算卦，能算过去未来之事，能算财大命大造化大……"

二人转悠到天黑，住在一个小村边上的客店里。店主是个驼背老汉，他一见来了两个相面算卦先生，格外高兴，又暖酒又炒菜，照顾得挺周到。

饭后，驼背老汉缠着二人给他算卦，实在没法啦，张良就问了他的生辰八字，然后装模作样地说道："生在骊山下，小时是苦瓜，二十岁后渐甜，五十岁左右当店家，孤苦伶仃到眼下。"张良刚说到这里，驼背老汉叹一口气就流出了眼泪，说道："对呀，对呀，我从小要饭讨生，三十岁娶了媳妇，三十六岁添一小女孩，四十五岁上闹兵荒，全家三口人，只剩下我自己……"

刘邦也故意瞅了瞅他的面目编一套词说道："面目和善逢人亲，有时不辨真假人，为他人操心受累到晚年，寿大苦难深。"刘邦刚说到这里，驼背老汉拍手说道："对呀，我是实在人，家里无别人，这些年，光为前邻后舍操心受累啦！"

三人越说越近乎，刘邦忽然压低了声音问道："老哥，听说骊山下有秦始皇的大墓啊？"

"是啊，前些年秦始皇派人修的呀！"

"是真的吗？"刘邦问道。

"嘿嘿，嘿嘿……"

"你笑啥呀？"

"不瞒你二位先生说吧，明摆着的是假墓，真墓还在地下哩！"

听了这句话，刘邦和张良都振作起来，刘邦连忙问道："你怎么知道在地下呢？"刘邦一认真，吓得驼背老汉激灵下子，"二位先生问这个干啥？"

"没有别的，我兄弟俩是外地人，听个新鲜！"

"噢，好，好，这还是好多年以前，我在离骊山不远的大洼里打柴，听一个姓文的老头儿说的呢！"

"文老头儿现在哪里？"

"这么多年，兵荒马乱的，不知是死是活呢？"驼背老汉脑袋摇得像拨浪鼓。

刘邦和张良耳语了一下，张良说道："这样吧，明天请你辛苦一趟，带领我俩到秦始皇墓看看！"

"这个——？"驼背老汉刚一犹豫，刘邦从怀里掏出一把金子塞给他说道："也不能叫你白辛苦哇！"

驼背老汉一看这么多金子，两眼笑成一条缝儿，说道："只要两位先生愿去，小的奉陪，这么多金子实在不能要哇！"

"不用客气，你收下养老吧！"刘邦和张良异口同声地说道。

"这么着，就多谢二位啦，明天一早咱就伴去，嘿嘿！"

第二天上午，驼背老汉领着刘邦和张良来到骊山下的一座小山前说道："这座小山就是秦始皇墓。"大家只见这座墓真像一座小山，它方圆有半里多地，高达百十丈，四周栽有各种花草树木，墓上边都是一色的大青石头垒成，表面磨得平滑光亮，顶端有一平台，平台上有几十对大方楞子石蠱立着，直插云霄。

驼背老汉指着大墓说道："可惜它是个假的呀！"

刘邦想了想说道："假的，咱就不去理它啦，还是去找真的吧！"

驼背老汉点了点头，往前一指说道："前边就是湖哇，那一年就是在这一带遇上的文老头儿啊！"就在这当儿，一个年轻人大气喘喘地跑了来，见了驼背老汉就喊道："哎呀，当家的快回去，店房着火啦！"驼背老汉冲着刘邦和张良作揖拱手地说道："二位先生实在对不起，小的回去看看！"

刘邦一听他店房着火，也就只好说道："快回去吧，我二人先去找找！"

驼背老汉风风火火地走啦。

刘邦和张良信步来到湖边，只见湖水是淡青色的，水里长了一些干了尖的稀疏水草，水草间不断传来水鸟的叫声，岸边污泥中还有些白骨，湖四周是一层一层的土堆，这些土堆上长了些成行成片落光了叶的小树棵子，小树棵子下是丛生的干巴草。

刘邦拾起一块土坷垃，往湖水里一扔，他问张良："你说湖水有多深哪？"张良思摸了一下说道："至少也有一人深吧！"

"差不多有两三人深。"二人说着就围着湖转来转去。

过半晌起了大风，刮得尘土飞扬，草叶横飞，二人就来到湖南头一个大土堆间坐下来。

一天来的奔走跋涉，都觉着骨酥筋麻，坐下不大工夫就都呼呼睡着了。

到他二人醒来，已是明月挂天。

"主公，咱们找个村子住下吧！"张良说着拉起刘邦就往东走，大小土坡坑坑洼洼也没有道路；跌脚爬擦地走出半里多地，才见从树林缝儿里透出一丝灯光，二人就奔灯光走去，绕过几大堆石头块，出现了一条明光光的小道，沿着小道又走过了一程子，面前出现了一间小草房，这间草房挺矮，房顶上还堆了些柴草。

来到草房切近，从窗户里传出一阵老人的咳嗽声。刘邦上前敲了几下门。

"谁呀？进来吧！"一个老婆儿的说话声。

"大娘，我们是过路的，请方便方便，住一夜就走哇！"

小门吱呀一声开啦，一个六十多岁的白发老太婆颤巍巍地迈出门槛，借着月光打量了一下刘邦和张良说道:"二位先生请进屋吧!"

刘邦和张良走进小屋,只见小屋挺窄憋,靠窗台间有一个用石头块子垒起来的小炕,炕上睡着一个七八十岁的老头儿,炕下边有一张方桌,方桌上点着一盏小油灯,灯头有豆粒那么大,照得屋子半明半暗。方桌右侧有一个锅台,灶火门前还冒烟蹿火地烧着,锅里咕咕响着。白发老太婆马上蹲到灶火坑间烧火,边烧火边说道:"自从秦始皇死了后,没有人往这荒僻吓唬人的地方来,更不用说晚上啦,不知你二位从何而来,要往哪儿去?"

刘邦和张良坐在一条小板凳上,听白发老太婆一问,刘邦就忙凑过去说道:"我俩从咸阳来找一个人。"

"哎呀,这四周村子很少,找人更难啦,不知你们找亲戚还是找朋友?"

"找一个姓文的老头儿啊!"

白发老太婆听了一激灵,忙放下烧火棍,说道:"你们跟姓文的是亲戚?"

"不是。"

"不沾亲带故找他干啥!"

"有件事要问他呀!"

"问事,俺老伴就姓文,可他啥也不知道。"

"啊,你炕上睡觉的老伴姓文?"

"对呀,他从小就在这一带要饭讨生,啥大世面都没见过,你问他干个啥呀?"

白发老太婆说到这里,搬一张短腿方桌放在地上,又拿过几个小木凳摆好,很敞快地说道:"咱是西村到东村,来了就是一家亲,家常便饭,多加包涵,二位先生吃吧!"白发老太婆说到这里,把刘邦和张良让到方桌间,就去叫文老头儿,"哎呀,老啦,老啦,睡觉更死啦,快起来吃饭!"

文老头儿这才醒喽,他打了个哈欠,一睁眼,见来了两个陌生人,忙溜下炕来,先嘿嘿笑了笑,然后很客气地说道:"这二位先生,从哪儿来呀?"

刘邦忙过来扶住文老头儿答道:"从咸阳来呀!"

"你二位是不是风水先生？"

"我俩是相面算卦先生！"

"噢，先吃饭吧！"

刘邦和张良也真饿急了，先拿窝头，后端小米粥，就着咸萝卜条就大口小口地吃起来。

一会儿的工夫，都吃饱啦，刘邦和张良就问起文老头儿的身世，文老头儿说道："我生长在骊山下的八角村，从小就当长工，打短工，年景不好就要饭讨生，后来秦始皇修坟墓，把村子迁走啦，我被抓去当夫，修了好几年的墓，秦始皇死后，我就跟老伴逃出来，在这儿搭了间小房子住下，唉，不易活过来呀！"

"老爷子，你参加修秦始皇的墓啦？"

"是啊，可吃苦啦！"

"你修的哪个墓啊？"

"湖北边那个小山就是墓哇！"

"那是真墓吗？"

文老头儿一听问真墓，他就吃了闷宫，一句话也不说了。

老大一会儿，文老头儿打着唉声说道："二位是过路人啊，坟墓哪有真假之分哪！"

刘邦和张良一看文老头儿说话吞吞吐吐，就有些着急。张良说道："老爷子，我们两个从小就好奇心强，听乡下人传言，说那个小山似的大墓是假的，真墓还在别处！"文老头儿又不言语了，他低着头直打唉声："你们是相面算卦先生，打听这些可有啥用，莫非想盗墓吗？"

刘邦一听文老头儿说想盗墓，他火气上来了，"对呀，我俩就是想盗墓！"

"凭你们俩还想盗墓，笑话呀，哈哈哈！"

"老爷子，你为啥不敢说出真墓啊？"

文老头儿又上下打量了一下刘邦和张良，"你二位追问什么真墓，那你俩就不是相面算卦先生！"

"老爷子，你为啥不敢说？"刘邦大声嚷起来。

文老头儿的脸胀得通红，再也不说半句话，坐在一旁的白发老太婆冲着老头儿说道："你都快八十岁的人啦，不说呀，老糊涂喽，再想说也说不了啦！"

"我不能对别人说，天下头我只对两个人说！"

"什么人？"刘邦紧追问。

"除了汉王刘邦和霸王项羽，别人割了我的脖子我也不会说的呀！"

张良紧跟上一句："你这话当真？"

"当真。"

"好，你看看你面前这个人像不像汉王刘邦？"

文老头儿含着笑意，又仔细瞅了瞅刘邦，摇了摇头说道："我眼拙，看不出来呀！"

刘邦立时来了精神，他腾下子站起来，高兴地说道："老爷子，我就是刘邦！"他又指着张良说道："这是我的军师张良。"

文老头儿愣住了，他又打量了一下刘邦和张良，说道："不一定吧，你二人抛下咸阳城的千军万马，打扮成这个样子，到这里来干啥？"刘邦说道："不瞒老爷子说，就是为查访秦始皇真墓啊！"张良怕文老头儿还不相信，就把汉王的大印拿出来，让文老头儿看了看，这下子文老头儿信了，他慌忙趴地上磕开了头啦，"不知汉王驾到，罪该万死……"

刘邦忙把他扶到炕上，说道："老爷子，不必如此，你想告诉我，我来了，不是正好吗！？"

"是啊，都怨我有眼无珠哇！"

"老爷子，你快说吧，哪儿是秦始皇的真墓啊？"

文老头儿清了清嗓子说道："我在好多年前就被抓到骊山下给秦始皇修墓，先修的地下墓，开始用了一年多时间挖土，挖了个很深很大的大坑，挖完后就又铺了几层石头，铺完石头又用石末子和铁末子灌严石头缝，灌得不渗水啦，又用大条石往上砌，砌来砌去呀，就砌成有壁、有顶、方圆很大的墓，墓内顶上用的都是白玉石，又在这些白玉石上镶了银星金月和红日，然后又在里头修了些金碧辉煌的皇宫大殿和刻制了一队队一行行的石人石马。"文老头儿说着说着咳嗽起来，他喝了口水又接着说道："最后，又在正中给秦始皇修了个五光十彩的龙床，还修了七七四十九条墓道，和一些刻有秦始皇功绩的石碑。我们在这里完工后，累死饿死很多人，这时，他们就又抓来成千上万的民夫又在北边开始修了墓地，这个墓地不太深，就用石头砌起一个很大很大的大殿，殿内也分成天地和日月星辰，然后把里边修成飞龙盘柱朱梁彩壁，比皇上住的大殿不在其下。就在人们快修完墓的时候，秦始皇突然死啦，秦二世让上千人把秦始皇尸体抬进地下墓，当时我也在抬秦始皇尸体的队伍里，七月天气闷热我就在里头当了个呼喊人们闪躲两旁的小头目，人们一边往里走，我就跑前跑后地喊，把秦始皇安葬完毕，又运来那么多金银首饰、珍珠玛瑙和秦始皇并吞六国时从六国弄来的无价之宝。把这些弄进去后，秦二世才大喊一声：'都跪下给老皇爷磕头！'他喊的声音太小，一回头正看见我，'你替我喊！'我马上站起来，在墓里大喊：'给老皇爷磕头啦！'我一喊，数不清的人哇啦下子全跪下磕开了头啦。秦二世和赵高一伙人一看都跪下啦，一甩袖子就往外急走，我一看不对劲，就悄悄跟在他们后边往外溜。刚来到墓口，秦二世一回头看见了我，就问：'你怎么出来啦？''我，我是帮助皇上喊开道的啊！''好，你马上把墓口关闭！''里边还有那么多人没出来呢？''不要管他们！'秦二世眼里像冒火一样盯住我，我就偷偷哭啦，心里说：'天哪，这些民夫兄弟都完啦！'我眼一闭，一按机关，只听咕噜噜一声响，一个上万斤重的大方石堵死了墓口。

"赵高是个老奸臣，他一看这么多民夫只剩下我一个人，一回手抓住我衣襟，说道：'不要离开我们，快跟着到地上墓。'"

"来到地上墓，秦二世就让人们抬进一个假秦始皇，当人们抬进去，工夫不大，秦二世就让我关墓门，我只好关了。关了墓门，我再抬头一看修墓的民夫都死啦，就剩下我一个，我想，我保险活不了啦，我给他们一个不提防，就拼命地跑开啦，我跑他们就追，我一看快给追上啦，正好前边地头上有一眼水井，我一狠心就跳了井，他们一看我跳井死啦，就回去啦，可是人不该死总有救哇！井里水皮挺浅，没淹死我，到了晚上，听听上头没动响，我就扒着井框上来啦！"文老头儿说到这里，哭啦，他哭泣着又说道："地下墓就在现在那个有水的湖下头哩，唉！我有罪啊，我，我这死里逃生的人，早就不该活啊！"

刘邦和张良马上劝他，刘邦还掏出金子赏给老头儿。

这当儿，小房子外人呼马嘶，灯笼火把，来了不计其数的兵马。刘邦走到门外一看，原来是丞相萧何带领人马找来啦，他一见刘邦的面就说道："主公，大事不好，项羽带领二三十万大军到了函谷关，赶快做个准备吧！"刘邦和张良一听就着慌了，二人连忙辞别了文老头儿走啦。

刘邦漫步山神庙

秦亡后，项羽自称西楚霸王，并把各路灭秦功臣及六国贵族封了王。

他首先把隐患最大的刘邦封为汉王，并让他到汉中去称王。因为汉中距离长安又遥远又偏僻，而且山高林密无路可行。到处是人烟稀少的荒山野岭。可是，刘邦到了汉中后，雄心壮志不减，觉着这个偏僻地区适合屯兵练武，养精蓄锐，以图天下。但是，日子一长，他心中产生了烦躁和郁闷，时常暗自叹息：汉中非长久，何日再出头，问天天不语，问地不开口……

一天中午饭后，刘邦告诉身边士卒，"我独自到西山观山景，不要告知任何人。"说完，独自一人出了驻地南郑，奔西面大山走去。

峰峦起伏的大山，绚丽多姿，青翠葱茏，山底是半人高的蒿草，蒿草中间有一条弯弯曲曲的羊肠小道，一直通往半山腰。

刘邦一见脚下杂草丛生，身旁一蓬蓬很细长的野草和小树棵子相互缠绕，他情不自禁地拽出腰间宝剑，割草跨步，直奔山顶。

他顺着一条羊肠小道很快来到半山腰，只见这儿虽有斜坡，却面积很大，绕过一块三角八棱的大石头后，前面是一片高低不平的山地。再抬头往前望去，都是高大的松柏树和歪歪扭扭的山榆树，虽然山风不甚大，可也发出呼呼响声。几只不知名的山雀咕咕咕地高叫着，在树与树之间飞舞嬉闹。

刘邦又顺着树下小道往前走了一段山路，越过几块横倒在地上的青石板，忽然，眼前出现一座不甚大的庙，只见这座庙残破不堪，萧瑟寥落，两扇门上方，有四个褪了色的红字：西山神庙。庙门前边，相隔一丈多远，有一个用青石凿成的大鼎，鼎旁长些三四尺高的蒿草，微风吹过，蒿草摇曳晃动。大鼎两侧有四个青石礅，看来，是让人坐着乘凉的。

刘邦刚走到大鼎前，忽然，从庙内走出一个守庙老人，只见这位守庙老人，头戴褪了色的青布帽，身披一件外蓝内红的大衣，一副仙风神韵的体态和面容，胡须虽然灰白，但眉目清秀，精神矍铄。一见刘邦，马上很恭敬地说："今日大驾光临，请坐，请坐！"刘邦和这位守庙老人面对面坐在石礅上。刘邦疑惑地问道："老人家，为何叫我大驾？"

老人马上睁开炯炯放光的两眼，说道："大驾非凡间夫子，你进山时，遍山红光闪烁，暖风阵阵，定是真龙天子驾临，故称大驾，名副其实也。"

刘邦一听就高兴啦，慌忙站起来，来到老人身边，拽过老人一只手，谦虚地说："非也，非也，我刘邦虽被封为汉王，但不知何年何月才能返回东地家乡？"刘邦说到这里，叹息不已。

老人仰面观天，不再说话。

刘邦一见这位老人时而两眼微合，时而睁眼观天，他不知老人在想什么，便问道："老人家，你在山上守庙多少年啦？"

"秦始皇修长城那年，我被抓去修长城，只待了七天我就趁雨夜跑出来，跑来跑去便跑到这里守庙，接待来烧香许愿之人，已不知多少年了。"

"老人家你只身能在此处多年，定不是凡夫俗子，能不能告诉我何年何月才能得天下呀？"

老人伸出一只手，用拇指掐住中指，口中念念有词，但别人听不清楚念叨的啥。稍停了一会儿，老人开口说道："深山老岭困蛟龙，只有贤臣显神通，明修栈道是谋略，暗度陈仓龙飞腾。"

刘邦听后又问道："那么，不久我回到东地，要建立大汉王朝可一帆风顺否？"

老人微微一笑说道："大汉王朝初建立，龙腾虎跃映天地，吕氏妄图吞大业，陈周挥刀除叛逆。"

刘邦一听这位老人说的句句有理，一时兴起，马上又问道："我刘邦一旦得了天下，不知要守业多少年，也不知要遇到多少灾难，更不知要出多少奸臣和反叛？"

老人听刘邦这么一问，他马上把脸沉下来，低头沉思。刘邦见他认了真，再也不多问，只是瞅着老人那副皱着眉头的紧张神色。

约有喝杯茶的工夫，老人脸上泛起红光，他声音洪亮地说道："四百余年汉帝业，中期蟒妖做大孽，十四年灾祸秀王平，汉室江山始入铁。"

刘邦听了后，半明白半不解，又马上问道："我刘家汉室能坐四百多年吗？"

"能啊！"老人用肯定的语气说。

刘邦又沉了沉心，问道："蟒妖是何人？秀王又是哪一位？"

老人微微一笑说道："天机不可泄露，请大驾慢慢去解吧！"

这时候，忽然从山路上陆续走来军师张良和一些汉军将士。

老人很礼貌地对刘邦说道："大驾，请回吧！"

"老人家，你是得道仙人，我一旦做了皇帝，一定前来请你下山保朝哇。"刘邦用诚恳的语气说。

"好吧，我一定静候大驾再次光临！"

公元前二〇一年二月初三，刘邦登基做了汉朝皇帝。并在第三天派出两位大臣上西山去请守庙老人，但已经人去庙空。

暗度陈仓

秦朝被推翻以后，当时势力最强的是项羽，他为了独霸天下，先把自己封为西楚霸王，把其他十八路将领，擅自做主，一个一个地立分王号，故意把最难对付的敌手刘邦派到最偏僻的汉中去当汉中王。

刘邦心里不服气，但他害怕项羽的势力，只好忍气吞声，含恨到了汉中。他按照军师张良的主意，为了麻痹迷惑项羽，以便卷土重来，故意让士兵把通往汉中唯一的一条三百六十里长的栈道全部烧毁。

刘邦到汉中以后，时间不长，就把汉军操练成能攻善战的精兵强将。

这一天，刘邦突然急躁起来，他坐在军帐，大喊大叫："哎呀我的天哪！让项羽个黑小子把我困在这儿，我受不了啦，我要杀出汉中，我要找项羽算账，我要……"军师张良听到刘邦叫喊，急忙走过来，问道："主公，这是为何？"

"想我刘邦，枉有统一天下大志，枉有张良、韩信，被项羽派到这儿来受困，真是浅滩困蛟龙，猛虎被犬欺，飞不出去的凤凰不如鸡呀！"他喊着喊着，随手抄起一根令箭，啪地往张良怀中一扔，"你给我快派人去修复栈道，我要杀回咸阳！"

张良一看刘邦像发了疯似的这么闹，急忙拿过一条布巾，在凉水里泡了泡，捞上来又拧了拧，然后递给刘邦，"主公头上有些火，你擦一擦吧！"

刘邦接过布巾往头上刚刚一放，一激灵，好像明白了张良的用心，长舒了一口气，压低了嗓音说道："军师，我实在受不了啦，你有什么良策快快说吧！"

张良慢条斯理地说道："主公想过没有，就是栈道修复后，我汉军也难以回到关中，一是山路遥远，路上只有一条爬山越岭的羊肠小道，加上断崖峭壁，大队兵马难以顺利渡过，再就是项羽已派重兵把守通往关中的道路，再加上我军将士经过长途跋涉已人困马乏，遇上楚军，就会有全军覆没的危险。主公，不如召集文武将士，商讨一个两全其美的计策！"

"好，就依军师之言，马上召集战将谋士商量一个杀回关中的良策！"这时候，刘邦气也消了，两眼直勾勾地盯着张良。

工夫不大，战将谋士三十多人，都聚集在刘邦的军帐内。

大家你一言我一语地各献计策。大将韩信说道："我来汉中时，为了走捷径，多次问山间樵夫，沿着通往陈仓的一条偏僻小道而来，主公想杀回关中，我看可走此路。"

张良一听韩信之言，计上心头，说道："好，咱就来个明修栈道，暗度陈仓，汉军可迅速杀进关中啊！"他回头一瞧刘邦，刘邦正冲他点头赞许。他就又吩咐道："夏侯婴、樊哙将军可带领五百士卒去修栈道，要在栈道上遍插旗子，士卒可大喊大叫着干，栈道修多修少随你们的便，声势越大越好，以吸引楚军注意力，我汉军以便顺利度过陈仓后，杀往关中！"

大家认为此计甚妙，于是夏侯婴和樊哙带领五百名士卒来到栈道上，把几十里的山路上都插上五色旗。随后，士卒又喊着号子开山石，抬木料，修筑栈道。并派专人站在高山坡上，向着关中方向叫喊："汉军兄弟们快着修哇，修通栈道杀回关中呀，活捉楚霸王项羽立大功呀！"

这么满山遍野地一折腾，早有楚军小校大气喘喘地跑进把守栈道的楚军大将章邯军帐，"章将军，可不得了啦，好几百名汉军正在热火朝天地修栈道，看样子很快就会杀进关中啊！"章邯听了并不惊慌，他哈哈笑着说道："这么长的栈道，几百名汉军就能修得了么，哈哈哈，让他们修吧，修上十年，修上二十年，到汉王刘邦老死喽，恐怕也修不通啊！哈哈哈！"

就在这时候，刘邦、张良和十余名大将带领三四万精兵强将踏上通往陈仓的偏僻小路。

再说把守陈仓的楚将贾涉，认为小城陈仓一面靠楚地关中，三面靠高山峻岭，根本想不到会有汉军到这里来。

这一天中午，他正在饭堂里大吃大喝，突然一个叫单当的皮货商，慌慌张张地跑进饭堂，两名把门的士卒也从后边追进来，两个士卒往前一扑，就抓住了皮货商单当的胳膊，"你闯进饭堂想干什么？"

"我，我找贾将军有大事相告。"

"我们这儿天下太平，有啥大事！"俩士卒扭着不放。

这时，正在吃喝的贾涉听见了吵嚷声，不耐烦地说道："嚷嚷什么，快出去！"

"贾将军，我有大事相告哇！"

"让他过来说！"

两个士卒把单当推到贾涉面前，贾涉一边嚼着肉片子，一边歪着脑袋问道："你这皮货商不老老实实去做买卖，找我想报告什么大事呀！"

单当着急地说道："贾将军，可了不得啦，我从南山庄上买皮子时，见到从大西南半山腰的盘山道上有一眼望不到头的汉军，他们旌旗不举，战鼓不响，直往陈仓而来！"

贾涉一听就火啦，他把手中的筷子往饭桌上啪地一拍吼道："简直是胡说八道，西南一方，三四百里以外的汉中有刘邦的汉军，相隔数百里，到处都是重重叠叠的深山老峪，没有道路可走。这深山老峪间，是断崖峭壁，又有豺狼虎豹出没，甭说汉军从几百里外奔来，就说几十里也难以度过呀！怎么会有汉军杀来呢？"

"我说的是真话呀！"

"你是不是想捞赏钱啊？"

"不，不是，贾将军如不相信，可派人前去打探！"单当焦急地说道。

"好，明天一早我就派人去西南山去打探，假如是你一派胡言，定斩不饶！"贾涉说到这里，向士卒一挥手，"先把他看起来！"

贾涉把单当打发出去后，遂又举起酒杯，和几个男女陪客吃喝起来。一直吃喝到繁星满天，才有两个士卒把他扶回家中。

半夜，呼呼地刮起了大风，大风刮过以后，又哗哗啦啦地下了一阵子雨。

天将微明，贾涉刚刚从睡梦中醒来，突然传来一阵敲门声。

贾涉从被窝里坐起来，打了个哈欠，随后冲着窗户外喊道："别敲啦，有什么事天亮再说不行吗？"

"贾将军，不行啊，汉军攻城啦！"敲门人嘶哑着嗓子高喊。

"什么，什么，汉军攻城啦？"

"对，汉军正攻打西城门哩！"

贾涉一听汉军真的来到陈仓城下，立刻吓出了一身冷汗，他颤抖着双手，慌忙披盔甲，然后牵出战马，就奔西城门而来。

这时，刘邦、张良等率领着汉军已攻破陈仓西城门，汉军进城后，没有兵将阻拦，顺大街往东杀来。

这当儿，贾涉正骑着战马迎了过去，几名汉将哪把他放在眼里，只杀了几个回合，贾涉的大腿、肩头就挨了汉将陈浩堂的两枪，疼得他大叫一声："疼死我也！"拨马便跑。

陈浩堂哪里肯舍，拍马挺枪追了下去，追过了大十字街，又追过了小十字街，突然有几辆铁轮大车挡住了去路。贾涉再想勒马已经来不及了，他想打马跃过，哪知半夜下了一阵子雨，路面泥泞，他的马刚跃起前蹄，后蹄一滑，噗嚓一声，跌倒在地，把贾涉从马上摔到地上，陈浩堂一枪结果了他的性命。

汉军杀进陈仓的消息很快报告给把守关中的大将章邯。起初，他不相信，当他见到铺天盖地杀来的汉军时，只好长叹一声，"我再也无脸去见霸王！"拔剑自刎而死。

戚家村招亲

有一次，刘邦在彭城吃了败仗，他率领的二十多万汉军，被项羽的楚军杀得死的死伤的伤。

刘邦冲出重重包围，落荒而逃。他逃来逃去呀，就见战马累得大气喘喘，汗水淋淋，蹄步逐渐慢下来。他又啪啪抽几鞭子，那马有气无力地叫了两声，趴地下起不来啦。

刘邦一看马起不来，身边一兵一卒也没有，只好把马缰绳一丢，独自一人提着宝剑，沿着田间一条小道往前走去。走来走去呀，天就慢慢黑啦，道也看不太清啦，他就深一脚浅一脚地在漫洼途中走。

老天爷也不打帮，不但阴云密布，还零零星星下起了小雨。

甭看小雨不大，一会儿，就把刘邦浑身上下淋了个透湿。他顿觉心冷意乱，又咬着牙走了一程子，来到一片乱葬岗子间，刚迈过几个狐狸窝子，忽然眼前一阵发黑，扑通一声，摔在地上昏了过去。

约有吃顿饭的工夫，他才缓醒过来，觉着身上像散了架，肚子饿得咕咕叫，一阵天旋地转又趴在地上。

这当儿，突然耳旁传来啪嚓啪嚓的脚步声，他慢慢撩开眼皮一看，一个六十来岁的老头儿，一手提着灯笼，一手拎一捆子菜，正向他走来。可是，快来到切近了，老头儿一躲狐狸窝子，又往南绕了过去。

刘邦好像见了救星一样，连忙喊叫："老人家——老人家——"几天来和楚军作战，加上饥饿和劳累的折磨，刘邦的嗓子已经哑了。老头儿还挺机灵，他听见有人喊他，就停下脚步，把灯笼举高，问道："你是谁呀？"

"我是过路的，老人家行行好，救救我吧！"

"好咧！"老头儿心眼挺好，忙提着灯笼走过来，他用灯笼往刘邦跟前一照，吃惊地说道："看你这个打扮，你大概是个打仗的将军吧？"

"对，是打仗的。"

"你这儿有家吗？"

"没有哇！"刘邦一副可怜相。

"好吧，跟我回家吧，不然在这儿待一夜可够你受的啊！"

"是啊，是啊！"

老头儿把刘邦扶起来，把右手的灯笼让刘邦提着，他用右胳膊搀着刘邦，晃晃悠悠的往前走去。

"将军贵姓大名啊？"老头儿边走边问道。

"我，我姓刘，叫将军呀！"刘邦没敢说真实姓名。

"噢，看来你跟汉王刘邦是一家子呀？"

"是呀，老人家贵姓？"

"我姓戚，人们都叫我戚老头儿。"二人边走边搭讪。一会儿走进一个被树林笼罩着的村子。村子里很寂静，多数人家已吃过晚饭入了睡，少数人家窗户上还有灯光，老头儿向刘邦介绍道："这个村子叫戚家村，家家都姓戚。"他又指着村北头一个亮灯的窗户说道："那儿就是俺家！"

"多麻烦老人家了！"刘邦感激地说道。

戚老头儿家院子很宽绰，北房东屋掌着灯，戚老头儿领着刘邦一进院子，一个十七八岁的姑娘端着灯走出来，"爹，怎么才回来呀？"

"孩子啊，我救回一个人来，快来帮我搀到东屋去。"

"是啊！"随着银铃般的话声，那姑娘急忙走过来，没看清来人面目，就一手端灯，一手帮爹把刘邦搀扶到北房东屋。

姑娘把灯笼放在迎门柜上，灯光一照她俊俏美丽的脸和眼睛，刘邦啊的一声，戚老头儿以为刘邦难受出了声，忙吩咐女儿，"快给刘将军倒水洗脸洗脚。"

姑娘也不答声，她深深的低着头，把一盆子温水端到刘邦跟前，又脚步轻盈地走了出去。

刘邦洗了脸洗了脚，又清了清身上的泥巴，觉着舒坦多了。可他还是肚子空空，饿得老罗锅着腰，戚老头儿一看就明白啦，又忙让姑娘烧火，他亲自动手，又烙大饼又炒鸡蛋。

饭菜端上桌后，戚老头儿烫了一壶酒，陪着刘邦吃喝起来。

刘邦边吃边喝，边用眼盯门帘外头。

戚老头儿一看刘邦老是走神，以为他害怕有人来暗算呢，就笑着说道："刘将军，请放心，村上人都跟我一家子，绝对不干邪的歪的。"

"外屋是？"

"是女儿在锅台间吃饭哩！"

"啊，是，是呀！"刘邦觉着刚才那个俊姑娘的面孔老在他眼前晃动，他边吃边琢磨。到他吃饱喝足了，二皮脸一抹，向戚老头儿说道："老人家，令爱今年多大年纪啦？"

"小女刚满十七岁。"

"有了婆家吗？"

"没有哇，刘将军你？"

"我也是乡下的庄稼人出身，在农村像这么美丽的姑娘太少了！"刘邦说到这里，用眼直盯着戚老头儿的脸。

"是啊，是啊，刘将军你的意思……"

"我，我很喜欢她，你舍得吗？"

"这个？"戚老头儿有点犹豫，"我去跟女儿商量商量。"

戚老头儿把女儿叫到西屋，低声说道："孩子，这个刘将军看上你啦，你愿意不？"

"爹，姓刘的多着呢，咱知道他是哪个刘将军哪？再说，又没媒人，女儿我才十七岁，看他那个样子，顶少得有四十多啦！爹，这么办太冒失了吧！"

"唉，真也是，跟他是萍水相逢，怎么知道他根底呢？"

父女俩在西屋说话，刘邦等得不耐烦了，就来到门帘外偷听。他一听姑娘不知他是哪个刘将军，又说年纪大等等，一看要摸不着这个俊姑娘啦，他也不再说假话了，精神头也上来了，呜的一声闯进西屋，拉着戚老头儿说道："老人家呀，我实说了吧，我就是汉王刘邦啊！"

"汉王刘邦？"

"是啊！"

"你怎么说叫刘将军呢？"

"哎，我是怕碰上楚兵楚将啊！"刘邦说到这儿，扭头看看站在一旁发愣的戚姑娘，又说道："姑娘嫁给我，将来我坐了天下，一定让她当娘娘啊！"

戚老头儿心眼子来得挺快，一听他是刘邦，马上趴地上磕头，"不知汉王驾到，恕罪，恕罪！"戚老头儿又瞅了瞅姑娘说道："汉王你要真喜欢她，就让她伺候你一辈子吧！"

刘邦一听心里可就乐开花啦，马上一躬到地，"拜见岳父大人！"

"汉王不要客气，请到东屋吃酒吧！"

刘邦忙从腰间解下一块玉佩作为聘礼，递给了戚老头儿。

戚老头儿又怕将来有变，马上让女儿梳洗打扮一番，当夜就和刘邦成了亲。

喜得戚老头儿一夜没合眼，天麻麻亮，他就起来了。他刚想悄悄去开大门，忽然听到大街上人呼马嘶地乱了套，工夫不大，一阵马蹄响，就砸他的大门，"父老乡亲开门哪，我们是楚军，路过贵村，请让个方便，休息一两天就走哇！"

戚老头儿一听，像一盆子凉水泼在头上，立时钻进屋，在门帘外喊开刘邦啦，"汉王，可了不得啦，楚军叫门啦，还说住上一两天才走哇！"

这么一说，吓得刘邦一下子从被窝里坐起来，压低嗓音对还躺着的戚姑娘说道："快起来吧！"

戚姑娘点了点头，就慌忙穿上衣裳。

这时候，砸门声、喝喊声更紧了。

戚老头儿一看刘邦和女儿起来下炕了，就走进屋说道："汉王，你再钻到被窝里去，我去开门，如果不开门，楚军就更疑心啦！"

刘邦不知道来了多少楚军，只好又上了炕，钻进被窝。戚姑娘也披衣坐在被窝旁，假装才醒喽。

喔嘟一声，戚老头儿开了大门。两个将军模样的人牵着马走进院子，走在前头的是个三十多岁顶盔贯甲的黑大个，只见他膀大腰圆，面目黝黑，两眼放光，精神百倍，威风凛凛，戚老头儿吓得一哆嗦，心想："他是不是西楚霸王项羽啊？"这时，那个黑大个子笑了笑说道："老爷子，我们楚军正在追杀汉军，今晨赶到贵村歇息一两天就走哇！"

"好说，好说，将军你是？"

"我就是项羽。"

"啊，项将军，请到东屋里坐。"戚老头儿嘴里这么说着，心里早就扑腾起来，头上汗水也冒出来啦！他见项羽身后还有个挎剑的年轻将军，只见那年轻将军挺机灵，进得门来，东瞅西瞧，戚老头儿忙问项羽道："这位将军贵姓啊？"

"这是我家弟弟项庄。"

"请，请！"项羽进了东屋，戚老头儿忙说道："我女儿在西屋病啦，到现在还没有起哩！"

"你去照顾令爱吧！"

戚老头儿来到西屋，脸色蜡黄，浑身颤抖，嘶哑着嗓子凑到缩进被窝的刘邦耳朵间说道："无巧不成书哇，项羽和项庄来啦！"

"我已经听见啦，他俩都认得我，让他们逮住，就活不了啦！"戚老头想了想说道："前些天孩子她姨在这里住了些日子，汉王如打扮成孩子她姨的模样，也许会逃出村子。"

"可以呀，不过哪里有女人衣裳啊？"

"有哇，我老伴儿还抛下不少衣裳呢！"

"好吧！"刘邦出于无奈，只好这么办了。

戚老头儿找出一件肥大的蓝布褂子和一条青色裆裤，让女儿给刘邦穿好，又找一块青布包上头遮上脸，就在这时候，项羽边叫着老爷子边向西屋走来，吓得戚老头儿忙走出来，心惊肉跳地说道："大王，有啥吩咐？"项羽一看吓得他这个样子，就说道："老爷子，不必害怕，我们楚军是仁义之军，决不会惊动你女儿的！"

"是啊，是啊，大王有何事呀？"

"不知老爷子这几天看见有汉王的兵将从此过否？"

"这个，我这几天在家伺候闹病的孩子，没有出去，请大王恕罪！"

"我再问你，这西屋只你女儿一人吗？"

这一问可把戚老头儿吓坏了。可是他又一琢磨，越怕越坏事，马上又镇静下来，说道："还有孩子她姨哩！一会儿还想走，正商量她走的事哩！"

项羽根本想不到老头儿的姑娘屋里会藏刘邦，就不以为然地说道："我们给老人家添麻烦了！"

"没什么，没什么，大王需用啥请吩咐。"

"不多打搅了。"

"姑娘和她姨都起来啦，大王到西屋里坐会儿吧！"

戚老头儿心眼可够多哩！他怕项羽看出马脚，故意往女儿屋里让，可也真把项羽让得怪不好意思，忙红着脸说道："女人住的屋，不便去啊！"项羽说着就回到东屋。

这时候，已经到了吃早饭的时候。

全村大街小巷都是吃早饭的楚军。

士卒早已给项羽和项庄送了饭来，他二人坐在东屋炕头上，边吃饭边说捉拿汉王刘邦的事。

戚老头儿一看是个好机会，慌忙跑进西屋说道："汉王，趁项羽和楚兵吃早饭的当儿快逃走吧！"

刘邦马上让戚姑娘把他打扮成一个四十多岁的老太婆模样，用包头布把头和脸一蒙，由父女俩架着出了大门。

刚坐到一个平板车上想走，那项庄从东屋里跑出来问道："老爷子，她是什么人？"

"啊，刚才项大王已经看见啦，是俺孩子她姨，看你们来啦，这不，非要回去呀！"

项庄一听大王已经见过啦，也没往近处凑，就又返回东屋。

戚老头儿拉着平板车子，女儿在车上紧抱着刘邦的脑袋，就咕噜咕噜地往村外走。

刚越过村边上小树林，就被刚刚吃饱了早饭的三四个楚军拦住啦，"干什么的？"

戚老头儿往车上一指说道："那是俺女儿，那老太婆子是女儿她姨，病得厉害呀，这不，非让俺送回去嘛！"

姑娘假装抽抽泣泣地哭。这样就瞒过了楚军。

平板车离开村半里多远后，又越过一个黑松林，刘邦才从平板车上跳下来，他忙拉着戚老头儿说道："岳父大人的大恩大德，我刘邦一定报答！"

"汉王，这么说就远啦，快走吧！"

刘邦又拉着戚姑娘手说道："我得了天下，要来不及接你，你就带上玉佩到长安去找我吧！"刘邦说完就恋恋不舍地离开了戚家父女。

一文钱难煞英雄汉

相传，刘邦和项羽灭了秦朝以后，两个人为争天下拼死拼活厮杀起来。

在一次关中大战中，项羽带领精兵三万打败了刘邦。当时，刘邦对这一带人生地不熟，再加上天降大雨，使他的兵将丢盔卸甲，一败涂地。

刘邦更狼狈，他骑着战马落荒而逃，逃了一程子，他手下将士不知去向，他只好单人独骑来到一个叫子午镇的地方。

子午镇西街口，有一家叫黄龙口的小饭店，刘邦一见饭店门前的黑字招牌，顿时觉着饥饿难挨，肚子咕噜噜地响起来。他连忙把马拴到饭店门侧，哈着腰走进去。

跑堂的小伙计，一见进来一个浑身上下沾满泥巴，满脸灰尘汗水的年轻将军，再看看他那饿得直不起腰来的憔悴样子，差点儿笑出声来，"将军打仗打得饿了吧？"

"饿啦，有啥吃的快拿来！"

"好咧！"

工夫不大，跑堂的小伙计就端来两张大饼和一大碗炒菠菜。刘邦也顾不得嫌次要好了，伸过手一抓，卷饼就吃，真是饥不择食，狼吞虎咽的，工夫不大就吃饱了。

跑堂的小伙计又端来一碗鸡蛋汤，他几口就喝了下去。他这才喘了一口大气说道："伙计，来算账喽！"

"好咧！"跑堂的小伙计跑过来说道："将军吃饱啦？"

"吃饱啦，多少钱哪？"

"不多不少总共两文钱！"

"好，好，好。"刘邦伸手从衣兜里往外摸钱，摸来摸去，就摸出一文钱，叹一口气说道："伙计，我几天几夜和项羽的兵将厮杀，不得安宁，身上只带有一文钱，这次你高抬贵手，下次再路过你这黄龙口小饭店，再多补付吧！"

"嘿嘿，对不起将军，本饭店概不赊欠！"

刘邦又把衣兜翻了个底朝外，还是那一文钱，急得他站起来围着桌子打转转。跑堂的小伙计还是不客气，"怎么样，还没找着？"

"哎呀，实在没有啦？"

"你这么大个将军，连两文钱都没有，谁会相信呢？"

"这，这，这，实在是差一文哪！"

"将军，我们店小底子薄，你来了想少给一文，他来了也想少给一文，我们可就受不了啦，赚不了钱，我们反正不能去喝西北风啊！"

"这、这、这……"急得刘邦脑门上的青筋鼓起老高，满脸的汗珠子滚滚往下淌。

这当儿，另一个跑堂的小伙计还火上浇油，"钱少就应少吃饭，吃饭时，喊了一声快拿来，我们丝毫不敢怠慢，你少给一文就能发财吗？小气鬼将军，别胡搅蛮缠啦！"

刘邦被奚落了一身汗，他索性走出店门，又把马鞍子上下摸索了一番，还是没有，他火气往上一撞，回手把腰间的宝剑解下来，说道："跑堂的小伙计啊，我实在添不上那文钱了，就把这宝剑顶了吧？"

"不行，不行，我们不敢要，你还是另想办法吧！"

"不行？不就是一文钱吗？"

"一文钱你还想不给呢！"

"我，我，急煞我也！"刘邦急得抓耳挠腮。

这时，跑堂的小伙计凑到他跟前说道："这样吧，我家后院马棚里堆满了马粪，你替我们用小车子推到门外，就顶了那一文钱吧！"

"不行，不行，我还要赶路呢！"刘邦忙摇了摇头。

"不行，你就把马留下，以后有了钱再来牵马！"

正在这时候，刘邦手下的谋士张良突然从饭店门外走进来，刘邦一看张良来了，长叹了一口气说道："哎呀，你来得正好，快给我一文钱还他们饭钱吧！"

当张良递给刘邦一文钱后，他用手掂了掂说道："哎，真是一文钱难煞英雄汉哪！"

从此，"一文钱难煞英雄汉"这句话就在人们口中传开了，一直流传到现在。

刘邦兵败荥阳城

相传，项羽带领二十多万大军把刘邦的汉军层层包围在荥阳城。整个荥阳城四周漫天遍野都是黑压压的楚军。

这些楚军将士一看打了胜仗，就骄傲起来，他们在田野里搭上帐篷，就丢刀枪，卸盔甲，垒锅灶，杀战马，嘻嘻哈哈地大吃大喝。

这时候，项羽的几个谋士都找到项羽，说道："大王，荥阳城未破，全军将士都松懈下来，如夜间汉军偷营劫寨，可就垮啦！"项羽一听就毫不在乎地说道："嘿，你们不必担心，当年我楚霸王只有八千子弟兵，东挡西杀，奋勇向前，不但把几十万秦军杀得一败涂地，还把气势汹汹的汉军也杀得望风而逃！"项羽说到这里，耸了耸肩膀，把眼睛眯缝起来，又似笑非笑地接着说道："刘邦老匹夫，早已是我手下的败将，几次都是我让他死里逃生，这一次，他万万没有想到，今日成了瓮中之鳖，小小荥阳城待不了几日即可攻破，把他擒来杀之！"

项羽这么一吹乎，几个谋士你看我，我看你，再也没有人说话。

项羽一看谁也不言语了，就问道："你们说，我说的是不是实话？"

"是！不过大王千万不要麻痹大意。常言说，千里之堤，溃于蚁穴。眼下汉军虽已节节败退，可那刘邦手下能人不少，像那张良，有超人之智能，善于神机妙算，不可轻视啊！"谋士们直言不讳地这么一说，项羽静下心来想了想，说道："对呀，你们可跟我到城墙附近看一看城内动静，然后再作道理。"项羽说完，他腰挎佩剑，手提方天画戟，威风凛凛地奔向城墙东面的大土台子。

再说逃到荥阳城内的刘邦，进城后他一清点人数，原来的十几万人马被楚军杀得只剩下三四万，他们逃进荥阳城后，已是疲惫不堪。刘邦马上传下命令："全军将士，马上把四门紧闭，免战牌高悬，不要再与楚军作战，以保存我汉军实力。"将士们早已经厌战，听到刘邦下命令，哗的一声都坐在地上。有的去找吃的，有的呼呼睡起大觉。

刘邦虽然始终骑在战马上，但由于几昼夜的奔逃，也觉着浑身乏力，腰酸腿软，进了荥阳城后，没顾得吃饭，往床上一仄歪，就呼呼睡着了。

正在这时，军师张良匆匆走来，一见刘邦和士兵一样鼾声大作的熟睡，就轻轻推了他几把，"快醒醒吧！"

"不要叫我，困得我睁不开眼！"

"哎，别睡啦，万一楚军攻进城来，就会全军覆灭呀！"

"啊，楚军攻城啦？"刘邦睁开了布满红丝的双眼。

"现在虽然没攻，我们也不能睡大觉哇！"

刘邦觉着张良说得有理，他揉了揉眼，坐了起来。

"你身为汉军之王，不但要有忍力，还要有耐力，尤其在全军吃败仗，精神萎靡不振的时候，你要精神大振，不但壮军威，还要壮军胆。"

聪明的刘邦，没等张良说完就明白了，他马上从床上跳下来，说道："军师之言甚对，我立刻传令各城头上要埋伏弓箭手，以防楚军攻城，并让全军将士准备突围！"

"好，就着天色不黑，咱登城一望，以便撤出荥阳城！"

"对！"刘邦传下令后，就跟张良悄悄登上城楼。

巧的是，这时候项羽也来到城墙外一个大土堆上，他看了看死气沉沉的荥阳城内，高兴地说道："啊哈，啊哈哈哈！刘邦啊刘邦，你个老匹夫，你插上翅也难逃出荥阳城啊！"项羽说到这儿，又手舞足蹈地哈哈狂笑起来。

就在这当儿，刘邦和张良突然出现在荥阳城头上，大声喊道："黑小子，你别高兴得太早喽，我刘邦有办法对付你！"

项羽刚想放开喉咙骂上几句，想不到城头上忽然出现了手拿弓箭的汉军。没等项羽醒过腔来，汉军猛然唰唰射来几支冷箭，一直飞往项羽的面门，吓得项羽啊的一声，他一个躲闪不及，啪啪，一箭射掉头上盔缨，一箭射进肩上甲叶子缝中，虽然没有射进多深，但已射破皮肉，殷红的鲜血顺着肩头流下来。

项羽羞愧难当，他面红耳赤地低下头，只好让士兵扶上乌骓马回到楚营军帐。

刘邦巧施反间计

刘邦和项羽为争天下，两个人各带兵马就打起仗来，越打越激烈。有一次，打着打着，刘邦的汉军就被项羽的楚军给打败了，一败就败到荥阳城。

项羽的楚军就追杀到荥阳城，把刘邦的汉军包围在荥阳城里，切断了汉军的粮草。

日子不多，汉军可就受不了啦，人缺粮，马缺草，军心惶惶。

刘邦呢，天天愁眉苦脸，焦虑不安，他的谋士陈平给刘邦出主意说道："项羽本是一个有勇无谋之人，他屡打胜仗，主要靠他手下的谋士范增，我汉军要想打败项羽，必须想办法让范增离开项羽，我看是否如此这般。"

刘邦一听就笑了，说道："依此计而行。"

这一天，项羽让手下一个叫费鲁才的人去给刘邦下书，刘邦的谋士陈平亲自热情接见了他，并吩咐手下人，"费将军一路辛苦，我们要热情招待！"

手下人马上大勺碰小勺地准备了一桌丰盛的酒席。

入席后，费鲁才刚端起第一杯酒来，刘邦突然走进来问道："费将军，你是范增派遣，还是项羽派遣？"

费鲁才见刘邦突然来到酒席前问他，只好慌忙撂下酒杯答道："我乃大王项羽所派遣。"

刘邦听了后，故意装出一副惊讶和愤怒的神态说道："噢，我还以为你是范增将军派来的呢！原来是项羽派来的，想那项羽本来是我当年的同窗好友，如今，竟不顾旧情，依仗他的兵将众多，把我的城池团团围住，断了我的粮草，实为心狠意毒之辈，对他派来的使臣，岂能设如此丰盛之宴席款待。"刘邦说到这儿，怒目看了看陈平，"你，你怎么这么糊涂，快快撤下宴席，换上粗茶淡饭。"

当陈平让人端上粗劣的饭菜后，费鲁才已气得浑身发抖，他马上辞别了刘邦就愤愤而回。

项羽一见费鲁才满脸怒气而归，就问其原因，费鲁才就把刘邦好酒席换成粗劣饭的经过细说一遍，最后还眯起眼睛挑拨道："大王啊，常言说的好，知人知面难知心哪！"

项羽听了后，对范增就产生了怀疑。当天晚上就把范增叫到跟前，问道："范将军，你和刘邦是有过一面之交呢，还是……"

范增听了大吃一惊，皱了皱眉头，说道："我多年来跟大王你东战西征，和刘邦虽然见过几次面，也是遵照大王你的意思去的。"

项羽听了不但没有解除怀疑，对范增更加注意起来。他派手下一个叫钱功七的心腹人暗暗监视着范增。

一天，范增会见一个从汉军来的朋友，突然发现钱功七在门外鬼鬼祟祟地偷听，就让人把他叫了进来，严厉问道："你要跟我说实话，是大王派你来的，还是你别有用心？说了实话万事皆无，说了瞎话，我就要把你当成汉军的奸细杀掉，然后再报大王知道。"

钱功七一听要把他当成奸细杀掉，吓得他魂不附体，扑通一声跪倒地上，哭哭啼啼地央求道："范将军息怒，我对你实说了吧，大王对你怀有疑心，怀疑你和刘邦有勾结，天天让我监视着你，偷看你的一行一动，偷听你的一言一语，看出破绽，马上报告给大王，我，我该死，请范将军饶命！"

范增一切都明白了。他气呼呼地找到项羽，含着泪水说道："大王啊，天下大势已成定局啦，你好好地坐天下吧，我年老力衰身躯有病，让我这把老骨头带回老家去吧！"范增说到这里，向项羽作了一个揖，就流着泪水回家了。

项羽失去了范增，很快就被刘邦打败。

弄巧成拙

西楚霸王项羽攻打荥阳城，汉王刘邦派大将王陵出战，二人战了一百多个回合，不分胜负，汉营怕王陵有失，急忙鸣金收兵。

项羽回到大营，对诸将说道："好一个王陵，武艺高强，英勇善战，确实是难得的将才，也是我打了无数仗遇到的第一个真正的对手，如此人降我西楚，定会打败刘邦。"

这时，一个叫方求的谋士说道："王陵乃沛县人氏，其父早已不在人世，其母含辛茹苦把他抚养成人，王陵对老母非常孝顺，也是沛县一带出了名的大孝子，如把他母亲请到我营，劝她叫王陵投楚，不费吹灰之力呀！"

项羽一听高兴极啦，笑着说道："妙计！妙计！马上派人去请。"

方求马上派了小校丁龙、丁虎，带领二十名骑兵去请王陵的母亲。

这天中午，丁龙、丁虎带一伙士兵来到王陵家门口。

叫开门后，迎面站着一位年近七十岁的老太太，只见她两鬓斑白，皱纹满脸，一副慈祥刚毅的面孔，一见来了这么多士兵，惊讶地问道："你们找谁呀？"

"你是王陵的母亲吗？"

"老身正是。"

"我们正找你。"

"几位军爷屋里请。"

"不用客气，我们是西楚霸王项羽派来的，你儿王陵在汉营刘邦手下为上将军，特来请你劝儿弃汉降楚。"

王母冷笑了一声说道："儿大不由爷，当娘的更管不了啦，他跟汉跟楚，老身无法劝说，请军爷们回去吧！"

"怎么着，回去，你跟俺哥儿几个辛苦一趟吧！"

"我去了也没用。"

"没用也得去。"

王母一看非让去，怒气冲冲地坐在地上不动啦。

丁龙、丁虎上来把王母拉了个趔趄，随手拿过一根麻绳，缠双肩拢二背结结实实把王母给捆起来。

王母铁青着脸，上嘴唇咬着下嘴唇，一言不发。

丁龙、丁虎毫不客气，把王母架起来，横放在一匹马背上，就往回向返。

没走出十里地远，王母被绳子勒得浑身颤抖，口吐白沫。

"快给灌口凉水。"丁龙、丁虎让士兵给王母喝几口凉水又往前走。

走来走去，走在一条大堤上，大堤坑洼不平，被雨水冲了些浪窝，马失前蹄，扑通一声，把王母摔在地上，摔得口鼻流血，可是王母不哼一声。

丁龙、丁虎一看王母口鼻摔出血，就有些害怕啦，生怕路上把王母折腾死，回去无法交代，马上把绳子松了松，让两个士兵架着，跟在马后头走，王母脚小走不动，丁龙、丁虎一口一个老该死的骂着，推推搡搡，又用鞭子抽打，把王母折腾得浑身青肿，披头散发。

王母来到楚营，已经奄奄一息。

项羽一听王母来啦，也不管三七二十一，马上吩咐："快把王母请进大帐。"

王母来到大帐一见项羽，立刻气得浑身哆嗦起来，指着项羽怒道："项羽呀项羽，我老婆子犯了什么罪，你让人把我抓来？"

"老人家，请你来劝劝你在汉营的儿子王陵归顺我项羽，我一定加官晋级，封以侯爵，让你母子有享不尽的荣华富贵啊！"

王母抖抖索索地用手指着项羽说道："三江四海，八川九州谁不知你霸王项羽，你是目不识真假人，一意孤行人人恨，杀降将，辱谋士，惨无人道一暴君，你是杀人不眨眼的魔王，你，你，你没有好下场！"王母说到这里，嗓子也哑啦，身子也站不住啦，她骂了一句："我豁给你这个杀人不眨眼的黑项羽啦！"她头一低，往项羽面前方桌上撞去，只听砰的一声，撞了个脑浆迸裂而死。

王母撞死的消息迅速传到汉营。王陵听了，大叫一声，顿时昏死过去。

第二天，王陵率领三万汉军，披白戴孝，哇哇地往楚营杀来，直杀得死尸遍野，血流成河，楚军倒退五十里。

火烧广武山

公元前二〇四年，是刘邦和项羽为争夺天下而互相残杀最激烈的一年。他俩在广武山一带，率领成千上万的将士不分昼夜地拼杀。

有一天上午，双方正在山坡下厮杀，忽然间狂风大作，这狂风卷着砖头瓦块和树枝草叶，从正北方向横扫过来，直刮得天昏地暗，人仰马翻。

单说刘邦，狂风一到，他就被狂风从马上刮到地上，他刚想站起来，一阵风又把他从地上咕噜噜地刮到山坡上，刮得他晕头转向，浑身是伤。最后，他死抱住一棵小树才算停下来。但他睁眼一看，他的汉军将士不知去向，他就慌忙朝山上跑去。

当时的广武山上，处处是茂密的大小树木，这些树木既不成排又不成行，七扭八杈，乱七八糟。树下荒草丛生，到处是人骨狼牙，荒丘野坟，和从脚下哧哧乱蹿的毒蛇。刘邦跑得满身是汗，他就坐在一个大坟头上喘息。可是他刚刚歇了一小会儿，就听身后有突嚓突嚓的脚步声，他回头一看，大吃一惊，只见项羽左手拿着头盔，右手拿着虎尾鞭，大气喘喘地走过来。刘邦知道像他这样的三五个也敌不过项羽，何况他独自一人，又被狂风摔成这个样子，要跟项羽单打独斗，非被项羽打死不可，他趁项羽还没有发觉他，急忙哈下腰，哗下子从坟头上滚到草丛里。

"什么人？"项羽喊了一声。

刘邦一看项羽听见了，慌忙爬起来就往树林子里钻。

项羽抬头一看是刘邦，就大喊一声："你给我站住！"他一边喊一边大步追过去。

刘邦不答言，紧踮急踮。可是，当他跨越一片小坟头时，突然被一个小树杈子绊了一个跟头，只听扑嚓一声，把刘邦摔了一个前趴，脸也摔破了，还沾了满身草末子和泥土。当他爬起来刚想跑时，项羽就追到了，"我看你还往哪里跑！"随着喊声，项羽抡起虎尾鞭唰的一声就往刘邦头上砸下来，刘邦一看不好，急往右边一闪身儿，只听咔嚓一声，虎尾鞭正打在一棵对掐粗的小树上，生把小树打断了，吓得刘邦嗷的一声，跳出一丈多远。项羽也是得手不让人，一个箭步就追过去："老匹夫你拿命来吧！"

"黑小子你休要猖狂，我姓刘的怕你不成！"刘邦说着唰地拽出腰中的宝剑，迎了上去。项羽哪把他放在眼里，抡鞭就打，刘邦一闪身，用宝剑往上一迎，只听当的一声，虎尾鞭把宝剑打飞了，刘邦一看不好，撒腿就跑，项羽响雷般地吼了声："你跑不了啦！"

刘邦拼命地围着几棵树转，项羽紧追不舍，追着追着，扑通一声，刘邦又跌了一个跟头，还跌掉了一只靴子，项羽一看刘邦摔得不轻，他就像刮风似地扑过去。哪知他追得太慌张，在越过一棵树时，被一根半截树杈子挂在袖子上，只听哧啦一声，把袖子挂了一个大口子，胳膊也挂破了一块。他这么稍一停顿的工夫，刘邦又起来跑了。

项羽马上又追赶，刚刚要追上，刘邦一回手，唰下子把一只靴子投过来，"黑小子，看家伙！"项羽一打愣，刘邦就钻进树林子，项羽哪里会放过，还是一股劲地追，刘邦比项羽个子小，身子灵便，吱溜吱溜地比他跑得快，项羽身体高大，跑起来老往树上撞，任凭他怎么追就是追不上刘邦，总是相隔十来丈远。

跑哇，追呀，拼了命地跑呀，拼了命地追呀，两个人在这儿可就转悠起来了。从上午转到中午，项羽也没有追上刘邦，两个人都累得够呛，追到晌午，项羽就把刘邦追丢了。

这时候，刘邦的汉军已经撤走。

广武山的四周传来楚军战马的嘶叫和嘈杂的人声。

项羽一看刘邦钻进密林不见了，急忙跑出广武山，让楚军把广武山里三层外三层围了个水泄不通。然后，让一千多名楚军从四面八方进行搜索，像篦头发一样，一直搜到傍黑，把整个广武山搜了三四遍，也没有搜着刘邦。

项羽知道刘邦没有跑出广武山，可就是搜不着，急得他哇哇叫声不绝。他不顾天黑林密，让楚军举着灯笼火把，亲自带领众将士又进行搜山。

这次搜山，把树杈上，草丛里，都很认真地寻查。弄得整个山上狐狸逃山鸡飞，一片混乱。一直搜到多半夜，还是搜不着。

项羽一看实在搜不着啦，就站在山下一个高坡上，向众将士说道："你们把山四周多围上几层，趁着大风，烧山！"

他一声令下，楚军哇的一声，不但又把广武山多围上好几层，还从山北面烧着了山上的树木藤蒿和杂草，噼噼啪啪的大火越烧越旺，像滚动的火龙横扫着整个广武山。火势借着呜呜的北风由北往南烧去，烧哇烧哇，火光映红天空，整个广武山成了一座火山。大火一直烧到第二天过半晌才熄灭。但是，还没有见刘邦出来。

再说刘邦，他藏到哪儿去了呢？

刘邦甩掉项羽以后，没敢往远处跑，他跑出不远，就见左边有不甚大的一片古坟，半人多高的蒿草掺杂着小树棵子掩盖着坟丘。刘邦跑到这儿，回头一看项羽追过来了，觉得浑身再也没有力气跑了，就一头扎进蒿草里边，刚刚藏好，项羽就大踏步地跑到跟前，往古坟里瞅了瞅，就一直往前追去。

刘邦知道这儿藏不住，项羽一定会返回来找，他就慌忙在脏乱的蒿草棵子里往前爬，爬着爬着，忽然听到前边一座古坟间哗啦一声响，吓得刘邦忙趴下不敢动了。等了一会儿，听不到声音了，他慢慢抬起头来，往那座古坟间一看，吓了他一跳，只见两只拖着大粗长尾巴的黄狐狸，并排着站在古坟顶上，还往他这边瞪着眼睛瞅哩！

刘邦并不胆小，不知为啥，今天见到狐狸后，激灵下子打了个冷战，他随手在脚下抓起一块石头，唰下子投过去，吓得狐狸一蹦一跳地跑了。正在这当儿，从广武山四周传来楚军的叫喊声，"搜哇，绝不能让刘邦跑喽！"

叫喊声越来越近，刘邦哪还顾得别的，他马上又钻出蒿草棵子，只见有一古坟已经塌陷了半边，露着半糟不糟的黑色棺材板。刘邦想："钻进破棺材里，楚军一定不到这儿来找。"他想到这儿，往前跨上两步，伸手就掀起了那块糟棺材板，他低头一看，倒吸了一口凉气，里边是一层很厚的泥土，白惨惨的骷髅倒不怕，有几条毒蛇在哧哧爬，他马上扔下糟棺材板，又慌忙离开这儿。刚走出不远，就听到搜山的楚军脚步声了，他再也不敢怠慢，忙又趴在地上的蒿草丛里，但又怕藏不住，他又往前爬，爬着爬着，脚下扑嚓下子，两只脚踏进古坟旁一个很大的狐狸洞口里，他回过头来一看，这个狐狸洞口有一二尺大，口上边被一些蒿草盖得很严实，刘邦蹲在洞口旁，用一条腿往里边伸了伸，里边还很宽绰。就在这时节，忽听这座大坟北边一声喝喊："快来呀，这儿有一片古坟，刘邦一定藏在这儿啦！"这一声非同小可，吓得刘邦连想也没想，双腿往狐狸洞里一伸，往下一缩身子，钻了进去，他怕被楚军发现，伸手又把粗梗子的蒿草在洞口盖了好几层。

"快来看看，这儿有坟窟窿，刘邦是不是藏在这儿啦？"一个楚军又叫嚷起来。

刘邦以为说的他这个洞，他就急忙往里钻，里边很大，就是啥也看不见，里边充满了狐狸的尿臊味，直呛得他要呕吐，他咬着牙，强忍受着。

后半夜，项羽放火烧山。工夫不大，火就烧到这儿了。洞口间的蒿草一着，风卷着浓烟直往狐狸洞里灌，呛的刘邦咳嗽起来，他怕咳嗽声传出洞外，紧用手捂着。他这个难受劲就甭提啦。烟火味，狐尿味，湿泥味，加上浑身热汗味，简直憋得他喘不过气来。他心想："要知道打天下这么难，还不如在家务农呢……"

刘邦的心缩得紧紧的。工夫不大，他不知不觉地睡着了。

也不知道过了多长时间，他慢慢醒了。觉着渴得要命，嗓子里像往外冒火，实在受不了啦，就慢慢往外爬，爬到洞口间，听了听洞外没啥动静，才慢慢扒拉开蒿草灰，钻了出来。

　　这时候，正是第二天早晨。满天白云遮住了太阳，他抬头一看，四周静悄悄的啥也没有，处处是被火烧成炭的半截树木和好几寸厚的蒿草灰，有些没有被烧尽的大树还在冒着黑烟。

　　晨风呼呼一吹，刘邦顿觉像大病初愈，浑身酸软无力，头昏脑胀，一仄歪身子倒在一块石头上，哇哇地干吐了几口，啥也没有吐出来。

　　刘邦躺在这儿歇了有吃顿饭的工夫，才觉着好受了些，他便找了根没烧完的半截树杈子拄着，一歪一晃慢慢地往山下走去。

刘邦忍痛巡营

公元前二〇三年十月，刘邦率领汉军在汜水消灭了项羽手下大将曹咎的五千楚军。这下子激怒了项羽，他马上率领楚军来到汉军驻地成皋阵地对面一个沙丘间。先埋伏好弓箭手。然后，朝汉军大营愤怒地喊道："汉军听着，快把你们汉王刘邦叫出来与我答话！"

工夫不大，刘邦在张良、萧何、樊哙等文武将士簇拥下来到阵地前沿。刘邦站在隔着项羽有十几丈远的一个大方石头上，说道："项羽，你喊我来有何话讲？"

"嘿嘿！"项羽先冷笑了一声，说道："刘邦啊，你想过没有，咱俩这无休无止的战乱，给老百姓们带来多大的灾难啊，说实在的，这都是咱两个引起来的，我想明天同你决一胜负，然后各居东西，不再来搅得老百姓跟着担心受怕。"

刘邦也先笑了笑，说道："我是斗智不斗力的人，要斗，我愿同你斗斗智慧，你敢答应吗？"

"呸，阴险毒辣的老匹夫，你好多次欺骗了老子，你算什么狗智慧！"项羽话声如雷。

"这说明我刘邦比你强得多，你想过没有，你自我称霸，任意封王，抢入关中，烧杀无控，大杀降兵降将，实是残暴成性啊！"

"呸，你给我住口！"项羽怒发冲冠。

"黑小子，你只会发狂暴跳，还有何能！"

这时项羽再也忍耐不住，他大喊一声："将士们，快给我放箭，射死刘邦老匹夫！"

掩藏在项羽身边的弓箭手，啪啪啪就向刘邦射去无数支箭，刘邦一个躲闪不及，胸前扑下子中了一箭，顿觉一阵钻心的疼痛。

刘邦刚哎哟一声，忽听项羽放开喉咙大声说道："射死你，为民除害！"

刘邦咬了咬牙，强笑了笑说道："嘿嘿，黑小子，你们的箭只伤了老子的一点儿肉皮。"他说完这句话回身便走。

张良一瞅刘邦，蜡黄的脸上往下淌着汗珠子，浑身哆哆嗦嗦，忙小声说道："赶快回营吧！"

这时，刘邦伤口的血已浸透了胸前衣服，他边往回走，还边回头冲着项羽挥手摇头，装着满不在乎的样子。他回到军营往床上一躺就马上让军医清伤口，上止痛药。可是，还是疼得大汗淋漓，不断发一两声哎哟。

汉军一看刘邦伤势这么严重，整个的汉营可就乱套了，嚷的，叫的，还有准备逃出汉营的，你听吧，"坏啦，汉王被楚军射伤啦，汉王够呛啦，汉王命在旦夕呀！"

张良一看这个情景，慌忙来到刘邦床前，说道："主公，你中箭后，汉军一片混乱，你别出声啦！"刘邦立刻忍着巨痛不再哎哟一声。张良接着说道："你强忍着伤痛，到各个营寨巡视一下，稳定一下军心！不然，后果不堪设想啊！"

刘邦很听张良的话，他马上咬紧牙关，从床上挣扎起来，擦了擦黄豆粒大的汗珠子，晃晃悠悠走向各个军营，每到一个军营，就大声说道："请大家不用担心，楚军的箭只伤了我一点点肉皮，没有大碍，你们要很好地休息，准备跟楚军决一死战。"刘邦忍着疼痛强撑着身子，只巡视了三个营寨，就被士兵搀回。

这么一巡视，军心稳定了，刘邦就放心去养伤。

十里风雪，十里情缘

楚汉相争的战斗一个接一个。这一年十冬腊月的一个晚饭后，突然，寒风呼啸，大雪扑天盖地而来。

就在这时候，刘邦的汉军正在西山南河边上小村子里宿营，楚军乘着风雪夜冲进汉营。汉军毫无准备，有的还在吃饭，有的在躺下休息。楚军冲进后，汉军将士被杀的被杀，死不了的来不及反抗，就逃出了村子，大部分沿着冰河跑散了。

再说刘邦，晚饭后，正在一间小屋子里休息。突然，小屋外杀声连天，跟随他的人员先后跑到小屋外去杀敌军。刘邦慌得啥也没有带就跑出去了。

这时的风雪更大了，更狂了，雪叶子摔打的睁不开眼，走到跟前也看不清眉眼。

刘邦光着头，赤着脚，在南河冰上猛跑。可是，跑出不远，就跑不动了，坐在河冰上。

这时候，从河边一个窝棚里，出来一个小伙子，因为砸冰逮鱼，走晚了，又赶上风雪和楚汉两军打仗，他这时才想回家。但他走出窝棚，往河上一看，发现河冰上有一团红光时有时无。他忽然想起老人讲的，伟人一旦遭难，身上会发出光亮或什么别的信号。他想到这里，马上跑过去，果然地上坐着一人，马上问："你是汉军还是楚军啊？"

"我是汉军！你是？"刘邦问。

"我是逮鱼的，快起来走吧！楚军发现了你，你就活不了啦！"刘邦慢慢站起来，只走了两步就摔倒了。马上说："小伙子，你快走吧，楚军追过来你也活不了哇！"小伙子说："我背你走吧，我家就在河南边，只有十多里地，一会儿就到！"小伙子一看刘邦，犹犹豫豫，伸手把他拽起来，拢到后背上，跑起来并说："你放心吧，天黑路滑又是风雪，楚军追也追不上！"小伙子边说边登上河堤外大道跑下去。

狂风把雪吹得天和地白茫茫像凝在一起，使大地像个白色冰窖。

小伙子呼咧呼咧地喘着粗气，跑着跑着扑通一声跌进道旁一个半人深的坑子里，他问了一声，"大伯，摔着哪儿啦？"

"哪儿也没摔着啊！把我拽上来，我自己走吧！"

"你不用客气，我能坚持背你走！"小伙子把他拽出坑子，又背起来，咧咧的越跑越快。

工夫不大，因刘邦连日征战不息，疲劳已极，就在小伙子后背上睡着了。待他醒过来，睁眼一看，已经躺在一间非常温暖又高雅的屋子里。"我，我这是来到哪儿啦？"他慢慢坐起来。

小伙子忙走过来说："这是我的家，来到这里你已经三天三夜高烧不退，我父母为你服了不少药，才不烧喽！"小伙子又说："你已经三天三夜没吃东西了，饿坏了吧！我给你弄吃的去。"小伙子说到这里走了出去。

工夫不大，小伙子端来蒸糕和面汤。刘邦实在饿了，一气儿就吃下三个蒸糕和两碗面汤。他穿上小伙子给找来的衣裳，高兴地问道："小伙子，有媳妇吗？"

"没有哇！"

"这饭谁给做的呀？"

"我父亲和母亲两个人给做的。"

"你父亲也会做饭？"

"我父亲不但会做饭，还会治病。"

"啊，还会治病？"刘邦吃了一惊。

正在这时候，突然，从屋外闯进一个四十多岁的人，只见这人高个子，略黑的四方脸上一对大眼睛炯炯有神，进门后，单腿跪地，双手捧拜，小声说道："给汉王请安！"

刘邦低头仔细一瞅，"啊"的一声，说道："哎呀！你是项羽手下的常山王张耳将军吧！"

"正是在下。"

刘邦马上向前，把张耳扶起来，说："将军，我早就认识你呀，你真义士也，如果你一心扶楚，我早就没命了！谢谢你的救命之恩！"刘邦拽着张耳坐在床上，两眼流出了感激的热泪。

张耳说："项羽有勇无谋，有粗无细，不识忠奸，涂炭百姓，民怨四起，我虽是他手下一王，但我早已料到，楚必败，汉必胜，特养病为名，现隐居茅舍，今逢汉王光临，乃天意也！"张耳说到这儿，又让背刘邦的儿子张敖重新拜见刘邦。

刘邦非常激动，把张敖拽到怀里，亲切地说："小伙子呀！难得你一片善心和忠心。"他仔细端详一番张敖那俊俏帅气的面孔，扭头对张耳说："你不要再当项羽的常山王啦，跟着我当赵王吧！"张耳闻听也很受感动，马上趴地上谢汉王。刘邦把他扶起来后，说道："本王有一女儿，已经能帮扶朝政，本王许给你的公子张敖为妻如何？"

张耳一听，满心欢喜又激动，马上让儿子张敖上前参拜岳父。

此女，就是后来汉朝的鲁元公主。

刘邦封老龟

江河湖海里的乌龟，又有人叫它王八，这是从何说起呢？

据传说，这还是刘邦和项羽争天下的时候起源的。

这一年秋天，项羽在一个叫鸿门的地方，用酒宴款待了刘邦。

酒席宴上，项羽的谋士范增早已看透，这个刘邦是项羽最棘手的对头冤家，性子粗暴而又直爽的项羽可不是他的对手，以后项羽非毁在刘邦手里不可。所以，他就把武将项庄叫来，让他在酒席宴前，借舞剑助兴的机会，杀死刘邦。结果，此计没有得逞，不等众人喝完酒，刘邦就找了个借口溜出军帐，骑上白马逃跑了。

刘邦活像个丧家犬，出了鸿门，不辨方向，不择道路，他往马鞍子上一趴，在荒草洼里打马如飞，那马扬起四蹄嗒嗒地跑哇，跑哇……不知这匹马驮着刘邦跑了多长时间，跑着跑着，突然面前出现了一条大堤挡住了去路。

那白马并不停蹄，拼命地往大堤上一跳，咴儿咴儿两声嘶叫，突然，马失前蹄，趴在了堤坡上；刘邦身子一歪，一个跟头也给摔了下来，可是那白马一跃而起，自个儿跳上大堤。

刘邦被摔得鼻青脸肿，浑身沾满泥土，他爬起来，看了看站在大堤上的白马，叹了口气，"好险哪！"又回头望了望鸿门，气愤地说道："项羽啊项羽，你个黑小子，你没能够杀了我，待我兵多将广时，定要你黑小子的项上人头！"

刘邦觉着头昏脑胀，眼前冒花，他吃力地爬上大堤，伸手牵过白马，又往前走，走了不远，便是一条波浪滔天的大河。

"怎么过啊？"刘邦喘着大气，疲惫不堪地坐在河边上。他望着大河，除了几只水鸟顺着河上空边飞边叫，别的啥也看不到。

这当儿，背后又传来项羽追兵的马叫声和人喊声："快追啊，快追啊，千万别让刘邦跑喽！"喊声越来越大，喊声越来越近。

刘邦心里火烧火燎，焦急万分，他望空长叹一声："天哪，莫非我刘邦死于此处吗？"

"哗！"只见那河水扬起一丈多高的浪涛。随后，又拧着旋儿扑过来。可是，任凭波涛汹涌，就是不往刘邦脚间流。

刘邦低头一瞧，只见浪涛中有一个浑身披着绿甲盖子的大老龟，带着波涛游到他跟前，趴下不动了。

这时，河水平静了。

大老龟伸出脖子，瞪着两只放光的眼，瞅着刘邦。刘邦叹了一口气，对大老龟说道："大老龟呀，你趴在我脚下干什么？"

只见大老龟往岸边又爬了几步，扬起头来，尖着个小公鸭嗓子小声地说道："我是前来驮你过河的呀，你要再坐这儿不动啊，后边的楚兵可就要到啦！"

"大老龟，你的心眼儿怪不错的，你能驮动我吗？"

"能啊！"

"可是我这白马怎么过河呢？"

只见老龟又扬起脖子说道："白马太好办啦，它跟在我身后，就能游到对岸。"

就在这时，身后一阵呐喊声："刘邦在河边上呢，快抓活的呀！"只见项羽的追兵举着刀枪从大堤上蜂拥而来。

刘邦马上呛啷抽出宝剑，准备拼杀。

这时节，大老龟又焦急地说道："快到我的背上来吧，你一个人斗不过那么多楚兵楚将啊，快，快点……"

刘邦再也不敢犹豫，他登上了大老龟的后背。用脚一跺，老龟背比铁板还硬呢，他随后又牵过白马的缰绳，大老龟一扭身子驮着刘邦慢慢地顺流而下，那白马就像被大老龟吸住一样，也紧紧跟在老龟后面游动。

项羽的追兵追到河边，见刘邦被大老龟救走，再也无法追赶，只好拨马而回。

再说大老龟，它驮着刘邦慢慢顺流游动着，游哇，游哇，就是不往对岸游，而且越游越慢。

这时，刘邦焦急地说道："老龟呀，怎么游得这么慢，快驮我到对岸吧！"

"好哇，驮你到对岸倒很容易，不过，我说万岁皇爷，我还有一件大事相求哩！"大老龟停在河心一点儿也不动了。

"什么大事呀？"刘邦不解地问它。

"我救你一命，不能白救哇，你开尊口，封我个王位吧！"

"我刘邦现在正带领汉军和项羽的楚军拼杀，我有啥权力封你呀！"

"你是龙子龙孙，你将来要坐天下，你快开尊口吧！"大老龟驮着刘邦还是不动。

这下子可把刘邦给难住了，他想："我不知你大老龟是好是坏，怎么能封呢？"刘邦想了想，有了主意，便带出一副诚恳的样子说道："大老龟呀，你先把我驮到对岸再封也不迟啊！"

"不行，我驮你到对岸，你不封我，可就没办法啦，眼下你不封我，我就不驮你到对岸！"大老龟铁了心啦。

刘邦一看不封不行，就随口说道："封你当个河里的王吧！"

大老龟一听，可就高兴了，也学着刘邦的声调，"当个河里的王吧，王吧！"它就连忙游动起来，很快把刘邦驮到对岸。

当老龟往回向游时，嘴里还不住地念叨："河里王吧！王巴！"

从那时起，人们就把老龟叫"王吧"或是叫"王八"。

考　吕

　　公元前二〇二年九月，刘邦遵照军师张良的计策，用以鸿沟为界，互不侵犯，蒙骗了项羽，项羽就把扣押在楚营三年多的刘邦之妻吕雉放回汉营。

　　在吕雉没被放回来以前，刘邦以为吕雉在楚营一定吃了不少苦，受了不少折磨，准是面黄肌瘦，骨瘦如柴，甚至四肢软弱无力，奄奄一息的人啦。可是，当他见到被项羽放回来的吕雉时，使他大吃一惊，只见那吕雉身肥体壮，满脸红光，穿戴打扮也很讲究，翠绿色的长裙，掩藏着贴身的粉红色内衣，高挽着的发髻插着金簪银花，见了刘邦不悲不喜，面沉似水地说道："没出息的东西，你怎忍心让我在楚营被人家管制了三年多，你大概喜新厌旧了吧，又要了谁家的姑娘做了小老婆呀？"

　　"哎呀，你这是说的什么话呀，楚军那么强大，连我自己也多次险遭绝境，怎能够救得你呢？"

　　"你值钱，俺不值钱，不救就永远别救，俺在楚营待一辈子算啦！"吕雉生了气。

　　"你，看你的气色，那项羽一定待你不错吧！"

　　"什么错不错，那项羽比你诚实，比你憨厚得多！"

　　"对，他诚实，我奸诈，他是男子汉大丈夫，我是软弱无能的小爬虫，你不愿跟我就再回去！"

"回去就回去，也一样身穿绫罗绸缎，一日三餐将军饭！"吕雉说起了气话。

"你，你快跟项羽过去吧！"气得刘邦浑身发抖。

吕雉不再搭理刘邦，钻进士卒给她安排的一间小房子里不再出来。

刘邦呢，心里可就犯了嘀咕，他听人常说，女人不得便，要吃别人饭，在这漫长的三年里，她又怎么样呢？看，她那样的体态，她那样的神情，她那样的言谈话语，是不是跟项羽？……

刘邦醋性大发，他苦闷，他烦恼，他心悸不安，他苦苦地想啊，想啊，想出了一个考验吕雉的办法。

傍晚，他把守卫吕雉房门的士卒全撤走，把房门外的大灯笼都让人熄灭，只在门上头挂一盏昏暗的小油灯。

半夜了，吕雉不见刘邦回来，就和衣而睡。

刘邦把一干人等打发走，他披上一件黑斗篷，用黑纱蒙上脸，手持一把钢刀，蹑手蹑脚地来到吕雉房门外，先转悠了一会儿，随后来到窗户前，用手轻轻敲了几下窗户，吕雉听到敲窗，就醒了，忙说道："这么晚才回来，不去敲门，来敲窗户干啥？"

"吕夫人，我不是刘邦！"刘邦用手捏着鼻子，学着项羽粗声粗气的话音。

"你是谁？"吕雉提高了嗓门。

"我是从鸿沟那边来的项羽啊！放你回来，我睡不着哇！"刘邦嗓音装得很像项羽。

"噢，你是项羽呀，我听语音儿倒装的有点像，你等着吧，我去给你开门！"

吕雉对项羽的品性早已清楚，她想：项羽他绝不会干这样的事，再说他根本也来不到这里，一定是刘邦吃醋才干出来的这等勾当。她想到这里，气撞胸怀，她也不点灯，顺手抄起一把凳子，悄悄把门开开，呜下子跑到刘邦跟前，把凳子一抡，就往刘邦头上砸去，只听当啷一声，刘邦手中的钢刀被砸掉，脑袋被砸破，他哎哟一声，扑通趴在地上，大声喊叫："你想砸死我呀！"

"你是谁呀？"

"我，我是刘邦啊！"

"不，你是项羽！"

"哎哟，夫人，快搀我进去，我脑袋破啦，让人快来给我上药吧！"

"活该，自作自受！"吕雉气呼呼地站在刘邦跟前。

刘邦亲征英布

公元前一九五年，刘邦已经当了十一年皇帝了，这时候，他已进入花甲之年。由于连年征战，身体逐渐虚弱下来，大病小病接连不断，勉强主持朝政。

这一年十月，淮南王英布对朝廷不满，一心想推翻汉朝，消灭刘邦，他当皇帝。便对手下兵将说道："刘邦当了皇帝后，天天和后宫宫女混在一起，根本不理朝政，加上吕雉和戚姬争风吃醋，争夺太子之位，使朝廷不但混乱的不成体统，皇帝在百姓中的威望也是一落千丈，我们要趁这个机会，推倒朝廷，我们大家也要称帝封爵，只要大家心齐，定能推倒汉朝啊！"

英布一番话，说得他手下兵将都同意起兵造反。

在第三天清晨，英布集合起两千多人马，举起"反朝廷顺民心"的造反大旗，杀向汉王朝的驻地长安。

再说刘邦，一听说英布起兵造反，大伤脑筋，他对大臣们说道："这些年来，我对英布不薄，封王封地重用他，可是，他不但不感恩报德，反而起兵造反，实在让人寒心哪！"

这时候，众大臣都先后开口表态，大将陈平说道："英布目光短浅，实属坐井观天之辈，看不到汉军之强势，更看不到自己反汉朝，是小蛇妄想吞大象之举，他很快就要走向灭亡啊！"

"对呀，一个小小的英布，竟敢逆天而行，这是自掘坟墓！"

刘邦一见众大臣无一有惧怕之色，说话铿锵有力，个个表情怒而生威，就打一个唉声说道："朕近来病不离身，虚弱得很，本想亲征，消灭叛贼英布。可是，心有余而力不足，只好让太子刘盈领兵前往了。"

这时候，站在他身后的太子刘盈，大声说道："父皇，你在家好好养病，虽然孩儿我初次出征，但是，一定会旗开得胜，把英布的脑袋割下来，献给父皇。"

众大臣听了太子刘盈的发言表态，都很受感动，异口同声地称赞太子。

就在众大臣赞扬太子刘盈的时候，突然，吕雉从后殿走进来，她一听刘邦让太子刘盈领兵征讨反叛英布，就叫喊起来，"太子是个十六七岁的孩子，岂能带兵剿灭反贼英布。"吕雉说到这儿，用眼白了白刘邦，又愤愤不平地说道："皇上，你这么做，安的什么心？你是不是想借征讨英布的机会，把我儿刘盈除掉，让你心肝宝贝的戚姬之子刘如意当太子呀？"吕雉毫不客气，越说声音越大，越说越有气。

"住嘴！"气得刘邦站起来，大吼一声，"你吕雉是个什么东西，太子刘盈只是你一个人的儿子吗？谁立的他为太子，我为什么要害他，你昼夜难眠的和戚姬争风吃醋，你怀着一颗比毒蛇还毒的心，想治戚姬母子一死而后快。你还算人吗？安——"气得刘邦语无伦次，浑身哆嗦，脸色苍白，嘴唇发青。

吕雉知道自己说的话太过头、太露骨，泪流满面地跪在地上，低声说道："请皇上息怒，我是言过其实，实在是一时冲动，有口无心地说了些大逆不道的过头话，实在是罪该万死！"吕雉说到这儿，额头碰地，咯噔咯噔地磕起头来，直磕得额头流血，跪在地上不肯起来。

刘邦喘一口大气训斥道："都说妇人之心比蝎子尾巴还毒十分，我从来不相信。可是吕雉实实在在的教训了我呀！"刘邦铁青着脸坐下来，不再说话。

吕雉知道刘邦的脾气，说几句好话他就会消气，便悲悲切切地说道："皇上，你不要再生气，我一定改掉老毛病，今后，不会再让你着急生气啦，你如果愿让太子刘盈带兵去消灭英布，我，我也跟着去！"吕雉说着抽咽抽咽地哭起来。

"你也不必哭，我让太子刘盈带兵去杀英布，只是个名义。到战场上真正杀敌的是我那些能征善战的兵将，你想的是什么？太子去了就会战死吗？其实，这也是对他的一次锻炼。"

"请皇上定夺吧！"吕雉哭泣着向刘邦一哈腰，扭头走了。

刘邦怒气冲冲的回到长乐宫卧室。

丞相萧何和谋士张良，见吕雉在殿上大闹的场面，都急在心头，恐怕把刘邦气病。果然，刘邦回宫后，病情加重，浑身酸疼，四肢更加虚弱无力，他强打着精神对萧何和张良说道："英布一日不除，国一日不宁，明天派三万大军前去剿灭吧！"

"皇上，还是让太子刘盈去吧！"萧何、张良异口同声。

刘邦喘一口大气，说道："要让刘盈去，吕雉定会跟着去，这样做，会丢尽汉朝廷的脸面，还是我亲征吧！"

"皇上，你体弱多病，绝不能去。"萧何急得脸红脖子粗。

"皇上，你尽管精心养病，平英布之事，你不能参加啊！"几个文臣武将都苦苦相劝。

刘邦嘿嘿冷笑了两声，叹了口气说道："众位爱卿，不要再劝啦，我意已决，一定亲征英布。"

众文臣武将面面相观，谁也再不说一句话。

第二天五更刚过，刘邦便披甲执锐，从长安发兵东进。

汉十二年（前195年）十月，英布兵抵蕲县会甄乡。全军将士刚刚吃过午饭，只见刘邦率领的大军从西边铺天盖地地拥来。真可谓旌旗遮天蔽日，黑压压的遍地兵将耀武扬威。并有一黄绫子罩伞隐于军中闪闪烁烁。英布一见，大吃一惊，"哎呀，刘邦亲率大军来征讨我呀！"他一时心慌意乱，六神无主，吓得出了一身冷汗。他打个唉声，强打着精神，对手下将士说道："尔等马上摆阵迎敌。"

刘邦在英布对面扎下大营，随后，对众将士说道："英布虽然摆下阵势，不过此阵不足为奇，它是当年项羽已摆过多次的败阵。现在，大家听我号令！"

就在这时候，英布全身披挂整齐，手擎大刀，打马跑到阵前。

刘邦一挥手，汉军一字儿摆开，擎旗执戟，摆出厮杀的阵势。

刘邦怒从胆边生，也打马来到阵前，大声喝道："英布贼子，你个忘恩负义的小儿，我待你宽厚有加，百般重用，封你为淮南王，你竟敢兴兵造反，你还有没有人性，你的良心何在？不知天高地厚的浑蛋，竟领兵犯上作乱，我看你活到头啦！"

"我为你领兵作战，立下了些汗马功劳，你才封我个王位。其实，按我之才能，当个皇帝也比你强！"

"呸，鼠辈休得逞能！"刘邦一挥手，"众将，杀呀——"刘邦一声令下，汉营众将士一齐杀出。

英布抬头一看，遍地汉兵汉将，一眼看不到边，个个如猛虎下山，蜂拥而来，吓得他慌忙退入阵中。

"杀呀，杀呀！"汉军直扑英布。

英布高声呐喊："放箭，快放箭呀！"箭如飞蝗，射向汉军。汉军一时伤亡较大，纷纷后退。

刘邦一看汉军受阻，他敞开大嗓门，"不要后退，杀将过去，活擒英布！"他打马向前，直冲向英布大营。

"哧——"飞来一箭，正射进刘邦前胸。虽然有铁甲护胸，箭尖还是从铁甲缝子里扎进胸内一寸多深。

刘邦前胸一阵剧痛，他伸手把箭拽出，抛在马下。顿时，前胸鲜血涌出。他怕影响汉军士气，他挥剑高喊，"杀呀——"

汉军一看刘邦前胸已被鲜血染红，还在舍身督战杀敌，使全军将士倍受鼓舞，一声呐喊，"杀呀——"大家不顾个人生死，哇哇地冲向英布阵中，左杀右砍，横削直刺，喊嚓噗噜，把英布造反军杀得呼爹喊娘，东倒西歪，跟头趔趄地往后退。

汉军越杀越猛，个个都杀红了眼，直杀得英布造反军四处逃散。汉军像刮风一样，穷追不舍，把大批的造反军追到淮河岸边。他们想渡河逃命，哪知河水又深又急，大部分淹死在河中。

英布不敢渡河，便带领一些兵将顺淮河岸边奔逃。他逃哇，逃哇，逃出三十多里地后，忽然，前边杀来一千多汉军，高喊着活捉英布冲过来。

英布回头一看，身后只还有三十多个造反军，个个狼狈不堪，他一阵心寒意冷，便拨马往右边一片松树林里逃去。

这片松树林茂密无比，方圆有几十亩大。他闯进松树林后，打马跑了一圈，马身被树枝挂破多处，有的伤口流血不止。英布回头再一看，再也没有追兵，可是他的造反军也踪影皆无。

天渐渐黑下来。

英布的马再也走不动了，又走了几步，马腿一弯，扑通趴在地上，再也起不来。

英布胆战心惊，他生怕遇上追来的汉军，他顾不得马的死活，慌忙徒步跑出松树林。人常说饥不择食，慌不择路，一点儿也不假呀，英布从荒郊野地跑了半夜，才见到在大道旁有一个小旅店。小旅店门前一个高杆子上，挂着一个纸糊的灯笼，灯笼上有马家老旅店五个红字，灯笼下吊一个用柳条编的笊篱。

英布实在是又累又饿，两条腿像灌了铅，一步也不愿走了。他走到旅店门前，用手啪啪拍了两下大门。工夫不大，一个老头把门开了，一见英布的狼狈样子就问道："壮士想住店吗？"

"是啊！"

"今晚住店的客人太多，偏房、正房都已经住满啦，你还是到别处投宿吧！"

"掌柜的，你行行好吧，我实在是又饿又累呀！"英布说着一屁股坐在地上，再也起不来了。

店掌柜一看他实在累了，打了个唉声说道："这样吧，店西头伙房里有一个土炕，也是我睡觉的地方，你要不嫌弃的话，就睡在那儿行不行啊？"

"行，行！"店掌柜就把他拽起来，领到西伙房。

这位老掌柜的心眼好，待人厚道。他把英布领到他睡觉的土炕上后，又给他做了一碗面汤，还打进两个鸡蛋，让他吃下去。

英布饭饱之后，非常得意，他拉过店掌柜的手说道："多谢老人家，我以后如能得志，杀灭汉皇帝刘邦，一定厚谢老掌柜救命之恩啊！"

"那么，你是？"

"我叫英布，汉皇帝刘邦封的淮南王者便是。"

"噢，失敬，失敬！"

就在这时候，突然门帘一起，闯进一个赤身露体的汉军。只见这个汉军手持一把明晃晃的钢刀，站在英布眼前，瓮声瓮气地说道："英布，你还认得我吗？"

"你，你是什么人？"

"我就是汉军肖婴。"

"肖婴？"英布低头一想，马上想起来了。"你，你就是长沙王吴臣手下的将士肖婴？"

"是啊，长沙王吴臣怕你被汉军杀死，我们王爷不能庆功领赏，特派我来取你的首级献予汉朝皇帝刘邦。"肖婴说到这儿，噌下子举起大刀，说一声："拿头来吧！"咔嚓一刀冲着英布头部砍下去。只听哎呀一声，英布被砍掉一块脑袋皮，鲜血溅到墙上和肖婴的脸上。疼得英布哎呀一声跌在土炕下边。

肖婴并不怠慢，马上用左手把英布拉起来，怒声说道："嘿嘿，英布呀，你活到头啦，来世再见吧！"说着，手起刀落，噗嚓一声把英布的脑袋砍下来。他马上用英布的外衣把英布的头包好，走出旅店。随后，让另一汉军从旅店后院牵出一匹黑马，又把英布的人头挂在马脖子上，便打马如飞，直奔汉军大营而去。

楚汉英雄
故事荟

霸王神勇天下无二

虎尾鞭

  西楚霸王项羽手中有一把虎尾鞭，东征西战，所向无敌，这把鞭是怎么得来的呢？还得从项羽造反以前说起。

  项羽十七八岁上，就长成一个健壮的彪形大汉。要力气有力气，要胆量有胆量，要学问有学问，在村上是受人尊敬的小伙子。甭管村上有啥事，只要有人求着他，一百个答应。平时，谁家有抬抬扛扛和搬搬架架的笨重活，一叫便到，乐呵呵的就给干啦。

  有一个月明星稀的晚上，他正帮助东邻家砌猪圈，突然，在村西看大庙的祁老五慌慌张张地跑了来，说道："项羽啊，你快帮帮忙吧，咱村的这个大庙我无法看啦！"

  项羽一看他那个惊慌的样子，就纳闷地问他，"我说老五叔哇，你不好好看大庙，跑这来找我有什么大事呀？"

  "孩子呀，可不得了啦，刚才，我在大庙院北边殿台子上，刚刚躺下想睡觉，忽然间，从大庙西边呼呼地刮来一阵风，直刮得烂树叶子、草末子和尘土飞旋扬空。刮着刮着，忽听西墙头外唰唰乱响，响着响着，噌的一声，只见墙头上蹿上一只老虎，在月光下看得清清楚楚，只见这只老虎身长七八尺，遍身黄斑斑，吊眼儿，白头芯，脖子一伸，脑袋一扬，牙一龇，大嘴一咧，仰天长啸一声，震得配殿房哗哗作响，真吓人啊！"祁老五说到这儿，喘一口大气，接着说道："我一看老虎瞪着像两盏灯似的大眼睛，吓得我一气儿跑到你这儿来啦！"

项羽听了半信半疑地说道："你说得够悬乎的，走，我跟你去看看。"项羽跟祁老五一块儿来到村西大庙门前。只见大庙围墙上长满老草，庙门大敞四开，院子里十几棵老松树上还有夜鸟的啼叫声。庙堂里黑乎乎的什么也看不清。项羽扭头问祁老五，"老虎在哪儿啦！"

"哎呀，刚才就在西墙头上站着哩，可能跑了。"

"我陪你在庙院里坐一会儿等等，老虎是不是还来呀？"项羽说着就和祁老五一块儿坐在庙院阳台上等老虎。

月光如水的夜晚，大庙像在沉睡，没有了一点儿声音。项羽和祁老五倚在一起，呼噜呼噜的睡着了。

夜深了。圆圆的月亮被一片白云遮住，庙院内变得朦朦胧胧。工夫不大，忽然刮起夜风，把祁老五和项羽都给吹醒了。

"哎呀，看来老虎不会再来啦！"祁老五一说，项羽呵呵笑了笑说道："明天晚上再说吧！"项羽说完起身走了。

第二天一擦黑，祁老五就去找项羽，用央求的口气说道："今晚上，无论如何你帮我去打老虎，不然，我一个人再也不敢看庙啦！"

"吃了晚饭我就去，你先去吧！"

"千万别含糊呀！"祁老五说完这句话走啦。

项羽吃了晚饭，刚想去大庙，叔父项梁对他说道："祁老五一个人看大庙，可能有点儿害怕，他说有老虎你就相信他的话，是不是太傻啦，再说村北二十五里地远的树林子里是有老虎，可是离这儿二十多里地，怎会来到这里呢！"

"叔叔，你想想，祁老五光棍汉一条，看了几十年大庙没说过害怕，为什么突然说有老虎呢？我去帮他防备防备。我不去，万一真有老虎来把祁老五吃喽，可就后悔一辈子呀！"

"好吧，你早去早回也就是了。"叔父不再管他。

项羽来到大庙里，只见祁老五手握一把大钢叉，站在大庙院里，好像老虎马上就要来似的。项羽一见他这个架势，就嘿嘿笑着说道："不要那么紧张，跟我一块儿，等着老虎也就是了。"

祁老五一见项羽来了，也马上松下心来，"你来了，我有了主心骨，啥也不怕啦！"二人说着话，躲到庙院北边大殿下。

三更天后，像个银盘似的月亮挂上高空，庙院里像下了一层白霜。

起初，项羽和祁老五瞪大了眼睛瞅着西墙头。可是，等啊，等啊，一直等到后半夜，也不见老虎的影子，二人就有些困倦，眼睛就慢慢合上啦。工夫不大，呜地刮来一阵风，刮得墙头上的草叶子，唰唰啦啦往庙院里飞。祁老五先醒了，他碰醒了项羽，低声说道："老虎会生风，可能要来啦！"刚说完这句话，只听唰的一声，一只斑斓猛虎从墙头上蹿过来，吓得祁老五一头扎到项羽身后去。

项羽不慌不忙地紧盯着它，只见这只猛虎绕大庙院子唰唰地转了几圈，最后，来到东墙根下的神泉池子间，抖了抖身上的尘土，咕咚咕咚地喝开了神泉水啦。

项羽早知道，这座庙院东边有一个神泉，神泉的水是甜的。前几年，一到星星月亮出全时，就会咕嘟咕嘟往外冒泉水，这泉水能治眼病和皮肤病。可是，近一二年干涸了，一滴水珠都没有，今夜老虎怎么又喝起神泉水来呢？项羽很纳闷儿，他拍了拍祁老五，悄声问："神泉池子有水啦？"

"从这个月初十就有啦，夜夜往外冒泉水，我怕村民们知道了乱来弄水，太乱腾，没敢说出去。"祁老五说话声音大了些，那老虎嗷儿的一声，向他和项羽这儿扑过来。吓得祁老五哎呀一声钻进大庙堂里去。项羽呼下子站起来，双拳一挥迎上去，老虎也不含糊，呜的一声扑向项羽的前胸，项羽稍微一撤身子，老虎擦着他的前胸扑了个空。在老虎往下塌身子的一瞬间，项羽纵腰往上一跃，骑到老虎背上，老虎驮起项羽呼啸一声越过庙墙，跑得无影无踪。

祁老五一看项羽骑着老虎跑了，他急忙插上庙门，把铺盖搬进庙堂里去睡觉。

再说项羽，骑到老虎背上后，只见老虎身子不摇不晃，四爪蹬开，带着风声，一直往村北奔跑。工夫不大，就来到二十多里地远的北坵陵村外。这个村子不大，只有十多户人家，村外地势高低不平，到处是密密层层的树林。老虎驮着项羽越过几片树林后，来到一户人家门前，老虎扑通一声趴在地上，项羽从虎背上下来后，老虎站起来向项羽点了点头，走进了门旁的树林子。

项羽从这家大门缝子往院里一看，只见这家墙高房高院子大，院子里有一棵高大的香椿树，树枝上挂着一盏大灯笼，照得院子通亮。树下地上，有一个大铁笼子，铁笼子里圈着两只小虎崽儿，只见这两只小虎崽儿，在铁笼子里又撞又挠，急得嗷儿嗷儿怪叫。项羽心里马上明白了，"这是大老虎的两只小虎崽儿，被这家逮来关在铁笼子里，无法救出，这只老虎驮我来是让我给它救两只小虎崽儿啊！"项羽想到这儿，就伸手啪啪拍打起大门，工夫不大，从门里走来一个黄脸膛五十多岁的汉子，把门开了一扇，一见项羽身躯高大，威武雄壮，脸似铸铁，眼似两盏明灯一样炯炯放光，他倒吸了一口凉气，"啊，你半宿拉夜砸门，有何事？"

"我是前庄的，有一事相求！"项羽很有礼貌地说道。

"不必啰唆，有么事快说。"

"你院中铁笼中的两只小虎崽儿能卖给我吗？"

"你来晚了一步，今天下午已经卖给陈县城里的巨商马一凡啦，明天我们给送去，快走吧！"

"我加倍给钱行不行啊？"

"说卖啦就卖啦，男子汉大丈夫说话算数，不能出尔反尔，给多少钱也不能再卖给你呀！"那汉子说着，咣当一声关了大门。

"你不是当家人吧？"

"我是不是当家人关你屁事。"那汉子在门里生气地嚷一句难听的话。

项羽一听那汉子说脏话，也很生气，他走到树林子外边一块大石头上坐下来。

夜深了。树林子里发出夜鸟瘆人的嘀叫声，大小树木被夜风吹得呼呼山响。

项羽想："那汉子一定说的是谎话，看来花多少钱也买不来，只有进院把小虎崽儿抢出来。"他想到这儿，把腰带紧了紧，把上衣掖了掖，又匆匆来到这家大门外。只见门楼很高，门楼上头还插了许多带刺儿的干树枝。他又转到院西墙外，这儿的墙头不高，但是墙头上摞了些圆木头，人上去一踩，木头定会滚下墙头，发出响声。项羽转来转去，还是选择了摞木头的这儿。他双臂一伸，运足了气，纵身一跃，呼下子上了墙头，把丹田气一提，两脚轻轻落在圆木头上。圆木头稍微动了动，没有滚下去。

"呜——"从院子对面蹿出两只大黑狗，这两只大黑狗只是呜呜不高声叫。项羽知道这种狗是咬人最凶的狗，他顺手抓过两块大砖，甩手扔过去，只听噗噗两声，两块砖正砸在俩狗脑袋上，两只大狗躺地上不动了。项羽马上跳下墙头，来到铁笼子跟前，他迅速把拴铁笼子的大绳拽断。然后，双手一抓铁笼子上边的两个大铁环，就把铁笼子拎起来，刚往墙头间走了几步，被在北房间睡觉的人发觉了，一声呐喊，"来了偷虎崽儿的啦，快来捉贼呀！"随着呐喊声，房门大开，七八个手持刀、枪、棍、棒的家丁从屋里跑出来。一看项羽手提着盛着两只小虎崽儿的铁笼子正往墙头间走，便大喊一声，"哪里走！"随着喊声，七八个家丁把项羽围起来，举起手中的家伙向项羽头上和身上乱打、乱砍、乱扎。

项羽毫不畏惧，他一只手拎起盛有两只小虎崽儿的铁笼子，便呜呜地抡起来，吓得众家丁跟头趔趄的往后退。

"别往后撤，快用刀砍枪刺呀！"庄主发了疯似的高声叫喊。

这时候，项羽已经来到西墙头附近，刚想把铁笼子扔过墙头，可是，家丁们把砖头瓦块一齐向项羽头上砸来。项羽不敢怠慢，忙用另一只手拨打。

"快打呀，砸呀，别放跑了黑大个呀！"庄主喊哑了嗓子。

项羽一看家丁来势凶猛，他双手一扒铁笼子上粗大的铁棍子，就把铁笼子扒散啦，两只小虎崽儿跟头咕噜地跑出来，可是虎崽儿小，蹿不过墙头去，在院里嗷儿嗷儿高叫。

项羽急中生智，他噌噌几步来到南墙头间，用肩膀把砖墙头往外一扛，只听呼隆一声，把墙头扛倒两米多宽，两只小虎崽儿像懂事一样，唰唰的从倒塌的墙头空子跑出去。

"小虎崽儿跑啦，快追呀！"

项羽马上拾起两块大青砖，呜呜向跑在前面的两个家丁打去，只听啪啪两声，把两个家丁打趴下。吓得其他家丁只是大声喊叫，不敢再往前追。

项羽一看家丁不追啦，他马上跑出去钻进树林子。这时候，不知两只小虎崽儿跑哪儿去啦，他扑打一下身上的尘土，便顺着树林子下的小道往前走。可是，他走哇，走哇，怎么走也走不出树林子。他走来走去，走到一个土岗子上坐下来，在他琢磨着怎样才能走出树林的时候。忽然间，那只老虎领着两只小虎崽儿来到他身旁。老虎带出一副很老实的样子，围着项羽转了两圈儿，然后，一步一步的向前走，项羽知道老虎来给他领路了，就紧跟在它身后。那两只小虎崽儿前蹿后跳的紧跟着。

工夫不大，就走出了树林子，一条明光光的大道摆在眼前。只见大老虎跑到项羽跟前，扑通趴在地上，项羽马上骑上虎背，老虎起身往前跑起来。两只小虎崽儿紧紧跟在后边。跑哇，跑哇，一气儿跑到项羽家大门口。

这时候，老虎站住脚步，项羽从虎背上下来，他向老虎点了点头说道："你回去吧！"老虎好像听不懂他的话，它围着项羽跑了好几圈儿，项羽也不知道老虎想干什么，只是愣愣地站着。老虎突然头冲天空嗷儿地叫啸一声，然后，把尾巴一甩直往项羽身上甩去，项羽眼急手快，伸手抓住甩来的老虎尾巴。老虎一扭身子，唰下子跑了。可是老虎尾巴还在项羽手里，他拿着老虎尾巴再仔细一瞧，"啊，原来是一条灿灿发光的钢鞭。"

项羽欣喜若狂，情不自禁地喊道："这是一把世上少有的钢鞭啊，不对，它是老虎的尾巴，是一把虎尾鞭啊！"

神力摔服贾念余

项羽从小就有超常的力气，村上有许多跟他年纪差不多的十多岁的孩子，谁也比不上他。可是，他有个犟脾气，好胜心强。

村边有个清水塘，每到夏天，村上有许多十多岁的孩子下塘洗澡，项羽也不例外，也跟大家在水塘里扎猛子、仰脸浮，比慢又比快，欢乐又快活。

这一年夏天，突然，村上贾老财主家十五岁的儿子贾念余，从东乡学武功回来了，他来到清水塘边往水里一瞧，那么多孩子在洗澡，他就哈哈笑了几声，回到家写了一块大木牌子，戳在清水塘边上，上边写着几句话：我学武功回来找对手，从今下塘洗澡先比武，胜者下塘洗澡我欢迎，输给我的不准往塘边凑，谁要不服来比试，定要打得你浑身青紫苦央求。戳板人贾念余。

全村的孩子来到塘边上一看牌子，大多数蔫蔫地走了，有几个粗壮有力气的孩子，跟他比了几次，也都甘拜下风了，还鼻青脸肿。好些天，清水塘里只有贾念余一个人在洗澡。

项羽听同伴们说起贾念余比武洗澡的事，他很生气。一天，他和几个小伙伴来到清水塘边想洗澡。

贾念余知道项羽有两下子，也有力气，可是总觉得自己学武三年，套路精湛，招数较高，项羽绝不会胜过他。一见项羽来了，就合手相迎，并很谦虚地说:"在下虽学武三年,经师不到,学艺不高,还请项老弟多多指教!"项羽一见他说话很客气,也谦虚地说:"在下随叔父学武练艺七八载,笨手笨脚难成材,今逢贾兄高强手,清水塘边学艺来。"项羽说到这儿,没等贾念余再说啥,他一个饿虎扑食扑了过去,贾念余马上一闪身,项羽身子扑空,一个趔趄,没摔倒,转身又扑向贾念余。贾念余再也没躲闪,腰一哈,双手向前一伸,想抓住项羽的手腕子。项羽呢,也没有躲闪,双臂一晃,反手抓住贾念余的两只胳膊,往怀里一带,把头一伸,嗖下子把贾念余顶了起来,随后一晃身子,一甩脑袋,只听扑通一声,生把贾念余甩进清水塘里一丈多远。

贾念余灌了几口水,在水里翻滚了一阵子,才爬上岸,双拳一抱,冲着项羽苦笑了笑说:"项老弟,好大的力气呀,我服啦,服啦,你是大力神转世呀!"也不知道贾念余摔伤了哪里,只见他一歪一斜灰溜溜地走了。

劫囚车

项羽从小就爱好练武术，七八岁时跟叔父项梁学些拳脚。十五六岁又到五台山天池观学习武功，马上步下十八般兵器件件精通。同时，还学了些统兵作战之术。

这年秋后的一天中午，项羽正在后院练刀术，突然，叔父项梁匆匆忙忙走来，向项羽一招手，叫到南墙根下，悄声说道："从村东来了一百多名秦兵，押着一辆木笼囚车，路过咱们村南大街，一直走到村西头老柳树底下，正在那儿歇着吃东西，不知囚车内押的什么人？"

"我去看看。"项羽撂下手中的单刀就往外走。

"这样去不行啊！"项梁叫住项羽，随手拿一顶破草帽给项羽戴上，又拿过一把铁壶，给他灌上水，说道："你装作给他们送水的，出门再弯下腰，他们见你是个罗锅也不会在意。少说话，打听清囚车里押的何人就马上回来。"

"记下啦！"项羽嫌他叔父说话啰唆，拎起水壶就急忙走出去。

"项羽这是怎么啦？"村民们见他弯着腰走道，都莫名其妙起来。

项羽走到村西头，只见道边上几棵大柳树底下，坐着一百多秦兵，还有一辆木笼囚车，囚车里坐着个浑身是伤的汉子。这个汉子三十来岁，黑红色的脸膛上一对浓眉大眼，显得格外精神。他的手脚被大绳绑在囚车木框子上。这时候，一个秦兵走过来，冲着项羽大喝一声，"看什么？找死呀！"

"我，我是来给你们送水的。"项羽弯着腰说。

"好啦，好啦，谁让你送来的呀？"一个秦兵手握钢刀走过来。

"是我家积德行善的，七十多岁的老太太让我送来的，她看你们从门前过，又看你们在大树下吃干粮怪干的慌才发了善心，看来你们把好心当成驴肝肺啦！"项羽说着转身就往回走。

"哎，哎，怎么走啦？"有一个秦兵小头目跑过来，对另一个秦兵白了一眼。

"好心好意给你们送水来，可你们不知好歹！"项羽装出一副生气的样子。

"好啦，兄弟，把水拎过来吧！"秦兵小头目说道。

项羽转回身，把水壶拎到柳树下。这伙秦兵还真渴啦，都抢着喝水。项羽假献殷勤，给他们倒水，说些好听的话。一会儿，见他们抢水喝，项羽就抽到人群后边问一个年纪大的秦兵，"囚犯杀人啦？"

"不，不是杀人犯。"

"是劫道的强盗吧！"项羽紧接着问。

小头目一回头正听见项羽问话，嗷儿一声，"你问什么，你是这村的吗？是不是跟他一伙儿的？"

"我叫小黑儿，就在村前黑大门里住，不信，去村里问问。"项羽嗓门大起来，"我大哥也在咸阳当秦兵，还是个官呢！咱们是一家人啊！"

秦兵小头目一见项羽说话在理，又拉近乎，就不以为然的去喝水了。

项羽往后挪了挪身子，又跟那个年纪大的秦兵接着说话，那个老秦兵说道："小伙子，别多嘴多舌的啦，等大家喝完了水快走吧！"

"你看这个犯罪的人多可怜啊，能给他点儿水喝不？"

"哎呀，你别多嘴行不？"

"是啊，大叔，我最恨坏人。"

"他不是一般坏人，是叛军头子陈胜。"老秦兵说话声很低。

项羽一听全明白啦，他又说几句闲话，拎起水壶，弯着腰回了家。

项梁一听说犯人是陈胜，大吃一惊，"哎呀，怎么是他呀？"

"叔叔，是领导农民起义的陈涉又叫陈胜的那个人吗？"

"是啊，前几年我只跟他见过一面，此人很义气，他带领起义军已消灭秦兵数千，打下县城七八座，不知何原因被秦兵所擒，我们一定要想办法救他。"项羽一听叔父说去救陈胜，马上来了精神头，"叔叔，咱俩去救吧！"

"一定要救，不过不能在这儿救哇！"

"为什么？"

"在这儿一救，你我不要家可以，连累全村的人都活不了啦！"

项羽站在项梁身边，瞪着两只大眼睛盯着叔父。

"孩子，一会儿，他们一走，你换上一身旧衣裳，背上草筐，去跟踪囚车，他们走大道，你在庄稼地里跟着，要拉开一定的距离，别让秦兵看见，只要看见他们晚上宿在哪儿，马上回来，咱爷儿俩晚上再想办法去营救。"

项羽不敢怠慢，马上换上一件旧褂子，背上草筐，来到村西边一间破墙头后头看着。

午饭后，秦兵押着囚车一走，项羽马上在一旁隐蔽着追上去。项羽人高腿长步叉子大，他顺着往西去的大道旁的庄稼地紧跟着。秦兵走多快，他跟着走多快，一直跟到天黑。待秦兵把囚车赶进清龙河神庙内，他才返回。

到天上出全了星星，项羽才呼呼咧咧地跑回家。进门就跟叔父说道："叔叔，他们宿在离这儿二十多里远的河神庙啦！"

"是不是那个清龙河神庙啊？"

"就是那儿。"

项梁马上让项羽进屋休息，他亲自动手给做了些好吃的。

夜静更深了。

项梁把项羽从梦中叫醒，"孩子呀，已经过了三更天啦，咱去救人吧！"

"叔叔，怎么救呢？"

"到那里看看秦兵把囚车放在哪儿，秦兵是怎么看守的，他们一百多人又都睡在哪儿，看情况再定行动吧！"项梁小声地说着。

叔侄二人都穿上适合夜间行动的黑色衣裤，腰里分别掖上斧头和大砍刀，顺着大道奔向清龙河神庙。

后半夜，乌云把天上的繁星淹没。工夫不大，呼呼刮起大风，直刮得树摇庄稼晃。项羽瓮声瓮气地说道："叔叔，快走吧，天要下雨啦！"

"不要大声说话，走快点就行啦！"二人马上加快脚步，只有吃顿饭的工夫就来到河神庙附近一棵老松树下。只见这座河神庙门前，没有灯，也没有岗哨，只有两棵龙爪槐，长得弯弯曲曲，黑夜里一看，真像两条龙的样子。项羽悄悄来到门前，从门缝儿往里一看，是一个不甚大的院子，院子四周是墙头，靠院子北面是庙堂，庙堂门外挂一盏红纱灯笼，灯笼四周有无数蚊蝇和小虫乱飞乱舞。庙堂门两侧有两个秦兵双手抱着长矛大刀，倚在墙上，耷拉着脑袋不动，像是睡着了一样。

项羽凑到项梁耳边说道："看样子，秦兵没在门前设岗，院里也没有巡逻的，看来秦兵较麻痹松懈，他们也想不到会有人劫囚车呀！"项梁指了指院子说道："庙院北头有一个大庙堂，西边有几间偏房，都透出微弱的灯光。囚车有可能就在北庙堂里，那些秦兵也可能就守在庙堂内。进不了庙堂救不了人哪！"

"是啊，把庙堂门砸开，咱俩用刀砍斧劈，把秦兵杀光，就把人救出来啦！"项羽说道。

"还是小心点儿好哇，你跟我到庙后头去看看，有没有后门。"项梁说完，二人一纵身子跳过墙头。随后，沿着墙头里侧，噌噌噌跑向庙堂后边，抬头一看，庙堂后边没有后门，而是一个水塘。二人只好又悄悄来到庙堂前门。只见前门在庙堂中间，门两边有两个窗户，窗户又小又高，还钉着板子。

这时候，只见两个把门的秦兵仍倚在门两旁呼呼睡觉。项梁和项羽迈着轻轻的步子来到把门的秦兵跟前。突然，把门的俩秦兵醒了，叔侄俩一人对付一个，把刀架到俩秦兵脖子上，语音很低很低地说道："别出声，出声宰了你！"

"有！"左边把门的秦兵刚喊出半个有字，项羽一斧子，给砍死了。项梁也把右边想张嘴叫喊的秦兵给砍倒。幸亏没有惊动庙堂里边的秦兵。二人从门缝往庙堂里看了看，只见在河神像前边台子上点着一支蜡烛，地上躺着许多秦兵。正在打鼾大睡，也不见有囚车。二人马上走向院西头。院子有七八丈宽，地上都是没膝盖深的老草，老草里不断传出秋虫嘚嘚吱吱的叫声。院子西头有十几棵高大的泡桐树，风一吹，树叶子哗哗作响。紧靠树西面是一溜七八间较低矮的平房，每间平房里都有灯光。二人从大树后头窥探，每间平房里都没有囚车。

"咦，囚车在哪儿呢？"二人正纳闷儿的功夫，突然从西房中间屋内走出一个秦兵，只见这个秦兵站在大树间先撒尿，然后，对屋内说道："老五，你喂马了吗？"

"没有，你去喂吧！困煞我啦！"

"懒家伙——"这个秦兵说着就往北走。项梁和项羽紧跟在后头。

北庙堂西头有一间用毡布搭的凉棚，凉棚外树上拴着两匹马。那个秦兵很麻利，给马倒上一筛子草，跺了跺脚，就往回走。

项梁轻轻地绕到这个秦兵身后，右手一搂脖颈，底下一个脚绊，噗的一声，就把他摁到地上。低声说道："不准叫喊。"

"啊，啊！"

"你要出声儿，我就杀了你！"

"是，是！"

"我问你，木笼囚车在哪儿呢？"

"在，在北庙堂后殿里。"

"押囚车的头领呢？"

"头领是勾石和毛勤，他俩睡在囚车那儿。"

"怎么去后殿？"

"大殿西头有一个大便门，大便门外通着凉棚，在那儿推开大门就能进后殿。"

"好吧，先委屈你一下。"项梁解下他腰带，把他捆在一棵树上，从他小褂子上撕下一块布，塞上他的嘴。然后和项羽马上来到凉棚。

这时候，项羽嘶哑着嗓子说道："我去砸囚车救人，你把两匹马牵到大门外树底下，我把人救出来，咱骑马走，他们就追不上啦！"项梁听项羽说得有道理，就说道："不要恋战，救出人来赶快走。"

"是，你快去牵马。"

项梁去牵马暂不提。再说项羽，他见后殿西大门关着，里面有灯光射出。他刚想上前推门，忽然，大门吱呀呀一声开了，从里边走出一个挎腰刀的秦兵。这个秦兵伸胳膊打一个哈欠，慢慢往外走。

项羽向前跨一步，一伸右手，抓住这个秦兵的脖子，拎起来走到凉棚外，"不许说话，说话我掐死你！"项羽说着把他撂在地上。只见这个人耷拉着脑袋也不动，待了一会儿，才喘一口大气唤醒过来。项羽这才知道刚才用力大了点儿，把他掐昏了。马上小声说道："别说话！"项羽把斧头举到他眼前。

"好汉爷爷饶命，你要我干啥呀？"

"你领我去救囚车里的人，如不听话，我砍死你！"

"是，跟我走。"这个秦兵在前面走，项羽紧跟在身后，来到庙堂后殿西门口，秦兵推门走进去。只见殿内一张破桌子上点着半截蜡烛，照得殿内昏昏暗暗。地上横三竖四的躺着三四十个秦兵，囚车在殿中间放着。那个秦兵把项羽领到囚车间。只见陈胜蜷曲着身子，耷拉着脑袋，浑身伤痕累累。项羽伸出两只大手，抓住木笼上的木桩子，左右一搬，只听啪嚓一声，把木笼搬开，解开陈胜身上绳子，往后一背就往外跑。这时，正在睡觉的秦兵都被惊醒，顿时一阵大乱，"有人劫囚犯啦，快起来追呀！"喊声嘈杂混乱。后殿和庙堂的秦兵像炸了窝的马蜂，呜儿哇地叫着都穿鞋抄刀追出来。

这时候，项梁已经砸开大门，把马牵到大门外，拴在三十多米远的一棵柳树上。项羽背着陈胜刚走到院子中间，就被近百名秦兵围起来。只见项羽一手摞着趴在后背上的陈胜，一手抡开了大板斧，喊啾咔嚓砍得秦兵东倒西歪，呼爹喊娘的惨叫。这时，项梁从门外抡刀杀进院子接应。真是如虎入狼群，杀得秦兵死伤无数，他终于杀出一条路，来到正杀得起劲的项羽跟前。

"叔叔，你先把陈将军背走吧！"项羽说完这句话，马上把陈胜抱到项梁后背上。项梁背着陈胜闯出庙院。项羽抡开了板斧，左砍右剁，上下翻飞。杀死一片又上来一片。急得项羽哇哇怪叫。他扭头一看，右边有一棵一丈多高对掐粗的枣树，他跑过去，咔嚓咔嚓两板斧，把枣树砍倒，然后把板斧往腰带上一掖，抓过枣树就抡起来了。这么一抡，秦兵可就惨啦，一抡打倒一片，把秦兵打得跟头咕噜乱跑乱叫。项羽呢，越抡越上劲，一直抡到大门口，一看秦兵再也没有敢近前的啦，他扔下枣树，跑出门外。

"快追呀，劫囚车的人跑啦！"随着喊声一伙子秦兵追出来。

项羽腿脚快，噌噌噌，很快追上背着陈胜的项梁。二人跑到拴马的树间，一人骑上一匹马，又把陈胜放到项梁马背上。项梁说道："不要走我们来的东边大道，要顺另一条小道往北走，以防秦兵原路追杀。"

"好吧！"两匹马拐向往北方向的一条小道。

这时候，从后边传来秦兵的呼喊声："往北跑啦，快追呀！追呀——"

项羽打擂

离项羽家乡不甚远有一个张家店，张家店年年三月三有庙会，每年庙会上人山人海，热闹非凡。卖野药的，抽签算卦的，唱大鼓拉洋片的，卖山货的，卖大碗茶的，打把式卖艺的……数也数不清。

这一年三月三庙会上，突然，从外地来了几个身强力壮的黑大汉，他们在庙会东头高台上，用木板搭了一个三丈见方的擂台，擂台口两边戳着两条大竹片，竹片上写着字，上条写着：胜了擂主赠金万两，下条写着：败给擂主收为徒孙儿。

第一天，擂台下聚集了许多人，没有人上台打擂。

第二天，上去三个打擂的人，都被打下台去。

第三天，摆擂台的人口出狂言，一个年纪四十多岁的黑大汉，站在擂台口，高声说道："在下，名唤荆子舟，人称黑剑客，久闻这一带武林能人辈出，特从几百里地外前来摆擂台，以武会友，哪知贵乡虚有其名，竟没有一个能跟鄙人走上几趟的。"

"住嘴！"随着话音，呼的一声，从擂台下跳上一个二十多岁的年轻人。

"哥哥，你要小心哪！"台下还站着年轻人的妹妹，对他又嘱咐了一声。

"妹妹，放心吧！"大家只见上擂台的年轻人，矮墩墩的个子，紫铜色的脸膛，一对明亮的大眼睛。走到荆子舟跟前，一抱拳说道："常言说，天不言自高，地不言自厚，你一个武功在身的江湖人，竟敢口出狂言，非高人也！"

"哈哈，小兄弟说得对，说得好，我乃一粗人，言语不周，请多见谅！"荆子舟来了一个随机应变，问道："不知小兄弟姓氏名谁，有何见教？"

"我乃河州精武馆孙武吉是也，我是保镖路过此地，本来我保镖人不应多惹是非，但见你们在擂台旁贴出狂言诈语，欺此地没有人上台打擂而狂傲无知，实在欠教训啊！"

"哈哈，孙师傅年轻气盛，路见不平而挺身而出，实在可贵，可贵！不过像你这种人物，用不着我出手，还是让我弟子唐小豹会你一会吧！"他说完，往后台一声叫喊："唐小豹出场会友！"

"好咧！"随着话音，噌下子从后台蹿出一个小伙子。只见这个小伙子是个车轴汉子，铁青色的脸上一对豆粒大的小眼睛，走路一扭一跩的来到台上，一见孙武吉就先喊了一声，"请孙师傅接招！"他说完这句话，一抡双拳，呼下子往孙武吉头上砸去。

孙武吉一看这小子咬牙切齿发着狠儿的抡拳就砸，他并不忙着接招，他往旁边一撤身子，唐小豹双拳砸空，身子往前一欹，差点儿趴下。

"嘿嘿！"孙武吉冷笑了一声。

唐小豹恼羞成怒，把腰一旋，双拳又横里向孙武吉砸过去。孙武吉一纵身子跳起一丈多高，他的双拳又走空。

"你凭什么不还手？"唐小豹生气地高声喊叫。

"我们精武馆有规定，跟新朋友动手过招，先让两招，然后再还手。"

"好吧！"唐小豹往后一撤身子打出了二郎拳。这一拳法是武林中最简单又最普遍的一种拳法，它以快、猛著称。孙武吉一看他亮出二郎拳，知道这个人武功不深，招术不精，便沉着接招，瞅个空子进招，二人一来一往打在一起。

擂台下看打擂的人越聚越多，一会儿，人们呼喊着加油拥到擂台边上。

孙武吉和唐小豹打了有二十多个回合，二人额头上都流出热汗。唐小豹心躁拳快，他想几拳把孙武吉打败，以显其能。哪知孙武吉比他只强不弱。他一看打了二十多回合不分上下，他猛然往后一撤步，然后把双拳一抡，带着风声向孙武吉面部砸去。孙武吉急忙往旁一闪身子，哪知唐小豹是虚招，他来了个半路收招，瞬间把双拳往前砸改为横打。孙武吉一看双拳往他胸前打来，他再躲来不及了，只好用双手往前一推，因为使的力量太小了，只听扑通一声，孙武吉倒在地上。唐小豹是得理不让人，得寸要进尺，他一个脚蹬南山，呜下子往孙武吉前胸蹬去。

孙武吉一看唐小豹的双脚蹬来，他一栽歪身子，唐小豹的脚蹬空，孙武吉伸手抓住他一只脚腕子，用力一拽，扑通一声，把唐小豹拽倒。两个人谁也不示弱，都用地躺招，在地上打起来。

台下看热闹的人一阵呼喊声，"躺着打，看谁有真本事呀，看谁是孬包呀！"

打着打着，唐小豹忙往左边一闪身子想跳起来，孙武吉也随着把头往左边一偏，朝唐小豹右肋间撞去。只听扑通一声，把唐小豹撞得哇的一声，喷出一口鲜血。

孙武吉一打愣的功夫，从后台哇啦哇啦叫着，跑出一个五十多岁的黑老汉，他大声喊道："小豹快快退下，由我来收拾他！"说着，便挥双拳和孙武吉打在一起。

打着打着，孙武吉往旁边一闪身子，高喊了一声："站住！"

"小伙子，想干什么？"黑老汉停下脚步。

"你我素不相识，又无怨无仇，就动手相拼，不合情理吧！"

"哈哈哈，小伙子呀，你是河州人，路过此地看看热闹就走可以了，何必打这个抱不平呢！听我相劝，你马上下台离开此地，对你来说，一走了之，万事皆休，岂不美哉！"

"你说得不错，只要你们把台口写狂言的牌子去掉，我马上就走。"

"哈哈，要这么说，你们保镖人管的太宽了吧！"黑老汉带着讥讽的语气说道。

"宽不宽是小事一段，保镖人大都是行侠仗义之辈，岂能见路不平而不拔刀相助！"

"好吧！不教训教训你，你也不知道马王爷有三只眼啊！"黑老汉再也不说话，挥拳向孙武吉打来。二人你来我往，一会儿打了三十多回合，孙武吉额头上冒出细汗，而黑老汉拳脚挥动如风，越打招术越快越猛，打着打着，孙武吉一个没有躲利索，被黑老汉一个冲拳，打在孙武吉肩膀上，只见孙武吉扑通摔在台下，他打一个滚儿爬起来，可是他肩膀流出鲜血，脸蛋子被抢破。

"哈哈哈，小伙子还敢上来吗？"黑老汉在台上狂笑起来。孙武吉的妹妹孙武英气撞胸怀，她嗖的一声跳上擂台，一个燕子穿林，双手向黑老汉脸上抓去。

"啊！"黑老汉想不到上台的这个年轻女子身手如此快，眨眼功夫就来到眼前，几乎把脸抓破，他一个缩颈藏头，躲过她的双手，伸拳向孙武英前胸打去。孙武英简直像一阵风，围着黑老汉闪、展、腾、挪地抓、打、戳、砸，弄得黑老汉手忙脚乱，眼花缭乱。工夫不大，黑老汉只有招架之功，并无还手之力。就在这时候，从后台，呜下子又蹿出一个身高体肥的黑大个儿，他冲着孙武英一抿拳胳膊，随后往孙武英身上一捕，孙武英还没有见过这种招术，她慌忙往旁一闪。黑大个儿用一只手往孙武英腰间一戳，孙武英扑通倒在地上。黑大个儿一看孙武英长得小巧玲珑，模样很俊秀，没有伤她，抱起来跑进后台。

这时台下一阵大乱。孙武吉知道自己身单力薄，不是他们的对手，只好硬着头皮，登上擂台，向尚没下台的黑老汉说道："老师傅，你们高抬贵手，放了我妹妹，我们不再管行不行啊？"

"嘿，小伙子，早跟你说你不听，事到如今，我也无能无力。"

"你们太不讲仁义道德啦，你们两个人打一个年轻女子，算什么英雄好汉！"

"不要多说，我到后台劝劝兄弟们再说。"黑老汉说着走向后台。

孙武吉知道自己不是他们的对手，只好回到小村旅店，再想他策。可是，他兄妹俩上台打擂的事，早已传遍四里八乡。他回到旅店后，店里伙计议论纷纷，有一店小二见他愁眉苦脸，悄悄告诉他："离这儿二十多里地远的项家村，有一个原楚国大将项梁和他的侄儿项羽，能胜过打擂人，一定能救你妹妹啊！"

"谢谢！"孙武吉马上奔向项家村。

当孙武吉来到项家村已经黑了天。他在村边找一小饭店，一边吃饭，一边打听项梁和项羽的住处和为人。民众都称赞这叔侄二人虽是将门之后，但是仗义疏财，为人和善，专管世间不平之事，是受人拥戴的好人。

孙武吉吃过晚饭，就来到项羽家门口，刚想向前叫门，项梁和项羽正从门里出来，要到村前为邻里办事。孙武吉已经猜到这二人是项梁和项羽，马上向前作揖拱手地说道："久闻项将军大名，如雷贯耳，今天登门拜访，请二位将军帮忙。"

项梁叔侄连忙把孙武吉拽到屋内问清事情的来龙去脉。项羽听后早就按捺不住性子，气得脸红脖子粗。他叔父项梁很沉得住气，慢声细语地说道："遇到世间不平事，不能火冒三丈着急上火头发热，一定要沉住气，多用心想想怎么办合适，只有这样，才能把事情办好啊！"

项羽想了想说道："我今晚上先跟孙义士去救他的妹妹，打擂的事放到明天再说行不行啊？"

项梁点了点头，"去救人可以，不过不能硬拼，尽量要智取啊！至于怎么智取，你可以和孙义士商量着办。"

"好，叔父你就放心吧，侄儿绝不给你惹祸。"项羽说完，就和孙武吉去张家店救他妹妹。

天空遍布黑云，大地黑得伸手不见掌。项羽跟在孙武吉身后，工夫不大，就来到擂台间。这里静静悄悄，啥动静也没有，只听到藏在草丛中的蟋蟀有节奏的叫声。二人又来到擂台后边这伙人的宿舍，两间房子里都点着蜡烛，床上铺着大厚褥子，里外没有人。二人正在纳闷儿的时候，突然从屋外传来噗嚓噗嚓的脚步声，二人马上躲在门里两侧。只见来人是一个上了年纪的老农民，他手里抱着一床被子。进屋后就把被子扔在床上。他刚想转身走出门去，被项羽和孙武吉拦住了。项羽低声说道："老人家先别走。"这一句话把老农民吓一跳，他一看两个人没有恶意，就哆哆嗦嗦地问道："二位有什么事呀？"

"你知道摆擂台的人到哪儿去啦？"

"他们在村西我开的小酒铺里喝酒呢？"

"他们在擂台上抓去的那个女子呢？"

"把那个女子捆在酒铺小南屋里。"

"你不要害怕，带我两个去你酒铺一趟。"

"好吧！"开酒铺的老农民在前，他二人在后，直奔村西酒铺。

刚拐过一个小胡同，项羽忽然站下，小声对开酒铺的老农民说道："你的小南屋对外边有没有窗户啊？"

"原来有，去年我就用砖头堵上啦！"

"能扒开吗？"

"能扒开，可是，一有动声他们就听见啦！"

"实话告诉你，我们是来救那个年轻女子的，你回到屋内，多让他们喝酒，最好让他们划拳行令，越热闹越好，让他们都喝醉，我们就能把人救走哇！"项羽说完，瞅着开酒铺的老农民。

"你们千万别进院子，如扒窗户也别弄出响声啊！我按你说的去办，也就是了。"老农民说完，带领着他二人一会儿就来到酒铺大门口。

酒铺朝西的两扇大门虚掩着，老农民冲着二人一摆手就进了大门，随手又把大门关上。他二人转到南房外边一看，果然有一个用砖头垒得很严实的窗户。孙武吉用手一扒扒不动，砖头与砖头之间有一层干泥巴连着。项羽低声对他说道："你躲在一旁，我来扒吧！"项羽伸开五指，往砖头缝儿间一插，马上把一块砖头拽下来。二人齐动手，功夫不大，就把窗户扒开。孙武吉迅速爬进像黑洞一样的小屋里，轻轻叫一声："妹妹！"

"哥，我被捆在墙角间一根柱子上呢！"

孙武吉马上爬到墙角把妹妹身上绑绳解开，又把她扶到窗台上，项羽在窗外迎接着，三个人马上顺大道返回项家村。

第二天，项羽和叔父项梁以及孙武吉兄妹，一同来到张家店庙会上的擂台口。这里已经集聚很多看热闹的人。项梁、项羽和孙家兄妹也挤在人群中。

半头晌，擂主荆子舟又站在擂台口，高声说道："今天，不知哪位还敢上台打擂？"

挤在人群中的项羽，脾气暴躁，性情直爽，他听荆子舟阴阳怪气的夸口，他向叔父项梁说道："叔父为侄儿观阵，我上台把姓荆的扔下来。"项羽说完这句话，噌噌几步登上擂台，把擂主荆子舟惊得往后退了五六步，然后，结结巴巴地问道："你，你是何人？"

"嘿嘿，你姓荆的口吐狂言，蔑视一方，你正是那种不知天高地厚的鼠辈。"

"你是何人，敢出此大话？"

"老子坐不改姓，行不更名，我乃项羽是也！"项羽说完这句话，吓得荆子舟一哆嗦，"你，你怎么来到这里？啊，失敬，失敬！"

荆子舟早闻项羽原是楚国大将之后人，他做梦也没想到在这里遇到了他。还没有开打，荆子舟先觉着矮了三分。他抖了抖精神，苦笑了笑说道："项将军，小的说话不周，请多多见谅！"

项羽一指戳在擂台口两旁的竹片，说道："你不用说什么客套话，先把它拿下去！"

"嘿嘿，项将军，你若赢不了我姓荆的，我让它在这里戳三年！"荆子舟吹呼着说道。

项羽呢，还是个不到二十岁的青年人，从小跟叔父项梁练武功学习兵书战策，因为心灵，又肯下功夫，练就一身好武艺。今天来到擂台上，信心百倍，毫无惧色，他一看荆子舟拉开架势，就说道："你就进招吧！"

"我四十开外的人了，跟你年轻人动手，哪能先进招呢？"荆子舟说着睁大了眼睛，运着气，站在项羽对面。

项羽一看荆子舟那个架势，差点儿笑出来。他也不进招儿，一转身子，来到台口东，伸手把竹片扔下台。噌噌几步来到台口西，又把那个竹片给扔下台。气得荆子舟大喊一声，"你，你好不讲理呀！"随着话音，他噌下子跳起一丈多高，双脚一用力，直往项羽头上蹬去。

项羽向后一转身子，双手一个空里抓鹰，正抓住荆子舟的两条腿，两臂一用力，只听"唰——扑通"一声，把荆子舟扔下台去。

驱秦兵施舍米粮救村民

    项羽从小丧母，父亲和爷爷又命丧沙场，他和叔父项梁又遭秦兵追杀。

    这一天，他和叔父项梁，把家中的钱物、米粮等，装到一辆大车上，趁夜间路上无秦兵，拉着一大车东西奔向会稽城东的小胡村姑母家。因为路途遥远，爷俩就夜行昼宿，白天住在村边小旅店里，晚饭后天黑下来，就急忙拉车上路。

    这天天刚亮，项羽和叔父项梁终于来到姑母居住的小胡村。只见村头上，有二十多个秦兵在往一辆大车上装一群大小不一的山羊，有一群老人跪在地上苦苦阻拦，"军爷呀，你们把俺村上的粮食全抢光了，只剩这几十只山羊也不给留哇，俺们可怎么活呀！"

    "你们胆敢再阻拦，以违抗朝廷罪名全都处死。"

    项梁和项羽把大车停在几棵小树旁，不敢再往前走。项羽对叔父说："你在这儿看着车，我先过去看看。"

    "孩子，少惹是非啊！"

    "知道了。"项羽大步流星走到正在装山羊的大车旁。秦兵一看，突然来了个粗壮的黑小伙子，不以为然地说："黑小子过来想干啥？快躲一边去。"

    "我要不躲呢？"

    "你想怎么着？"十几个秦兵已经把几十只山羊装上大车，都凑到项羽面前。

"要你们把山羊都给村民们留下来。"

"你小子是狗拿耗子多管闲事。"有两个秦兵抄起皮鞭就往项羽身上打去。

项羽并不躲闪，待两把皮鞭快打到身上时，他一转身，回手抓住两个秦兵拿鞭的手腕子，轻轻往上一提，生把两个秦兵提起一人多高，随后，往大车旁一扔，扑通通两声，把两个秦兵摔趴下。愣在一旁的那些秦兵，一声呼喊，"快上啊，逮住黑小子！"二十多个秦兵呜啦冲上来，挥大刀，举长枪，抢皮鞭，就打向项羽。

项羽嘿嘿冷笑了两声，闪过几个秦兵的扑打，夺过一个秦兵手中的皮鞭，往后一撤步，又一转身，把鞭子一抡，啪啪啪的东打西扫，前抽后抖。项羽手中的皮鞭就像一条怪蟒，翻舞飞旋，直抽打得这些秦兵头破血流，脸青眼肿，浑身是伤，跟头趔趄，呜儿哇的弃车逃跑了。

村民们都过来给项羽磕头作揖说感谢话。项羽跟叔叔把一大车东西都拉过来，项羽说："你们村上的胡公和项氏是我的姑父姑母，秦兵把你们的粮食抢光了，没关系，今天我和叔父拉来一些粮米都分给大家度日吧！"他说完这几句话，他姑父、姑母可就担心起来，姑父说："会稽城的秦兵再来报仇可怎么办哪？"

项羽一听就哈哈笑了，故意大声说："我和我叔父是不怕秦兵的，害怕他们不来呢！"他瞅瞅众乡亲，高声高调地说："他们只要敢来，定让他们有来无回呀！大家放心的过安生日子吧！"

从此，会稽城的秦兵再也没敢到这村抢粮抢物。

苦练文韬武略立大志

项羽，下相（今江苏宿迁西）人，早年丧母，父亡杀场，无兄弟姊妹，跟随叔父项梁生活在一起。他从小心眼憨厚实在又灵通，叔父给他请来一位姓孟的老先生教他念书学文化长知识。

一开始，他觉得很新鲜，天天闷在书房里苦读诗书写文章。一晃就是三年多，文化知识学得差不多了，他对读书学文化产生了厌倦。他对老师说："我觉得再继续读书学文化没有多大意思了，我改学武吧！"老师说："学文学武是年轻人的两个大课，读书学文有学文的用途，可以让人长知识，懂礼貌，知国策，能识天文知地理，更晓得古今往来之事。学武，往小处说，能强身健体，外练筋骨皮，内练丹田气；往大处说，能摆兵布阵，杀敌报国。不过你读书学文有些敷衍，没求甚解。"

项羽听了老师一番话，点头称是。并说："老师说得对呀，金玉之言，羽会牢记在心。"

正在这时，他的叔父项梁走过来，一听项羽不愿意学文了，就生气地说："读书就要精读细读深读，三年多来你读书学文长了知识，学得还不深啊！"项梁打了个唉声说："你改学剑吧！"

"叔叔，我告诉你吧，我认为读书学文认字知识增多也就行了。学剑用处并不大，剑长不过三尺，小巧的兵器只能敌住一个敌人，不值下多大功夫学。要学就学能敌住万人的本领。"

项梁听后，满心欢喜，半嗔半笑地说："你小子还真有志气，好吧，从明天开始，我教你兵法，你可要认真学啊！"

"侄儿一定认真。"项羽精神十足地说。

从此，项羽每天跟叔父一门心思的学习兵法战策。项梁见他能认真学习，也很受感动。并告诉项羽说："你爷爷项燕是楚国名将，多次与秦国作战屡建战功，受到楚王的赞扬和嘉奖。有一次和秦兵作战中，和敌人厮杀得兵损将亡，他也被敌将王翦杀死在战场上。"项梁说着说着又回忆起自己的遭遇。

项氏是楚地大族，也是名将世家。当时有个叫巫三怀的邻居，此人的姐夫在楚王殿下当一名文书官。这个巫三怀仗着姐夫势力胡作非为，无法无天。有一天，竟找到项梁借钱，项梁知道他是以借钱为名来敲诈的，没有借给他。因此，他便心生歹毒之意，在一个月黑风高的晚上，他蹿房越脊来到项梁家院西侧粮仓门外，撬开仓门，又从院里抱来一堆柴草，想烧粮仓报复。但他刚把柴草点着的瞬间，被从屋内冲出的项梁抓住，不但把火扑灭，还把巫三怀拖到院子里，说了声，"小子，你真坏呀！"他两只手抓住巫三怀的两只胳膊，往墙头外一扔，"呜，扑通"一声，把巫三怀扔到院墙外，把腿摔断了。

虽然巫三怀爬回家保住了性命，但是从此更是怀恨在心，让其姐夫以在乡间散布流言蜚语、辱骂朝廷的罪名将项梁逮捕，关押在县城监狱。

项梁暗中派人给在蕲县（今安徽宿县南）监狱当狱官的好友曹无咎送去求救信，曹无咎接到求救信后，亲自救出了项梁。

项梁难咽这口窝囊气，在一夜之间就把巫三怀和他的姐夫全杀掉，然后带着侄儿项羽逃出家门。

项羽听叔父又说起悲伤之事，心里一阵酸楚，不由得暗下决心认真学武，苦练本领。

项梁知道项羽生性鲁莽，力大过人，除精心耐心教他兵书战策和排兵布阵之道，还教他练习十八般武艺，为了适应他的性格，让铁匠给他打造了一把二百多斤重的大铁椠和一件方天画戟。从此，项羽正时间学习用兵之道，一早一晚就练椠练戟。不但把大椠和方天画戟舞动如飞，呜呜作响，还做到了前砸后扫，左击右削，椠飞脱手还，椠落断近敌，把椠和戟的套路练得炉火纯青。

有一天，项羽对叔父项梁说："叔父哇，大椠和画戟练得差不多了，马上的功夫还不行啊？给我找匹好马来，练骑马作战吧！"项梁一听高兴的不得了，亲自来到集市上买来一匹黑鬃烈马。当牵到项羽面前时，项羽高兴得哈哈大笑说："谢谢叔父给我买来这匹好马呀！"只见膀大腰圆体如半截黑塔似的项羽，把黑青色的战袍一撩噌下子骑在马背上。

只见这匹烈马前蹄扬起一丈多高，咴咴嘶叫了两声，跳了两跳，然后犹如疾风闪电般地唰唰绕广场奔跑如飞。

从此，项羽不分昼夜地练习骑马和马上杀敌的本领。他不但废寝忘食，不畏疲惫，还熟练了大椠、方天画戟、钩镰枪、长枪、大刀、钢鞭、铁棍等各种作战的武器和杀敌技术。

这样，经过数载的苦练，项羽长成了一员能文能武、威武雄壮、年轻有为的战将，立志灭秦复楚大业。

举鼎当头领

在会稽城东三十里地远的会稽村，住着从楚国逃出来的楚将项燕之子项梁和他侄儿项羽。

有一天，会稽城的县令奉秦王之命，在会稽村逮走了项梁。项羽和会稽村的民众都愤怒地集合在村中禹王庙前头，这时，从村东来了叶家三雄，从村西来了黄家四虎，加上张家武术场子的一伙武功高强的武士打手，真是群雄聚集，大家呼喊着，要到会稽城杀赃官，救项梁。

这时候，张家武术场子的老场主张汉清站起来，高声高调地对众人说道："诸位，我们一起去会稽城杀赃官救项梁，这就是对朝廷造反，我们既是造反，没有头领不行，我们要选一个头领啊！"

"怎么选呢？"有几个人问道。

老场主张汉清一眼看到禹王庙前一千二百斤重的大铁鼎，便提高嗓门说道："今天来的英雄颇多，为了让众人口服心服，我提议：谁能举起禹王庙前的大铁鼎，谁就当头领。"

"好吧！"众人都同意。

这时候，一些有功夫的人一窝蜂似的拥在铁鼎前。先是叶三雄中的叶大雄走到铁鼎前。大家只见这个小伙子身体粗壮又高大，两条胳膊又粗又长，他带着一阵风来到铁鼎前，叉开双腿，两臂一伸，抱住铁鼎，浑身一运气，嗷的一声，把铁鼎抱得离地一寸多，扑通又落在地上。他又一连三次都没有举起来。

"看我的。"黄家四虎中的黄中虎来到铁鼎前。大家只见黄中虎是个矬胖子，他身上都是疙瘩肉，呼呼喘着粗气，他站在铁鼎前，晃了晃身子，运了运气，然后伸手啪啪啪，拍打了几下子铁鼎，一跺脚，大喊一声："你起来吧！"双手抱着铁鼎拼命的往上举。可是铁鼎只是稍微动了动。黄中虎仍不死心，一连搬了四次，都没有搬起来，不用说举啦。

这时候，在场的一百多民众鸦雀无声。

张家武术场子的场主张汉清，回头对他武术场子的人说道："咱们张家谁能把铁鼎举起来？"

"我们谁也不如场主你呀，还是你举吧！"老场主张汉清听他徒弟们一说，再也不客气，他马上把大褂子脱掉，抬头对众人说道："众位，明明知道我举不起来，为了不丢面子，我也试试吧！"他说完这句话，往后撤了几步，运了运气，然后跨步向前，双胳膊一伸，抱住了铁鼎，又运了一下气，脸色涨得通红，他大喝一声，"起——"，他把铁鼎抱得离开地三尺多高，只往前走了三步，扑通一声铁鼎落了地。他一扭身子，哇一下子吐出一口鲜血，他的俩徒弟忙跑过去搀扶住他。他一晃身子，强打着精神，高声说道："不知还有哪位能举起铁鼎？"

"我来试试！"项羽挤过人群，来到铁鼎跟前，大喝一声，"众位闪开了！"人们哗下子都闪躲一旁。

人们只见项羽好似半截黑塔，一丈多高的个子，膀宽胳膊长，黑红色脸膛，连鬓胡子扎里扎撒，一双大眼睛炯炯放光。他几步就来到铁鼎跟前，他紧了紧腰带，卷了卷袄袖子，晃了晃肩膀，搓了搓双手，稍微沉了沉心，瓮声瓮气地对铁鼎说道："铁鼎啊铁鼎，你在这儿蹲了几千年啦，今天我要让你活动活动筋骨。"他说完这句话，双手抓住铁鼎两条腿，一提丹田气，双臂一用力，喊了一声起，呼下子把铁鼎提到胸前。众人哇的一片喝彩声。项羽并不满足，他两臂又一用力，嗨的一声，就把铁鼎举过头顶。

"好，好神力呀！"民众的喝彩声一浪高过一浪。

项羽也让众人的喝彩声鼓舞得精神抖擞，力气倍增，他憋上一口大气，举着铁鼎转过身来又往庙前走，走着走着，把右手撤回来，卡在腰间，单手举着铁鼎左走十步，右走十步，然后，轻轻把铁鼎放回原处。他是面不更色，心不跳，冲着喝彩的人群挥手致意。

民众的喝彩声、赞扬声和喊好声响成一片。老场主张汉清一纵身子站在铁鼎上，提高嗓门儿说道："项羽好神力呀，他就是我们的头领啊！"

"好啊，我们拥护，我们赞成——"

这时候，项羽救叔父心切，他见大家异口同声的让他当头领，他再也不推辞，敞开嗓子大声说道："兄弟爷们儿，你们赶快回家拿兵器，我们要马上杀进会稽城去……"

造反会稽城

项羽的武功都是跟叔父项梁学的。

每天项羽跟叔父学习兵法战策，越学越爱学，越学越上进，每天都要从早上一直学到半夜才睡觉。

这天后半夜，项羽睡得正香，忽然被一阵砰砰的砸门声惊醒。他爬起来就喊叔父项梁，"叔叔，快起来，不知什么人来砸门啦！"项羽这句话刚落音，大门呼隆哗啦被砸开了。一群官兵一窝蜂似的大呼小叫地呼啦闯进屋。

项羽和叔父项梁从炕上跳到地上，一人抄起一条板凳，站在官兵面前喝道："你们想干什么？"

"我们奉会稽城的县令王炳成之命，前来抓捕楚国的犯臣之子项梁。"官兵说着，一抖绳索就奔项梁扑来，项羽一看官兵真下手抓他叔父，他把板凳一抡，喊啾咔嚓就砸开啦！项梁也豁出去了，也跟项羽一齐动手砸将起来，直砸得官兵跟头咕噜，呼爹喊娘，呜儿哇的往门外跑，跑到门外，他们刀枪并举，哇呀呀地叫着回身就跟项羽和项梁打起来，打了几个回合，官兵们大部分被打伤，他们一声呼喊："快撤呀，别被打死呀！"一个个抱头鼠窜，逃回会稽城。

官兵们撤走后，天已渐亮，村上许多人都关心地来到项梁门前，询问官兵会不会再来。

项梁对众乡亲说道:"会稽城的县令王炳成派官兵趁黑夜来抓人,说明他们对这里很清楚了,他们绝不会善罢甘休,今天或明天还一定会派更多的官兵前来。"

众人听了怒气冲冲,大喊大叫起来,"秦王朝施暴政,又修阿房宫又修坟墓,把青壮年都抓去啦,家中只剩下老的老,小的小,弄得我们无法过啦!"

"是啊,会稽县令贪赃枉法刮地皮,要人头税,要猪羊税等等,一丁点儿好事也不干,可把咱庄稼人害苦啦!"群众很激愤。

"项将军啊,眼下朝廷残暴无道,害得百姓苦不堪言,我们没法活啦!你领着我们造反吧!被朝廷害死不如跟他们拼死呀!"

"对,说得好,我们拥护项将军当头领,先把地方狗官杀喽!"群众七言八语嚷起来。

正在这时候,一个小伙子飞似地跑了来,上气不接下气地说道:"项将军,从会稽城来了一队人马,看样子是往这儿来啦!"

"有多少人马呀?"

"至少也得有一百多吧!"

项羽是个暴躁脾气,他一看叔父念念叨叨太啰唆,他瞪着一双大眼,气呼呼地登上大土台子,大喊大叫起来,"乡亲父老们,兄弟爷们儿,你们听着,你们谁不怕死,就跟我反了吧!"

"好啊,反了吧!反了吧!"众人齐声响应。

项梁一看群众情绪激动,义愤填膺,弄得他骑虎难下,他思量再三,把心一横,把牙一咬,便提高了嗓门儿,大声说道:"官逼民反,民不得不反哪!大家抄家伙,跟我迎战官兵!"

"好哇,我们一起去迎战官兵。"

众乡亲呜啦一声跑回自己的家,有的拿来杈、耙、木棍,有的拿来大刀、长矛,也有的拿来匿藏多年练武功的各种器械,还有的背来一包石头块子。项梁一看一百多人都有了应手的家伙，他和项羽领头冲出村子。

可巧，这时候，官兵也来到村口。

有一个叫钟离昧的将官，打马冲到项梁和项羽面前，大声喝斥道："小小刁民，胆大包天，你们长了几颗脑袋，竟敢起来造反？"

"好你个龟孙子，你有多大能耐，敢出此狂言？"项羽挥舞着虎尾鞭，来到钟离昧跟前。

钟离昧仔细一看项羽面貌吓了一跳，只见他身高丈余，五大三粗，黑红色的脸膛上，一对粗眉环眼，浑身上下一色青衣。手中的那把虎尾鞭是黑中透亮，亮中透黑，好一个威风凛凛的半截黑塔。钟离昧看完项羽倒吸了一口凉气，"啊，好威风的一员大将！"情不自禁地喊了一声，"你是何人？"

"嘿嘿，瞎了你的狗眼，我就是项梁的侄子项羽是也！"钟离昧一看这个黑大个，就有点儿胆怯，他结结巴巴地说道："我不认识你，让你叔父项梁前来答话。"

"哈哈，钟将军，还认识我吗？"其实，项梁和钟离昧早就相识，今天项羽冲在前面，钟离昧被项羽的相貌所震惊，只顾跟项羽说话，没有注意项羽身后的项梁。他听项梁一打招呼，马上拱手说道："今日见到项梁将军也是三生有幸，不知项将军有何见教？"

项梁一见钟离昧很有礼貌，说话客气，也就心平气和地说道："钟将军，你看看如今的秦王朝，不顾劳苦大众的饥苦，把身强力壮的百姓都抓去筑长城，修坟墓。使得全国人民生活在贫困之中，无论是城镇还是乡村，到处能听到老老少少的乞讨声、哭声，饿死的民众不计其数啊！"项梁说着说着哽咽了，眼里含了热泪。使得钟离昧打了一个唉声说道："老将军言之有理，不过，残暴的秦王朝横行于天下，顺我者活，逆我者亡，谁能扭转乾坤啊？"钟离昧一副无奈的表情。

"哈哈，钟将军你要知道，自古以来，都是得民心者得天下，失民心者失天下。秦始皇早已失去民心，难道还有天下吗！"

"这，这！"钟离昧被问得闭口无言。

"怎么样啊？钟将军还是带领兵马回会稽城吧！"

"我是奉县令之命来捉拿项将军的，没杀没打就回城交不了差呀！"

"那么，我们杀上几个回合你再走吧！"项羽在项梁身后大声说道。

钟离眜也大喊一声，"杀吧！"他拿着钩连枪和项羽杀在一起，他哪是项羽的对手，杀了几个回合，钟离眜大喊一声，"快撤！"

钟离眜带领一百多官兵跑往会稽城。

项梁和项羽带领造反的民众一直追到会稽城门外。

城门是用厚木板做的，外一层用铁皮包着，大家用石块、大锤砸一阵子也没有砸开。

会稽城县令王炳成，是城内一个大财主的儿子，他爹用重金托人给儿子买了这么个官儿，每天让武官钟离眜去训练士兵，他天天花天酒地的吃喝玩乐。今天，他见钟离眜带兵捉拿项梁大败而归。钟离眜又说项梁、项羽多厉害，他信以为真，又听说项梁、项羽又带领许多民众在砸城门，直吓得他浑身哆嗦，他忙给钟离眜磕头又作揖，又许愿，让钟离眜开了城门杀退造反的民众。而钟离眜对秦王朝已经心灰意冷，他以身体不适，拒不出战。

王炳成为保住城池，亲自领兵把守城门，不但把城门里面又堵上几层方子石，还在城墙上头堆满檑木滚石，士兵轮班，昼夜把守。

项梁和项羽带领造反的民众把会稽城围起来后，四周村上的农民一听说项梁和项羽带领造反队伍围攻会稽城，大快人心，成群结队的农民都扛着大刀、长矛或木棍、锄头等，兴高采烈地来到造反队伍里，两天多的功夫，就把造反队伍扩大到八百多人。

项羽勇猛无比，要带领村民组成的队伍撞城门，项梁多谋远虑，他认为刚刚起义造反的老百姓，打仗没经验，硬攻硬拼定会伤亡很大，他便跟项羽说道："城中有七八百秦兵，他们都是打仗多年的老兵，有作战能力，又有作战经验，跟他们硬拼一定会吃亏，咱就利用夜间天黑看不清，在守城秦兵薄弱的地方登城墙进城，然后打开城门放进造反的群众，消灭秦兵。"

项羽听他叔父说得有道理，就点了点头，说道："不知道哪一段把守城墙秦兵少哇！"

"马上派人绕城墙偷偷查看一番也就清楚了。"

这天中午，天空阴云密布，功夫不大，就哗哗下起小雨，小雨越下越大，直下得遍地流水。

项梁和项羽叔侄二人披着蓑衣，踏着雨水，绕城墙转了一圈儿，发觉城西南角城墙下边是个浅水坑，里边长些不甚高的柳树棵子和茂密的杂草，水坑底下没有过深的稀泥，都是沙土板。这一段城墙上头，既没有檑木滚石一类的东西，连个守城的秦兵也没有。

项梁悄悄对项羽说道："秦兵认为城墙下是水坑，防备松懈，我们在夜间就从这儿戳云梯上城墙，沿着城墙去消灭秦军，然后开城门杀进去。"

"好哇！就这么办。"叔侄二人说着就回到驻地。

半夜里。

虽然雨停了，天空的乌云还很厚，整个大地漆黑一片。项梁和项羽让造反的民众，从各村找来十几个高大的木梯子和竹梯子。有的梯子矮一些，就把两个或三个接起来捆绑结实。

起义的民众情绪高涨，都兴致勃勃地做攻城准备。就在这天半夜里，项羽带领起义的民众来城西南角浅水坑间，把高大的梯子戳到城墙上，然后大家握着大砍刀跟着项羽爬到了城墙上头。只见这儿虽然没有檑木滚石，但是隔二三十米远就有一个用木板搭的小窝棚。窝棚里有灯光，窝棚外有人影晃动。

项羽轻声对身后起义的民众说道："大家都跟在我身后，碰到什么情况都不要叫喊，一定要无声息的把城墙上头的秦军消灭掉，然后开城门，让起义的兄弟们杀进城去。"

"是——"大家小声答应着。

"走——"项羽在前，人们在后，越过城墙上边一个个砖砌的垛口，悄悄奔向木板窝棚。

两个秦兵把两把长矛戳在窝棚旁，身上盖了一床被子，在呼呼大睡。项羽并不杀他们，把被子往外一扯，小声说道："起来，起来！"

两个秦兵以为查夜的秦兵头目呢？哼哼唉唉地说道："刚躺下，不要——"他俩睁眼一看不是秦兵头目，吓得立刻哆哆嗦嗦地说道："你，你们是？"

"我们是造反的。"

"呀，呀！别杀俺们，俺也跟你们造反行不行呀？"

项羽一听就乐啦，"好哇，起来，带领我们去杀城墙上的秦兵吧！"

"行，我们头前走，你们在后边跟着吧！"

"你俩要口是心非，先砍掉你俩的脑袋。"

"是！"俩秦兵抄起两个长矛，顺城墙上边的小窄道，越过垛口和一块块大石头，一会儿就来到前边一个木板窝棚外。这个窝棚里也有两个秦兵，借着灯光，只见俩秦兵正在坐着吸旱烟。"别动！"项羽先喊了一声。两个秦兵一看是起义的人，马上大喊大叫起来，"起义的来啦，快杀呀！"喊声刚落，带路的两个秦兵扑扑两矛给扎死啦。

秦兵的喊声惊动了城墙上所有的秦兵，他们也大叫起来："快来人呀，造反的上城墙啦，快杀呀！"

这时候，城里也乱了套，喊声夹杂着铜锣声，响彻大街小巷。

项羽带领着七八十人的造反群众，在城墙上头勇猛地拼杀，工夫不大就杀到城门上方。他搬起几块大石头，呜呜扔下去，砸死砸伤几十个秦兵。马上跑下城门楼，挥刀把守城门的秦兵喊啾咔嚓全部杀死。然后，大喊一声，"马上搬开挡门的石头，开城门呀！"

守城门的秦兵死的死，伤的伤，逃跑的逃跑。

"呜——"城门开了。造反的民众，呼啦拥进城。

再说守城的县令王炳成，他听差人来报，造反的民众已杀进城来，他马上去找钟离昧。

这时钟离昧，正在家中收拾贵重物品，准备和夫人一起逃出会稽城。他一看王炳成来了，马上迎上去，"县令啊，会稽城保不住啦，快想办法逃走吧！"

"哎呀，你作为朝廷的一位将军，不去杀敌来报效朝廷，竟想弃城逃走，太不忠不义了吧！"

"这，这？"说得钟离昧无言可答。他的夫人马上接过话茬去，"王县令说得对，你快去杀退造反的民众吧！"

"好吧！"钟离昧马上穿上战袍，和王炳成一起骑上战马奔城门大街，去迎战项梁和项羽带领的起义民众。

这时候，大街上成群的秦兵从城门间往街里呼喊着奔跑。王炳成大声呼喊，"不要撤，不要撤呀！马上跟我们去迎战——"有的秦兵听他一喊便停下脚步，有的根本不听，反而跑得更快了。

这时候，项梁和项羽带领造反的民众已来到近前。钟离昧手握一把钩连枪，故意大声喊道："来者何人？"

"瞎了你的狗眼，我就是项梁老将军的侄儿项羽啊！"

"请你让项梁前来答话。"县令王炳成打马来到前面。项梁就在项羽身后，他马上越过项羽，来到前边问道："不知县令大人有何见教？"

王炳成用手一指项梁，大声说道："你乃是应祸灭三族的反秦王朝的漏网之罪人，又胆敢领人造反杀进会稽城，你是罪上加罪，钟将军把他拿下！"

钟离昧也不说话，双手抓住钩连枪，向项梁刺去。

项羽几步跨到叔父面前，一见钟离昧钩连枪刺来，他把虎尾鞭往上一举，只听当哪一声把钩连枪砸弯。钟离昧拨马而走，项羽是得理不让人，随后举鞭往钟离昧的马屁股上打去，只听啪的一声，那马扑通趴在地上，钟离昧丢枪逃跑，项羽向前猛跨几步，举鞭又往钟离昧后背打去。钟离昧往旁一闪，虎尾鞭啪的一声打在他左肩上，他一栽楞身子，差点儿栽下马去。项羽挥鞭又向他头上砸来。

"侄儿鞭下留人啊！"项梁一叫喊，项羽把鞭收回，钟离昧逃跑了。

拥上来的无数秦兵，一看钟离昧带伤而逃，大家再也无心恋战，大部分都投了降。

再说县令王炳成，他一看钟离昧被打败了，他马上打马跑回家。进门就大喊大叫，"快收拾几件贵重物品，跟我弃城逃走吧！"夫人、佣人等都被他凄惨的喊叫声吓尿了裤子，"老爷呀，往哪儿跑哇？"全家人一片混乱。

这时候，只听大门哐当一声被撞开，项羽带领造反的民众闯进来，大喝一声，"狗官你恶贯满盈啦！"把鞭一举，只听咔嚓一声，虎尾鞭正砸在王炳成脑门子上，砸了个脑浆四溅。

从此，项梁和项羽就在这里开始招兵买马，扯起造反的大旗。

起义大军过鲁城

天寒地冻的十冬腊月，项羽带领三千起义军赴灭秦前线。这天中午，大军走到鲁城时，老天爷突然变了脸，狂风卷着暴雪和冰沙铺天盖地而来，呜—哇—，吹打得人马无法往前行走。项羽只好下令在鲁城边上驻扎。跟在队伍后边的十几辆装载军粮给养的大车也停下来。

这时候，天已近中午，项羽只好让士卒支锅做饭，鲁城边上顿时火起冒烟。

项羽忽然发觉鲁城里边没有烟火升空，更没有人的嘈杂之声，"奇怪呀？"他自言自语地说着，骑上马奔向城里。

只见城内大街小巷冷冷清清，很少有人走动。他来到一个黑大门间，下马推门一看，门里有五六口人，有大人孩子，还有老人，孩子捧着半碗稀饭汤，边喝边喊着向大人要干粮。每个成年人都守着半碗凉水在流泪。

"大爷，这是怎么回事呀？"项羽高喉咙大嗓门问了一句。

"军爷呀，你有所不知，今年城外春旱秋涝，没有一点收成，城里有钱人也买不到粮食。眼下来到冰天雪地的冬天，没地方弄吃的。原来存下的一点点米粮，给老人孩子喝稀饭也喝不了几天啦，俺们大人只靠喝水充饥，这是老天爷想把俺们饿死呀！"那人说到这里，绝望地看着项羽流下眼泪，"军爷，你们来了也没有啥吃的呀！"

“全城人都这样吗？”项羽问了一句。

“逃荒要饭的都下了关东，剩下的都是借取无门的户，家家户户都是如此呀！”

项羽喘了口大气，打个唉声，打马绕城内街巷转了一圈儿，一看果真如此，都在饿死的边沿儿上。他马上回到城边驻扎处。

这时候，二三十个行军锅灶热气腾腾，大部分已经做熟了饭，有的蒸些馒头，有的烙些大饼，有的煮些米饭。饭菜的香气随着寒风飘散到整个小城。官兵们都活跃着准备吃饭。

项羽打马来到士卒中间，他大声喊道，“大家都过来听我训话！”

义军兵将们闹不清项羽要干什么，都呼啦哗啦的来到他的周围。项羽站在一处稍高的地方，声音高亢地说：“今年鲁城这一带闹了旱涝两灾，没有收成，乡野农村还有些野果野菜、树皮麦苗充饥，城里人就遭了难，这个小城里的人有钱也买不到吃的，这天寒地冻的三九天，城里人都在挨饿受冻。有的一天吃不上一顿饭，都饿得皮包骨头，奄奄一息快要死去了。为了鲁城人活命，大家把这些热饭先送给城里的人吃，救他们一命。把车上的粮食也送给他们一部分，救他们度过这一劫难啊！”项羽说着说着难过地流下眼泪。

“项将军说得对，先送熟饭，咱们回来再做，把剩下的粮食都给他们留下吧！”义军兵将异口同声地说。

官兵们都把这事进了心，把做熟的饭和大部分粮食分别送到鲁城内居民家中。鲁城的人们跑出家门给起义军磕头谢恩。几位有学识的老人写诗歌大声赞颂。诗中说道：

> 灾年又逢严寒冬，
> 城民无粮待毙命；
> 忽然飞来项家军，
> 施舍米粮救众生。

救命义举传后世，
吃斋念佛祭神灵；
愿众恩人福常在，
高官厚禄享太平。

　　从那以后，项羽很关心鲁城人，多次调拨粮物救济。鲁城人称他为救命
鲁公。

风林度逃婚

这天，项梁和项羽率领着起义军宿营在一个叫风林度的村子里。

这个村子有一个大财主黄天雄，这个人六十多岁，长得细高挑，长脸白净子，大眼睛高鼻梁，穿绸挂缎，威风凛凛。他家大业大，骡马成群，长工婢女几百人，人称黄老员外，也是当地一霸，在村上一跺脚四下里颤，一说话百下里应，村上人恭而惧之。

黄天雄妻妾过十，生有十子八女。这些儿女都已长大成人。可是男不能婚女不能嫁，为什么呢？因为这儿地广村稀，找不到门当户对的人家。愁得黄天雄多次派出家人到较远的村寨打听，也很难找到中意的儿女亲家。

这天，项梁和项羽率领起义大军晚上驻扎在这个村上，黄天雄马上杀猪鸡宰牛羊款待大军。在宴席间，黄天雄看上了气度不凡的项羽。他故意把项梁邀到他的小客厅，把项羽留在大客厅，不但把宴席弄得特别丰盛，并把长得非常漂亮的几个女儿叫来，拜见项羽后，陪喝酒陪歌舞。他这女儿们一见项羽一副雄壮威武的体态，都羡慕得心里开花面带笑容，倒茶、斟酒、劝饭，十分殷勤。莺声燕语情切切，扇风擦汗亲密密。项羽从小习文练武不曾停，哪遇见过这样的场景啊。他知道这都是黄天雄的女儿，不敢怠慢，只好哼哼哈哈，无笑强挤，闹得他身上汗流浃背，脸上汗水流淌，心里咚咚乱跳。这些面似桃花美若天仙的姑娘们简直把他脑袋闹晕了、涨大了，他只好嘻嘻哈哈应付着，不知不觉就把酒喝多了，趴在桌子上睡着了。

夜渐渐深了。黄天雄不敢再拖延，连忙毫不掩饰地对项梁说："老英雄，我看你侄子项羽气度不凡，一派英雄气概，我有几个待嫁的女儿，许配给令侄一个如何？"

项梁一听就高兴极了，忙说："承蒙黄老员外抬爱，我看可以，不过，小侄性情粗犷，不懂礼节，恐怕难以——"黄天雄没等项梁说完，就哈哈大笑着说："自上古就是男尊女卑，男有三妻四妾，女有丈夫一人，你不要过于谦虚呀！你我做主就是了。"项梁一想，项羽这么大了，也该成家了。就说："那么我跟侄儿说一下，咱就择日订婚。""择日不如撞日，今晚咱俩老人一言为定，明日就拜堂成亲，洞房花烛夜就是了。"

"好吧，咱就这么定了，明日拜堂成亲吧！"项梁有些醉意，走路摇摇晃晃来到大客厅里，只见项羽趴在桌上沉睡在梦中，有时打呼噜，不打呼噜了就嘟嘟囔囔地说些梦话。项梁一看项羽睡得这么香，伸手摸了摸他的头，也不好意思把他叫醒，他就趴在项羽身旁慢慢睡着了。

夜间的乡村很寂静，除了几声夜鸟的啼叫，一切都进入了梦乡。

雄鸡啼醒了黎明。酣睡多半夜的项羽醒了，揉了揉眼，抬起头来一看，叔父项梁睡在他身旁，忙把自己身上的大衣脱下来盖到叔父身上。可是，他这么一盖倒把项梁弄醒了，他一看项羽坐了起来，忽然想起昨晚他和黄天雄给项羽订婚的事，马上对项羽说："昨晚上那几个大闺女陪你用餐了吧！"

"是啊，都是黄天雄的女儿呀！"

"是啊，黄天雄昨晚和我给你和他大女儿订婚啦，今天中午举行婚礼拜天地，然后入洞房。晚上回来，一看你睡实着了，也没叫醒你说这事。"

"叔父哇，他的几个女儿是挺好啊，可是，侄儿年纪并不大，祖父和父亲的大仇还没报，待我们灭了暴秦，打平天下，再给侄儿娶妻也不晚啊！"

项梁听侄儿说这些话，心中非常高兴，点了点头说："孩子，你说的有道理，可我怎么回复黄员外呢？"项梁很为难，唉声叹气的在地上踱来踱去。

项羽凑到项梁跟前，微笑着说："叔父哇，你见了黄老员外，就说：侄儿说啦，暴秦没灭，天下没平，现在办这些事早了些，待灭了秦，天下太平了，再来提亲拜堂也就是了。"

"哎呀！恐怕他也要亲自来找你呀！"

"没关系，你去找他，我马上带领起义军的先锋队出村上路，你和他再出来，我们已经走远了。"

"哎呀，你落个逃婚好吗？"

项羽没有答话，扭身走出大客厅，集合起队伍，打马飞奔而去。

项羽寻觅楚后人

这一天，项羽跟随叔父项梁来到楚地。突然，谋士范增说道："原楚地有位楚王，早已被杀谢世，其后人也流落到民间，不知去向。为了楚地稳定，项将军能否派人到乡间察访，让楚后人掌管此地，不但名正言顺，也让民众心安理得享太平啊！"

项梁想了想说："这个建议太好啦，不过派别人去不放心，还是让项羽去吧！"

项羽天天闷在军营阅读有关兵书战策类的书籍，已有些腻烦，听叔父让他寻找楚王后人，非常高兴，马上打扮成农夫模样，走向民间。

项羽长得身材雄伟，虎背熊腰，像半截黑铁塔似的，一个浓眉大眼的小伙子，即便穿一身庄稼人的旧衣服，每到一个村子，人们也赞不绝口，认为他绝不是一般人，都敬而远之，项羽也不以为然。

这天，快到中午了，他走到一个小村子的打谷场边上，只见一个老头和一个十多岁的小孩子，吃力地拉着半大碌碡，正在轧麦子，累得两个人汗流浃背，呼哧呼哧喘着粗气。他匆匆几步来到老头面前，粗声粗气地说："老人家，我替你们轧吧！"

老人抬头一看，是个五大三粗的小伙子，连忙摆手说："壮士呀，谢谢你的好意，我们爷俩一会儿就轧完啦！"

"老人家不要客气。"项羽说着，把两只大手一伸，把老头和小孩子的拉绳拽了过来，用一只手拽着碌碡在打麦场上跑起来，跑得飞快，跑了一圈又一圈，老头想拦也拦不住。工夫不大，就把满场的麦子轧完了。项羽呢，面不改色，汗不流。

　　老头怀着感激的心情，拉过项羽的手说："壮士呀，你为我受累了，谢谢你吧！"老头就想哈腰鞠躬，项羽伸手拽住老头的胳膊，忙说："大爷，我想问你个事，你能告诉我吗？"

　　"壮士，你尽管说，只要我知道的，定能相告。"

　　"咱们楚国原来的楚王都没有了，你可知道他们的后代现在何处？"

　　老头拍着脑袋想了想说："东楚村上有一个放羊老人叫楚胥，他曾经在楚王殿下混过事，你去问问，他可能知道。"项羽一听找着头绪了，高兴的手舞足蹈，从来不好笑的项羽，一边哈哈笑着一边帮老头堆麦秸。

　　老头见项羽这么高兴，就说："壮士，不用帮忙啦，快去找羊倌楚胥吧！"

　　"老爷子，你把麦麸扬出去，我给你把麦粒儿拎家去再走也不迟呀！"

　　老头一看项羽实心实意相帮，马上抄起木锨唰唰地扬起场来。工夫不大，就把麦粒儿扬了出来，干干净净的麦粒儿装了几十个麻布袋，项羽一手拎一袋麦子，一顿饭工夫，就把满场的麦子都送到了老头家里。项羽没顾上喝口水，就马上和老头告别奔向东楚村。

　　麦收时节，天气炎热。这时地里的小麦已经收割的差不多了，到处都是麦收后的茬子地，地上长些低矮的野草，也正是放牛牧羊的好时候。

　　项羽大步流星，工夫不大就来到东楚村边。忽见村头道旁有一小饭店，小饭店门旁挂个木牌子，上边写着：母女小饭店。

　　项羽一见小饭店三个字，顿觉肚子咕噜噜地响起来，他才觉着饿了。可是，来到小饭店门前，只见两扇小木门关着，他使劲推了推推不动。忽然，听到从小饭店里边传出一个女人悲悲切切的哭声。项羽很纳闷，他想：开个小饭店有什么可哭的呢？

　　他便用手啪啪拍了几下门，店里的哭声停止了，只听一个老妇人说：

"皮老爷呀，你已经有五房啦，俺闺女才十六呀，你就放过俺孩子吧！"

项羽一听就糊涂了，忙问："大娘，我不是什么皮老爷，是过路的，想买点吃的呀！"

店门吱呀一声开了，走出一位六十多岁的白发老妇人，她瞅了瞅项羽说："我一听语音就不是姓皮的。"她说着就返回店里，拿出几个烧饼递给项羽说："小伙子，这烧饼我不要钱啦，你边走边吃吧，走晚了就有麻烦了。"老妇人说完这几句话，回身关门进了店里。

这下把项羽闹懵了，他想：到底怎么回事呢？他忙把烧饼放一旁，就问："大娘，你不要害怕，你告诉我，到底怎么回事呀？"

"小伙子，说给你也没用，你快走吧！"

"大娘，你不把事说清楚，我是不会走的！"

"哎呀，小伙子，看来你是个好人哪！"老妇人说着又把店门开了，她身后还站着一个十六七岁的俊俏闺女。她指着身后的闺女说："俺村上有一个欺男霸女的老恶霸皮老财呀，他六十多岁了，已经娶了五房媳妇。有一天，他坐着车路过这里，看俺闺女长得好，立刻就想拉到车上弄走哇，我给他磕头作揖苦央求，应下过几天送过去，他才走喽，今天我还以为他来抢俺闺女呢！"老妇人说着说着泪流满面，又抽咽说："俺这个地面上坏人横行，百姓遭难，这个姓皮的老恶霸没人敢惹呀！"

"噢，看来姓皮的有势力呀！"

"他有地几百亩，下人一大堆，财大气粗，横行乡里。小伙子呀，快走吧，是非之地不可久留哇！"

正在这时候，一辆马车从村东头而来。来到小饭店门前停下来，四五个穿青挂皂的家奴，腰掖长把砍刀，从马车上扶下一个花白胡须的老头子。

项羽一看这个老头子，狗熊形的身子，鞋拔子脸，两只大眼珠子往外努着，穿着一件蓝大褂子，头戴一顶员外帽，手挂黑红色文明棍儿。几步来到老妇人面前，大声说："让你闺女跟我走吧，我不会娶她为妻，和其他几个女孩子一样，只要她昼夜侍候我，给我暖被窝，跟我睡睡觉就可以啦！你呢，也跟我去，难为不着你也就是了……"

"皮老爷呀，俺闺女不愿意啊，求求你老人家！放了她吧！"老妇人说到这儿，跪在地上就给他磕头。

"你们，快把闺女拉到车上去。"皮老财冲着家人大声吼叫着。

项羽向前迈了几步，伸手抓住皮老财的脖领子，大喝一声，"你敢！"随着话音，胳膊一用劲，就把皮老财提搂起来。吓得几个家人都蹲到一边直打哆嗦。这时，皮老财颤抖着说："哎呀，好汉饶命，饶命呀！"吓得皮老财像狼羔子叫。

"你还想活吗？"

"我，我想活呀，只要好汉饶命，我一定听你的呀！"

项羽看他苦苦央求，甩手把他扔在地上，用一只脚踩着他的胸脯子说："你还强霸这个闺女吗？"

"不敢啦，谁家的闺女也不敢要啦！"

"你知道不，你横行乡里，胡作非为，欺压乡邻，不干好事，不杀你能平民愤吗？"

"好汉爷爷呀，我以后再也不敢啦，只要饶我一命，从今后我要施舍行善事，再也不做伤天害理的事啦！"

"好吧，先放你一条狗命，如果恶习不改，你和你的家人我一个也不让他们活，听清楚了吗？"

"听清楚啦！"

项羽抬起脚后，他趴在地上磕几个头，和几个家人上了车就跑掉啦。

项羽把小饭店的母女安慰一番后，说道："老妇人，你娘儿俩放心开小饭店吧，姓皮的再也不敢来啦！"

"谢谢壮士救命之恩！"娘儿俩趴在地上给项羽磕一个头。项羽把娘儿俩拉起来。项羽一看两人还心有余悸，就坐在板凳上小声说："姓皮的如果再来，你就说，我那个黑大个表弟只要知道你来这里，定会杀你全家，他听了这句话，他有一万个胆子也不敢祸害你娘儿俩啦！"项羽一席话，给娘儿俩壮了胆子，吃了定心丸，脸上挂了笑容。

项羽打了个唉声说："老人家，你将近七十岁的人了，我打听一个事可知道？"

"你说什么事吧，只要我知道，哪怕是一丁点我也会告诉你呀！"

"当初管理楚国地面的楚王被害后，一家老小都流落到乡下，不知道老人家知道楚王的后人在何处吗？"

项羽这么一问，把老妇人问愣了，她沉静了一会儿说："村东头我有个老表哥乔相之八十余岁，曾在楚王殿下当过差，你去问问，他可能知道。"

"他住在何处？"

"俺这村东头有一个打谷场，场边上五棵大柳树下有两间茅草房，房后头是羊棚，老表哥喂着三四十只羊，每天他和一个叫心儿的小牧童去洼里放羊，你找他问问吧！"

项羽寻人心急如焚，马上放下几个大钱，辞别了母女，来到村东头打谷场边茅草房内，只见里边木床上躺着一个白发苍苍满腮胡须的老头儿，他一见项羽走进屋，忙坐起来问："壮士，你找谁呀？"

"啊，请问，你是当年在楚王殿下为臣的乔相之老人家吗？"

"你是何人哪？"

"我名籍字羽，人称项羽的便是。"

"啊，已故楚国老将军项燕之孙吧！"

"是啊，近日叔父项梁带领义军已到楚地薛城，想找到楚王之后，以恢复楚王之位，望老人家相帮！"

"好哇，跟我在这里放羊的小牧童心儿就是楚王之孙，一会放羊归来，你把他带走就是了。"

二人刚说到这儿，门外传来几声羊叫声，二人出门一看，小牧童心儿正赶着羊群回来了。

老人乔相之忙上前把心儿介绍给项羽。项羽毫不犹豫地把心儿带走了。

项梁等人，马上把心儿立为楚怀王。

单臂举敌将吓退秦兵

这是秦二世元年（前二〇九年）九月。

秦朝驻会稽城（今江苏省苏州市）的县官王炳成，误听传言，把项羽的叔父项梁逮进会稽城监狱。

项梁的侄子项羽举义旗，兴义兵，带领起义军来到会稽城下，大喊大叫，要求县官王炳成放出项梁。

王炳成怎肯答应，马上派出战将钟离昧带领三百秦兵迎战项羽。

这时候，项羽勒战马，持虎尾鞭，正在等待城中战将出战。钟离昧是个久经沙场的战将，怎会把从农村造反来的项羽看在眼里，他并不问姓字名谁，大喝一声，"不知死活的反贼，看刀！"把长把大刀一举杀向项羽。

项羽毫不畏惧，待他的长把大刀将要劈到头顶时，他把虎尾鞭用力往上一迎，只听当啷一声，火星子飞溅，只见钟离昧手中的长把大刀，嗖下子，被磕出两丈多远，震得钟离昧两只手流血不止，他大喊一声，"快撤呀！快——"他拨马便逃。

项羽年轻气盛，又是初次出战，他一看钟离昧打马而逃，便一抖马缰绳，追了下去。

钟离昧豁了性命打马飞奔。项羽的战马一声长啸，好似天马行空，四蹄蹬开，风驰电掣，工夫不大就追上了钟离昧。

"哎呀，少爷饶命啊！"钟离昧央求了一声。"你过来吧！"项羽伸手抓住他的甲带子，唰下子从马上把他提搂过来，单臂用力一举，举到半空。大喊一声，"你们哪个胆敢再杀过来，我把他摔成肉泥——"

吓得秦军嗷的一声，逃进城去。

工夫不大，王炳成亲自把项梁送出会稽城。

破彭城项羽显神力

项梁和项羽占领广陵后，一心要开拔北上，去攻打咸阳，灭秦朝造福于黎民百姓。

这天清晨，项梁点起十万大军，带领大将项羽、英布、陈婴、桓楚等，往西北方向的咸阳进发。

当大军走到彭城东南时，突然先锋队士卒来报："报告将军，盘踞彭城的大司马秦嘉独霸一方，不但不去抗秦，反而率领以蒲悬为上将的一万人马挡住我军的去路。"

"他挡得住吗？"项羽怒吼起来。

"他们挖了许多陷马坑，安了无数绊马索，埋伏上千弓箭手，请项将军定夺。"士卒报告完后，气得项羽哇哇大叫，"秦皇无道，焚书坑儒，天怒人怨，秦嘉贼子胆敢阻我灭秦大军，岂有此理。"项羽率领身边八千子弟兵，如潮水般杀了过去。

敌将蒲悬一马当先杀了过来。

这时候，项羽身边的桓楚、陈婴、英布都亮出刀枪。项羽对叔父项梁大声说："叔父，待孩儿杀了这小子，出我一口恶气。"项梁想了想说："你先让桓楚、陈婴、英布出战，以观敌战法如何应对。"

"叔父，不用那么啰唆，我实在忍不住哇！"项羽双目圆睁，怒气冲天，就要打马跃前。

项梁一看项羽是实在忍不住，就大声说："羽儿，要多加小心！"

项羽一看蒲悬双手执鞭，他把手中的虎尾鞭挂在马鞍旁，摘下大铁槊，操在手中，打马来到蒲悬面前二十余米处。

"来将通名！"蒲悬大声叫喊。

"你小子不认识你爷爷项羽了吧！哈哈哈！"

蒲悬早听说过项羽的名字没见过面，今天一见，吓得他立刻浑身哆嗦起来，结结巴巴地说："你，你像个半截黑塔似的，真是项羽？"

"你要知道我的厉害，马上下马投降，可饶你狗命，如果执迷不悟，定要将你碎尸万段哪！"

"嘿嘿，我今天定要领教领教你黑小子的本领！"蒲悬说着打马抡鞭冲了上来。来到项羽近前，把手中双鞭一抖，一左一右砸向项羽的双肩。项羽把大槊一抡一转，悠悠悠的把双鞭挂在槊上，再往回一拽一挑，把蒲悬的人和马挑得离地三尺高，抖肩又一甩，只听扑通一声，连人带马摔在地上。

"哎呀，好厉害！"蒲悬大叫着爬起来就跑。项羽打马向前一纵，伸手把蒲悬抓起来，随后拨马回营，甩手把蒲悬扔到地上，叫士卒绑了。

大司马秦嘉一看蒲悬被活捉，一声号令率大队兵马冲过来。

项羽把大槊一举，大喝一声"杀呀！"率先直奔秦嘉的大队人马杀去，众将士紧随其后，挥刀抢枪混战在一起，直杀得敌兵哭爹喊娘四处奔逃。秦嘉一看项羽和他的兵将来势凶猛，再看看项羽打马拼杀，犹入无人之境，吓得他魂飞魄散，他叫喊着，"我的娘唉，好厉害呀！"拨马就往城门间跑。

可是，他跑得再快也没有项羽的乌骓马快，秦嘉刚刚跑到彭城城门口，项羽就追到他身后，只听噗的一声，一槊就把秦嘉拍死，扑通一声倒栽于马下。

在彭城自立为王的景驹和丞相宋义，在城头看到项羽凶猛无比，活捉蒲悬，拍死秦嘉，马上举起白旗开城门投降。

赤膊大战王离

这天，项羽率领灭秦的大军正奔驰在杀往咸阳的路上。

突然，先头队伍停步不前，士卒来报："大军已来到固陵城外，守城大将王离不但阻挡去路，而且还派兵将杀出城来，请定夺。"

项羽一听大怒，马上派出大将桓楚、季布等去杀敌破城。而这几位都不是王离的对手，几番厮杀，都被杀得败下阵来。急得项羽暴跳如雷，他披挂整齐，带上大铁槊和虎尾鞭，打马杀向王离。

王离知道项羽的厉害，一见他那个气势就有点怵头。但没有退却，硬着头皮和项羽厮杀在一起。虽说王离有点怵阵，但他凭多年的征战经验和项羽还能打个平手。手中的一杆枪如出水蛟龙，又像翻滚的怪蟒，对项羽刺东戳西，扎前挑后，寒光闪闪，拼杀快如风。

项羽一看这老东西不减当年勇，他把大槊舞动得呜呜山响，前七槊后八槊，左九槊右十槊，一槊接连一槊，一槊紧似一槊，槊槊连环飞舞，寒光闪闪，和王离杀得难解难分。

王离的大枪刺、扎、挑、撩，快如闪电。可是他不敢硬碰项羽的大槊。项羽知道王离非比一般大将，杀起来格外小心。二人杀着杀着，王离突然打马往城门间跑去，项羽哪能放过他，随后举槊就追。追出两丈多远，王离一见项羽来到身后，一勒马缰绳，嗖的一个回马枪，正扎在项羽的甲叶子上，项羽一歪身子，差点从马上摔下去。在他拨马而回时，王离随后打马杀过来。项羽性子急躁，浑身热汗流淌，他索性伸手把盔甲脱掉，赤膊打马直奔王离。王离熟悉了项羽大槊的招数套路，连忙举枪应战，二人又杀在一起。

项羽也知道王离枪术精湛，用大槊胜不了他，利用错镫拨马一瞬间，把大槊挂在镫下，伸手抻出虎尾鞭，向王离杀去。

王离没想到，当二马一错镫时，没见大槊打来，猛然一条又长又大的虎尾鞭横扫过去。吓得王离大喊一声，"啊，虎尾鞭！"他打马便跑，其实已经晚了，只听啪的一声，虎尾鞭把他的头盔打飞，脑袋上鲜血流下来，便急忙打马逃回城去。

漳河迷雾

项梁和项羽打败了秦军，占领了广陵。休兵一个月后，项梁派项羽带领四员大将，八千子弟兵，五百铁骑，经彭城、薛城和沛县，直奔咸阳，去消灭秦王朝。

项羽年轻气盛，艺高胆大。他带领大军，遇河搭桥，遇山开路。

这一天，项羽带领讨秦大军正往前进，突然，遭到秦军大将章邯大军的阻拦。

项羽的楚军士气旺盛，能打能战，一鼓作气，把秦军杀得大败。秦军败退到漳河以北。把楚军隔在漳河南面。项羽和谋士范增只好对秦兵隔河相望。

就在这天夜里，秦军大将章邯召开全体战将和多位谋士参加的会议。商量如何阻拦气势汹汹的楚军渡河。最后，大家想出一条妙计：趁黑夜，在漳河里布下千层网，在河底摆放一层或多层铁刀、铁箭、铁蒺藜，在河岸边埋伏有五百名组成的弓箭手，轮班射杀攻过河来的楚军……

天黑后，秦军按计划悄悄去布置河中和河岸的埋伏不再多提。

单说项羽，天黑后，他按照谋士范增的建议，从漳河附近各村找来三百多只大小木船，并从军中挑选出一千多个会浮水的士兵，要在天蒙蒙亮时强渡漳河，消灭秦军。

一个无声无息的夜幕降临，天黑得伸手不见五指。

项羽一夜没有睡觉，天不亮就来到河边，他把所有的船只又检查一遍，发现哪只船没准备好，就马上派士兵去做充分准备。

东方天空呈现出鱼肚白。项羽一声令下，满载楚军的三百多只木船顶风破浪，奔向对岸。

秦军早有准备，楚军的木船撑到河心就被暗器或暗网弄翻。有的快到对岸时，秦军箭如飞蝗，把船上大部分楚军射死或射伤。这样，大部分木船有去无回，急得项羽哇哇怪叫。

天亮后，项羽站在河堤上一看，三百多只木船沉没的沉没，有些没沉没的船上，躺满死伤的楚军，只有三十多只木船还能载人。气得项羽大叫两声，"杀过河去，消灭秦军——"他喊叫完，让士兵上了能载人的木船，他手握虎尾鞭，跳到一只木船上，让一名士兵撑着，直奔对岸。

项羽带领这三十多只木船，刚刚撑到河当中，河中暗网挂船底，河岸飞来无数箭。只见项羽一边拨打飞箭，一边大喊大叫，"冲啊！"

突然，呼的一声，河面上顿时腾起一层浓浓的雾气。随后，又刮起一阵旋风，这旋风拧着旋儿，越刮越大，风裹着雾，雾缠着风，风和雾滚动着，把漳河水扬起一丈多高，一直扑向对岸。

再说岸边的秦兵，正在轮班用箭射木船，想不到，漳河里大雾倾起，狂风大作，河水扑岸。他们再仔细一看，风和雾里有一条两三丈长的黑色蛟龙，张牙舞爪地张着大嘴，喷吐着雾气，向秦军大营扑来，吓得秦兵呜儿哇地叫喊着，跟头咕噜地乱跑乱蹿。

在帐篷休息的章邯，被嘈杂声吵醒，他跑出帐篷，出来一看漳河上空突然出现了一条蛟龙在云雾中扑向秦军，他知道项羽定有天助，马上大叫，"快撤，快撤呀——"他和几位将士骑上战马，拼了命的往北跑去。

顷刻间，秦军大营炸了窝，呜儿哇地跑得无影无踪。

这时候，项羽正躺在一只小木船上呼呼大睡。

谋士范增一见，一夜未眠的项羽睡得那么踏实，他向楚军摆了摆手，小声说道："项将军一夜没眠，大家不要惊动他，让他好好睡吧！"

河上腾雾、刮风、起波浪，又出现蛟龙，范增和几位大将心中都认为：项羽非比一般人，定会有神灵保佑……

破阵斩将追杀章邯

公元前二○八年八月（秦二世二年），秦朝大将章邯利用雨夜，带领秦军偷袭楚军驻地定陶，把楚军上将军项梁杀死。

征战在西征路上的项羽，听到叔父项梁被秦将章邯杀死后，如天塌地陷，炸雷轰顶，他跳下战马，跪在地上，哭声如雷鸣，"老天爷，你不公呀，叔父为民灭秦功大如天呀。我，从小失去双亲，是叔父把我抚养成人，我要追杀章贼，给亲人报仇雪恨哪！"说罢，他哭倒在地。与此同时，二十万楚军将士，也都跪向东方，痛哭项梁。

谋士范增劝道："项老将军为国为民而舍身，值得呀，他会流芳千古，永垂青史的。我们应该化悲痛为力量，早日灭秦成就大业呀！"

项羽听后，擦干眼泪，站起来咬牙切齿地说："我不杀章邯灭暴秦誓不为人哪——"

这时候，章邯五十万秦军渡过了黄河，去攻打赵国。赵国右丞相张耳不是章邯的对手，连夜弃邯郸带领国王赵歇逃往巨鹿。章邯也追杀到巨鹿。张耳带领国王赵歇又星夜逃到彭城向楚怀王求救。

项羽一看，正是灭秦杀章邯的好机会，马上主动请战。楚怀王知道项羽报仇心切，不派，他也会出战，便吩咐道："项将军，与强敌作战一定要胜不骄、败不躁，进退攻防各有所略哇！"

"请大王放心，我一定会注意！"项羽说完转身走出大帐。随后率大军直奔巨鹿。

秦军王离一见项羽领楚军在巨鹿城外安营下寨，带领五千精兵直奔楚军大营杀去。来到阵前，一见遍地都是无边无沿的楚军，军队中间有一面五色旌旗，旗上绣着一个斗大的黑"项"字。旗下乌骓马上坐着项羽，只见项羽头戴镔铁盔，身穿镔铁连环甲，手持碧青色的大铁槊，马鞍下挂着灿灿放光的虎皮鞭。王离知道他是项羽，刚打马冲上前去，只听项羽大叫一声，"王离，拿命来！"喊声震天动地，吓得王离浑身一哆嗦，晃动大刀冲上前去和项羽厮杀起来。只杀了三个回合，王离的大刀抽得稍慢了一点，被项羽招式多变的大铁槊当啷一声磕飞，吓得他拉马掉头，打马就想逃，就见项羽猛然把大铁槊往前一拍，正拍在王离后背上，听得王离惨叫一声，随后哇的一声口中喷出一口鲜血，就伏在马背上，落荒而逃。这时候，二十万楚军哇哇的一阵追杀，顷刻间，王离的五千精锐片甲无存。

章邯没有和项羽交过战，对项羽有耳闻没目睹，听得王离战败，又见到王离大败而回的狼狈样子，才有些相信项羽不是一般的大将，应该是一位顶天立地出类拔萃的英雄好汉。

为了对付项羽，章邯苦思多日，他对统军将领们说："我认为就这样和他打下去，我们的兵多，战斗力太差，抵不过项羽江东彪悍善战的八千子弟兵，我们摆出一个六旋三战擒龙阵，定能战胜项羽的楚军，大家以为如何？"

"我们听章将军的！"众将士异口同声。

"好，这个擒龙阵，共分六路人马，分别是由第一路申且、二路汤豹、三路武虎、四路灵孝、五路巴向，我六路押阵脚。你们每路只许带两千人马，从一路开始，每路人马冲到楚军阵内旋转着拼杀六圈，只打三个回合，无论胜负马上撤出阵来，下边各路依次杀入杀出。这样，定会把楚军拖垮打败，我们稳拿全胜。"

全军将士听了非常振奋，马上集合待发。

这时，章邯已披挂整齐，拿上大砍刀飞身上马，三声炮响后，率领秦军杀向楚营。

项羽早就做好了迎战准备，一看章邯大军杀了过来，喜涌心头，心说：给叔父报仇的机会来了。他一声号令，两万楚军喝喊着杀向秦兵。

项羽举槊跃马在前，后有战将钟离昧、桓楚、虞子期。对面杀来的是手提大砍刀的章邯。项羽一见章邯，恨火烧心，仇火冲头，大声喝道："你定是那红脸老匹夫章邯，你胆敢杀我叔父，你就拿命来还。"

"你定是那小娃娃项羽，你叔父叛国作乱，是一反贼，可杀不可留！死有余辜！"

"呸，暴秦惨无人道，苦害百姓，官逼民反，我们是替天行道，是正义之举，你个残害百姓的老匹夫，看槊！"项羽打马举槊冲上前去。

章邯刚想举刀杀上阵去，他的一路统兵头领申且，提一把镔铁杵冲向项羽。项羽认为跟这路无名之辈拼杀没有必要通报姓名，便举槊放马冲上去。申且是个黑不溜秋的车轴汉子，力大无穷，他把又粗又长的镔铁杵一抡砸向项羽。项羽用大槊往上一迎，只听当的一声，把镔铁杵磕飞，吓得申且哎呀叫了一声，拨马想逃回阵去。项羽毫不客气，顺手把大槊往前一砸，只听啪嚓一声，把申且身子砸烂，摔下马去。

这时候，二路统兵汤豹又冲了上来，他双手握着两把宝剑，他刚来到项羽切近，项羽打马冲了上来，把大铁槊一举，搂头盖顶砸过去。汤豹忙打马想躲开，哪知项羽马快槊急，只听嘭嚓一声，连人带马被砸趴下。这下子可把章邯吓坏了，他再也顾不得那几路统兵再来轮战了，他打马冲上来，大喊大叫着，"小娃娃，你好狠哪！"章邯打马冲到项羽跟前，举刀就砍，项羽用大槊往外一磕，吓得章邯忙把大刀抽回，又往项羽后背砍去。项羽用槊一挡，只听当的一声，章邯的大刀脱手而飞，吓得他打马败下阵去。项羽大喊一声，"杀哪！"楚军潮水般地由东往西哇哇地杀过去。杀得五十万秦兵死的死、伤的伤、逃的逃，遍地血流成片，死尸遍野。

从此，秦军元气大伤，便走向灭亡的边缘。

新安洼项羽杀秦兵

太行山西部，有一个地方叫新安洼，这个新安洼有一个大荒草地，荒草地里长的是红蓑草。

各地蓑草是绿的，这里的蓑草为啥是红的呢？

追根刨源还在项羽身上。

这一天，项羽率领几十万人马去攻打咸阳。

一路上，攻城收府，夺关斩将。在巨鹿地面又收了秦朝降将章邯，章邯手下二十万兵将也投降了项羽。

几天几夜的行军作战，人困马乏。

这天夜里，浩浩荡荡的大军就在一个叫新安洼的田野上安营下寨。

晚饭后，大小军帐篷的将士都早早进入梦乡，整个宿营地一片寂静，只是偶尔传来战马的嘶叫和将士们的梦话。

项羽刚洗了澡想躺下，突然三四个心腹悄悄走进军帐，低声说道："大王，章邯的二十万部下兵将降我楚军以后，他们并不服气，一路上说三道四，不断制造事端，有的和楚军争吵，甚至动手打架，这些人一旦谋反作乱，那还了得，不如早想对策，以免后患，请大王三思！"

项羽本来就是个勇多谋少耳朵软的粗鲁人，他曾亲自看到一路上章邯部下和楚军不断争吵，再让几个心腹这么一说，他就动了心，"你们说怎么办呢？"几个心腹互相瞅了瞅，说道："要杀二十万降兵非同小可，无胆量是办不到的！"

项羽听到这里，复又披上袄，站到地上，自言自语地说道："二十万啊！"

"听咱的就成了对秦兵作战的二十万楚军，不听咱的就是跟咱作对的二十万仇敌，常言说，无毒不丈夫，量小非君子，大王你还怕咱楚军杀不了他二十万秦兵不成？"

"怕的不是二十万秦军，怕失掉天下人心哪！"

"胜者王侯败者贼，只要咱杀进咸阳，掌管了天下，军心民心岂能不归顺！"

"这，这，好吧，马上传我的令，各个帐篷的楚军，今夜三更天后，一齐动手！"项羽刚刚说到这儿，突然觉着身后的军帐一阵嗦动，他刚想回头看看，只听一声喊叫："黑小子你先拿命来吧！"一个蒙面人攥着一把明晃晃的牛耳尖刀往项羽后背狠狠刺来。

项羽万万没有想到，他在军帐中说话，竟有人在帐外偷听，更没想到会钻进军帐来行刺。

他一看蒙面人的牛耳尖刀已扑到他的背后，他再想利利索索地躲开是不可能了，就唰的一扭屁股，来了个急转身，可是那牛耳尖刀噗哧一声已扎进了他的软肋。

项羽一看牛耳尖刀扎上啦，他却一声不哼，一回手，啪的一声，抓住了刺客的手腕子，轻轻往前一带，扑通一声摔在地上，人们上来七手八脚把刺客拐双肩拢二臂，捆了个结实。项羽一伸手唰啦撕下了刺客的面纱，啊，原来是跟章邯一同来的秦军中的降将栗武虚。

项羽气得哇哇怪叫，他不顾淌着鲜血的伤口，指着栗武虚怒声骂道："狗崽子，你竟敢胆大包天来行刺，我把你乱刀分尸！"

项羽军帐的几个将士，呛啷啷都抽出腰刀，刚想动手，只听栗武虚大喊一声："住手，我姓栗的有几句话要说。"

"大家且慢，看他有什么话说。"项羽摆手拦住了大家。

只听栗武虚愤愤地说道："古人云，得道多助，失道寡助，像你这黑项羽，四肢发达，块大个高，头脑简单，凶狠残暴，已被世人所知，今天晚上，你又想残杀秦家的二十万降兵降将，你想过没有？他们哪个不是人生父母养的，哪个没有妻儿老小，你这么干，就会失去了天之道，失去了地之道，失去了人之道，成为无道无德无人性的恶魔！将来你就是当了帝王，你的天下也不会长久，你，你不会有好下场，天地难容啊！"栗武虚说到这儿，猛然间一纵身子，蹦起三四尺高，一甩头，呜的一声，冲着项羽前胸撞去，项羽往旁边一闪，只听啪嚓咕咚，栗武虚的脑袋正撞在一根柱子上，撞了个脑浆迸裂。

这时候，把项羽气得两眼冒凶光，他咬着牙发着狠，瞅了瞅围在他身旁的众心腹将士，压低了嗓音，说道："好个口齿伶俐的栗武虚，骂得我无法咽下这口窝囊气，说我不仁我就不仁，说我不义我就不义，今夜三更后动手，把二十万秦军将士就留到这儿吧，解解我的心头之恨！"他刚说到这里，刀口伤处一阵剧烈的疼痛，他"哎呀"一声，就瘫软地仄歪到地上。

三更天后，夜空突然布满了乌云，工夫不大，又呼呼刮起了西北风。这风越刮越大，直刮得柴草横飞，帐篷歪斜，大部分将士被风惊醒，只有少数将士因昼夜行军而过度疲劳，还在打着鼾声，说着梦话。

大风刮过以后，还下了一阵子铜钱大的雨点子。

到四更多天，风停了，雨止了，众将士又全都进入梦乡。

楚军大将虞子期传下了项羽的命令，楚军将士悄悄爬起来，手握刀枪，把睡在梦中的二十万降兵降将喊啾咔嚓地杀了个干干净净。

遍野死尸下流淌着鲜红的血，鲜血染红了地上漫无边际的绿蓑草。

从打这儿，这里的蓑草就变成红的啦，直到如今还是红的呢。

怒杀赵奎

这一天，项羽带领士兵正行走在奔向广陵的大道上。

突然，探马来报，"报告项将军，广陵总镇赵奎在广陵作恶多端，今天一早又带领一队人马到虞家村抢民女去啦！"

"啊，大胆贼子太可恶啦，我们马上去虞家村！"项羽说完就带领着大队人马奔往虞家村。

广陵总镇赵奎是秦朝丞相赵高的侄子，这小子本来就是个泼皮无赖，凭借赵高的权势，来广陵当了个总镇。他当了总镇以后，没干过好事，每天吃喝玩乐，到处胡作非为，不是抢男霸女，就是勒索钱财，广陵的百姓恨他恨得牙根儿疼。

这天，他听手下人说，在虞家村发现一个非常美丽的少女。这小子一听就高兴啦，他毫不知耻地说道："哈哈，看来该着我赵奎走桃花运啊，小的们，快快抬来方天画戟，牵出花斑豹马，去虞家村寻找美人儿！"

"是！"工夫不大，手下人把戟、马备好，他就带领二百多名人马来到虞家村。

进村后，先派人把好村上的各个路口，然后就挨家挨户搜寻起美女来。

这么一折腾，可了不得啦，村子到处是鸡飞狗跳，人呼孩哭声和砸门敲窗声，简直就像滚了锅。

搜哇，搜哇，搜着搜着就搜到了村子中间一个叫虞众的家里。

这个虞众家有一个女儿叫虞姬，秦始皇选妃时她年纪尚小，没被选走。现在她刚刚长大成人，她那俊俏的容貌就轰动了四里八乡。

这天中午，虞姬到门外去抱柴火，正让赵奎手下的两个士卒看见，"哎哟，这个小妮儿长得好美呀，你，你站下，你叫什么？"

虞姬听见喊叫，扭头就跑，她怕让这两个坏家伙认了家门，就绕过两条胡同才跑回家。

赵奎闯进了虞众的家，到处寻找个遍，搜着搜着很快就发现了藏在后院绣房套间里的虞姬。他一看这个虞姬美极了，沉鱼落雁之容，闭月羞花之貌，他就高声高调地叫嚷起来，"哎呀呀，民间竟有这样倾国倾城之佳人，留给我赵奎享用，看来我的艳福不浅哟！哈哈哈……"赵奎大声狂笑不止，他笑着笑着，两手一炸撒就扑向虞姬。

就在这当儿，虞姬噌下子站起来，随手从腰间唰唰抽出两把明晃晃的宝剑，嗖的一声就奔赵奎刺去。吓得赵奎"嗷"的一声，慌忙抽身撒步往院子里跑，虞姬也噌噌几步，追了出来。

赵奎一看虞姬咬牙切齿地提着剑追出来，慌忙从士卒手中接过方天画戟，在手中掂了掂，又嘿嘿地冷笑了两声，说道："美人儿，你别不识抬举，你知道我赵奎是何许人也，我嘛，就是那秦丞相赵高的侄子，我们赵家在一人之下，万人之上，官高势大，谁不敬仰羡慕？像你这样的乡间民女想巴结还巴结不上呢！"

"呸，亏你还有脸说，那赵高举国上下谁人不知，何人不晓？他是个结奸党，害忠良，无恶不作的大奸臣！"

"住口，少说废话吧，你跟老爷我到广陵拜堂成亲当小妾便罢，不然我要把你一家人斩尽杀绝！"他这句话刚落地，只见虞姬银牙一咬，两把剑一挥，来个白鹤亮翅，嗖的一声，对准赵奎的脑袋就刺。

赵奎只顾洋洋得意地叫喊，没提防虞姬双剑来的这么快，他再想躲也躲不开啦，这时，幸亏他的谋士侯成正站在他身旁，侯成一看赵奎就要被刺，他连忙往前一跨步，把腰刀一举想把双剑磕回去，哪知虞姬唰的一声来了个半路收招，她一转身，急翻手腕，一个白蛇吐信，对准侯成后心刺来，只听噗的一声，把侯成的前后心都刺透啦，侯成哎哟一声惨叫，扑通摔在地上死啦。

赵奎一看不好，一摆方天画戟就奔虞姬中路扎来，虞姬一侧身那画戟扎空，赵奎大喊了一声："我跟你拼啦！"

抖戟分心又刺，虞姬把宝剑一挥，往外磕戟头，戟头一偏，剑顺着戟杆唰下子向赵奎刺过去。

赵奎一看虞姬侧着身子把剑刺过来了，他再想把戟抽回已经来不及了，他忙把方天画戟一扔撒腿就跑，边跑边喝喊："小的们，快把她拿住，拿住！"

那些士兵哇下子把虞姬包围在中间，刀枪剑戟一齐向虞姬连砍带刺。

赵奎生怕把虞姬刺死，摸不着拜堂成亲，又连忙喊道："你们听着，我要活美人儿，不要死美人儿，谁给我抓住活的，赏黄金一万两，谁要伤她一点肉皮，我要砍掉他的人头！"

"抓活的呀，上哪！"

其实，虞姬的剑术并不高超，平时为了防身只学了些简单套路，这回赵奎带领一伙士兵从四面八方一拼杀，时间不长，她就手腕发抖，热汗直流，只有招架之功，再无还手之力，又拼杀了一阵子，觉着实在支持不住了，她就往后一撤步，用一只剑招架，把另一只剑往脖子上一横就要自刎。

就在这个节骨眼上，项羽正巧赶到，他闯进院后，见虞姬要自刎，就大喊了一声："姑娘休要自寻短见，我来救你！"一声霹雳般的喊叫，吓得众人都愣住了。

还是赵奎有点胆识，一见闯进这么个半截黑塔似的黑脸大汉来，忙迎上去，"哎，哪来的大胆贼寇？"他边喝喊边从脚下抓起一把朴刀，往前一蹿，抡起刀来就往项羽头上砍。

项羽一看他这个打扮，就知道是赵奎，他并不答话，也不闪躲，见赵奎的朴刀来到切近，猛然间抡起虎尾鞭来往外一迎，只听当啷一声，"悠儿——"把朴刀磕飞。赵奎再想转身逃跑可就来不及了，就在他转身的工夫，项羽的鞭就到啦，只听噗嚓一声，把赵奎打了个脑浆飞溅。

项羽手下的士兵一声呐喊，"杀呀！"噼里啪嚓把赵奎带来的二百多士兵全部斩尽杀绝。

这时候，虞姬来到项羽面前，飘飘下拜，感激地说道："谢将军救命之恩！"

"姑娘不必谢啦，我项羽生来就好管世间不平之事，更理应为民除害，姑娘，我告辞了！"

项羽说完这句话，没等虞姬回话，一挥手带领着人马走啦。

项羽十里铺除恶救人

这一天中午，项羽带领灭秦大军来到一个叫十里铺的村子东头，队伍刚刚站下支锅做饭，突然，从村口间传来一阵呼救声，"救人哪，有人跳水坑啦！"项羽马上吩咐身边小校："去看看，怎么回事？"

工夫不大，小校回来报告说："一个叫王老祥的，夫妻俩跳水坑自尽，已被人救起！"

"为啥跳水坑自尽？"

"这个……"

项羽一看小校没问清楚，就亲自来到村口水坑边上，只见这里围了一圈人，人圈里躺着五十多岁的一男一女，都大气喘喘的呕吐污水。

工夫不大，两个人就很吃力的坐了起来，看了众人一眼，就又摇摇晃晃的往水坑里爬。被众人拉住后，两个人哇的一声哭起来："乡亲们哪，别救啦，救上来俺两口子也是个死呀！"说完又呜呜哭起来。

项羽脾气暴躁，一听这个，气往上撞，他晃了晃膀子冲进人圈内，伸手抓住那叫王老祥的男人脖领子："呀呀，你好没道理，众人救你，你为何偏偏还要死呀？"

吓得王老祥扑通跪地下就给项羽磕头："将军爷呀，俺两口子这大年纪就守着一个十四岁的女儿，村上大财主张文善他娘死啦，昨晚上把俺女儿抢了去，说童女陪他娘下葬，俺两口子可怎么活呀！"

王老祥夫妻俩哭着，又给项羽咕咚咕咚磕响头，把额头都磕出了血。

"你女儿现在哪里？"

"在张财主家哩，过半晌张财主他娘一出殡女儿就活不了啦！"

"你夫妻俩不要哭，也不要死，我一定把你女儿救回来。"

项羽让人看好王老祥，他带领上一百多名子弟兵奔向村南大财主张文善家。

张文善是这一带出了名的恶霸地主，有一百多间大砖房，有三百多顷地，有侍女，长工，家丁数百人，算是家大业大骡马成群，财大势大横行乡里的首户。他娘死后，搭起二里地长的灵棚，快出殡了，又从佃户家选来童男童女，要为其母陪葬。

张文善一家正准备午饭后出殡，突然项羽带领一百多士兵闯进来。

张文善哪里见过这个，一见士兵把房子和灵棚围了，就吓得尿裤啦，他跪在大门口前，央求道："鄙人不知将军来到，有失远迎，恕罪，恕罪！"

"你个刮地皮的庄稼佬儿，胆敢弄活人给你娘陪葬！"

"小人不敢！"

张文善一说不敢，项羽哇的一声怪叫，"什么不敢！"伸手把他从地上抓起来，像抓只小鸡一样，伸胳膊举过头顶："你把王老祥的女儿弄哪去啦？"

"她，她在后院屋里锁着哩！"

"锁着干什么？"

"这，她顶一百钱的债。"项羽一听就快气死啦，哇哇地吼道："我看你是活到头啦！"随着话音，项羽甩胳膊一抡，呜——扑通噗嚓一声，把张文善扔出十几米远，摔了个脑浆四溅。

张文善死啦，他还有三个正在趴灵的儿子，一见项羽摔死他爹，每人抄起一把粗的大棍扑上来，大喊大叫着，"凭什么摔死我爹，拿命来吧！"三条大棍从三个方向往项羽头上砸来。

项羽也不闪躲，待三条大棍将要砸在头上时，他一歪脑袋，伸手把三条大棍都抓住，使劲往怀里一捣，三个人扑通扑通都捣倒。项羽毫不客气，伸腿腾腾腾地一端，生把三个人端得吐血而亡。

项羽又喊了一声，"还有来送死的吗？"

张文善家那些看家护院的二百多名家丁、打手，虽有武功在身，一看项羽像个大凶神似的力大无穷，谁也不敢向前，都趴在地上不说话。其他闲杂人等都吓得哆哆嗦嗦不敢动啦。

项羽站在门台子上，大声说道："张文善和他三个儿子的死是自找的。不过，我告诉大家，从今以后，谁家死了人，无论是什么人，一律不准用活人陪葬，如有胆敢不听者，我就要领兵抄家灭门……"项羽说完后，地上趴着跪着的二百多家人，谁也不说话。项羽伸手把腰刀噌下子捣出来，又怒吼了一声："你们听到了吗？"

"听到啦！"众人异口同声。

"好，从今天张文善老娘出殡开始，不但不能用活人陪葬，更不能借机敲诈百姓，违者决不轻饶。"

"是，大王！"

叔父被骗成内奸

项羽灭秦心急如焚，率领四十万精锐大军，浩浩荡荡，日夜兼程奔向咸阳。

这天大军已到函谷关外。但是守关的汉军大部分是刘邦刚收编的秦降军，军心散乱，怨声载道，无战斗力，实在是不堪一击。

项羽的四十万大军，人强马壮，气势汹汹，从东一路杀来，攻无不克，坚无不摧，荡平了许多秦朝的散兵营寨。这一天，前锋将士向项羽报告，说："我们已到函谷关前，函谷关有刘邦的汉军把守，关门紧闭，关上大旗写着一个刘字，汉军严阵以待，无法通过。"

项羽一听就气炸了肺，大声骂道："刘邦小儿，心怀奸诈，同是灭秦大军，兵分两路，杀奔咸阳。他先用奸计入关，然后来阻我，真是欺人太甚的奸贼，可杀不可留。"随后，打马来到关门外，大声对把关的守将喊道："快开城门，让我的大军通过！"

守关的将士高声道："刘邦已攻进咸阳多日，今在霸上，他对俺们有令，无论什么军队，一律不准通过。"

项羽一听气得哇哇大叫，回头呼喊将军英布，"你马上让大军先锋队，攻下函谷关。"

英布一声令下，楚军勇猛无比，竖云梯，登关墙，砸关门。工夫不大，大军攻进关内，吓得汉军四散奔逃。项羽进关后，马不停蹄，一直把汉军追杀到函谷关西。

这时，已进入寒冬腊月。项羽大军通过函谷关后，天渐渐黑了下来，楚军只好在函谷关西扎营下寨。

晚饭后，项羽怒气难消，马上召集全军主要将领商议消灭刘邦汉军的计策。有将领说："刘邦本来就是个心怀奸诈的家伙，他早想灭秦后独吞江山，是个可杀不可留的对手。"也有的说："我军多次冲入秦军阵地，与秦军拼了命的厮杀，而刘邦借此机会入关灭秦，他明明知道我军定会随后杀来，他派重兵把守函谷关，不让我军通过，实在是欺人太甚。"大家七言八语正在商议着，突然刘邦的汉军左司马曹无伤来到楚军大营，项羽见他突然到来，大吃一惊，忙问："你来干什么？"

"刘邦的所作所为实在令人气愤，我特来告诉将军，刘邦入关后，狼子野心马上就暴露出来，他想在灭秦中称王，并把秦宫中的一切珍贵宝物，都想一律窃为己有，惹得众将士愤愤不平。"

本来项羽对刘邦怀恨在心，听了曹无伤的话后，更是火上浇油，气得项羽浑身发抖，他闷声闷气地说："刘邦啊，刘邦，你不是人，你是一只白眼狼啊！"

送走曹无伤后，他对大家说："趁我军士气高涨，战斗力强，明天三更做饭，四更杀向霸上汉军，把刘邦个白眼狼彻底消灭。"大家都赞同项羽战令。议事完毕，大家各自回营房做准备。

谁也没有想到，项羽身边还有跟随他一起东杀西战的叔父项伯。晚上散会后，项伯心事重重，他溜在帐外，忽然想起在刘邦身边的张良，回忆起他在秦朝当差时，杀了仇人大盗姚七儿，将要被抓住时，他逃到下邳，幸亏遇到张良，把他藏了起来，才免遭杀身之祸。他想利用这个机会去报恩。

这时候，已近半夜。项伯他便骑马悄悄走出大营，像幽灵一样飘忽忽来到刘邦营中。

这时候，张良和刘邦正在中军帐内商议对付项羽的战策。忽有士卒来报，说有项军中的项伯来见张良。张良忙出帐把项伯迎到自己的帐内。项伯忙说："明天四更天，我四十万大军就要杀过来了，你们抵挡不住，定会全军覆没呀，快跟我躲避一下吧！"张良想了想说："这么大的事，刘邦待我如亲兄弟，怎能一个人逃走，让他被害呢？那太不仗义了，请兄等一等，我跟刘邦说一下再走也不迟。"

项伯是个实诚人，也没多想，就让张良去找刘邦。

张良跟刘邦一学项伯说的情况，刘邦大吃一惊，吓得他脸色煞白，心慌意乱，忙问张良，"项伯不来，我军灭矣，请你快快想办法救我吧！"张良想了想，凑到刘邦耳边，如此这般地喊嚓了一会。张良忙回到自己帐内见项伯，装出一副诚恳的面孔，说："项老兄啊，你半夜来一趟不容易，见一下刘邦再走吧，不然太没礼貌了。"项伯没多心，就跟张良来到刘邦帐内。

刘邦很热情，马上设酒宴款待，酒席间刘邦用尊敬的口气说："请老兄回去告诉项羽吧，我军入关，歼灭秦军，都是为了上将军项羽啊，我派兵把守函谷关为防盗贼，没有拒绝项将军进关之意，怨我一时没说清不要阻挡项军入关之言，请他多谅解呀！"刘邦一副自责的表情，又凑到项伯面前说："你要知道，我和项羽是结拜兄弟呀！"

"是呀，兄弟是手足之情，岂能忘记呀！"张良又接着说，"刘邦和我正准备迎接项军的到来，认真说来，刘邦有这样的准备迎接项军之心，我们无错反而有功吧！"项伯一听刘邦和张良说得有道理，连连点头称是。

张良恐怕项伯不真心说服项羽，又无笑强挤地说："项伯有几个儿女呀？"

"我只有一个犬子，正在家中习文。"项伯说完这句话后，张良马上接着茬说："好啊，刘邦正有一女也正在家习文，你们两家可结为儿女亲家如何，我甘愿做媒啊！"

刘邦知道这是张良骗项伯之计，忙假装应允，笑了笑说："今后咱就是儿女亲家，一家人不能说两家话，告诉项羽，明天一早，我要带领众将士前去迎接项军入关！"项伯没多少鬼心眼儿，他觉得恩人张良当红媒，给儿子说了个刘邦的女儿，高兴得不得了，连忙告辞回到项羽帐中。把张良和刘邦之言学说了一遍。并说："我看他们是真心，明天他们定要亲自来迎接咱们，我看是不是先不必追杀刘邦的汉军？"

项羽觉得叔父说得有些道理，虽然有些疑惑，但也打消了明天四更天突杀刘邦汉军的念头。

就这样，在这个灭掉刘邦的关键时刻，失去了机会，给项羽留下了失败的后患，项伯不知不觉也变成了项军中的内奸。

项伯中计心向外

汉元年（前二〇六年）十二月，项羽率领四十万大军，攻破刘邦部下把守的函谷关，进驻乌江门。当晚，项羽怀着对刘邦愤恨的心情，召开文臣武将参加的密谋会，商议举兵讨伐刘邦之事。大部分将士认为刘邦怀有独吞天下之心，他是故意阻拦项羽进函谷关。尤其是谋士范增，早已看穿刘邦的狼子野心，他愤愤地说道：“刘邦在山东时是个贪财好色之徒，干了些下流事。但他领兵入关灭秦以来，判若两人，不贪财物，不沾女人，变成了一个正人君子。由此可以看出，刘邦在张良等谋士的帮教下改变了人生，胸怀宽阔容大志，将来必然成为与我项家争夺天下的一大患……”

项羽以为范增说得有理，今朝不除刘邦后患无穷，便马上下令：五更造饭，清晨发兵，剿灭刘邦。

项羽有个叔父叫项伯，跟随项羽南征北战，也立下些汗马功劳。但他在秦朝当差时，有一天晚上和一个叫巴仝的朋友在酒店喝酒，一直喝到后半夜，二人都喝得酩酊大醉，栽歪在酒桌上呼呼大睡起来。

一声雄鸡高叫，把二人惊醒。巴仝一摸放在兜里的一枚金币不见了，把双手一伸就去掐项伯的脖子，同时，大吼一声，“还我金币！”

“谁，谁拿你金币。”项伯气往上撞，挥拳和巴仝打在一起，二人酒后初醒，还有些迷迷糊糊，厮打得难解难分，把桌子上的茶具碗盘打得粉碎，一会儿又把桌凳打翻。噼嚓嘭噌，喊喽哗啦，打得热闹极啦！

酒店掌柜已被惊醒，忙跑过来劝解。可是，二人已是鼻青脸肿，身上伤痕累累，血迹斑斑，怎么解劝也无济于事。

项伯没有巴全力气大，被巴全打得趴在地上。巴全得手不让人，一看项伯躺在地上，他往前一蹿，伸右腿往项伯头上狠狠踢去。项伯一挪脑袋，巴全踢空，往前一欺身子，项伯趁势一伸双手，抓住了巴全大腿，往右侧一拧，只听巴全哎哟一声惨叫，把大腿拧断。

"你好狠哪！"巴全刚喊叫这么一声，扑通就摔倒，脑袋正磕在桌子角上，顿时血流不止，工夫不大气绝身亡。

酒店里一阵大乱，掌柜的马上去报官。吓得项伯慌忙逃出酒店。

工夫不大，几十名官兵赶来，到处追拿项伯。项伯惊恐万状，便从荒野中奔向下邳。在下邳巧遇张良，张良问清情况后，便把他藏在家中。每天好吃好喝好待承，直到无人追查。

张良救了项伯一命，项羽下令，明天一早去剿灭刘邦。项伯马上想到了当年救他命现又在刘邦处当谋士的张良。他想：如果项军杀去，张良定会遭难，甚至性命难保。救命之恩，我岂能不报！他想到这里，马上走出大帐，找了一匹快马，奔刘邦大营而去。

项伯来到刘邦大营，急忙找到张良，来到僻静处，悄声说道："明天一早项羽要带领四十万大军来剿灭刘邦，这里只十万军队，必败无疑，你还是跟我到项军去吧！"张良听了大吃一惊，急忙说道："刘邦对我不薄，怎能自逃不顾呢！"

"哎呀，你绝不能再耽误时间啦，逃命要紧呀！"

"这我明白，不过，刘邦对我恩厚无隙，亲如兄弟，今朝有难，我本是心地善良之辈，怎能不告知刘邦呢！"张良说完扭身去找刘邦。项伯只好叹一口气在外边等待。

张良进帐跟刘邦一学说项伯来之目的，刘邦吃了一惊，忙问张良，"在这险恶的紧要关头我们怎么办？"张良凑到刘邦耳边，如此这般的一说，刘邦连忙点头，并说道："真是天助我也，这是不是叫连姻计呀？"

"不用说什么计，我们只要拦住项伯，就能扭转乾坤啊！"张良说完，就走出大帐，来到项伯跟前，一副诚恳的面孔说道："刘邦听说项将军到来，异常高兴，他请项将军入帐。"项伯一听就急了，喘着粗气说道："刘邦妄图独吞天下，派重兵把守函谷关，我怎能与这等心肠狭窄之人相见！"

张良一听就唉了一声，急忙说道："刘邦进长安灭秦，不取财物，不沾女人，广安民，积善德，专等项羽将军尊驾入关。至于派兵把守函谷关之事，主要怕有贼盗来袭和预防发生意外。"张良说完，项伯觉着说得有理，随跟张良入帐见刘邦。

刘邦热情相迎，又把张良所言重复说了一遍，项伯信以为真，心中疑团全无。

刘邦和张良一看项伯有了笑脸，马上摆酒宴招待。待酒过三巡，菜过五味后，张良又问起项伯家中儿女之事，越谈论越深刻，张良笑着说道："项伯家中有三男二女，刘邦也不少，我提议你们两家结为秦晋之好，我甘愿当你两家的月下老。"刘邦连忙表态，"好啊！我同意。"

"不行，不行，刘邦是一军之首领，我乃小卒，不敢高攀。"项伯谦虚起来。张良笑呵呵地说道："你们两家已亲如兄弟，合力灭秦，不分你我，结为婚姻，已是门当户对，项将军不要再推辞啦！"

酒宴上气氛顿时倍加融洽热烈，项伯虽有醉意，头脑尚清醒，他结结巴巴地说道："张良啊，不要再多说什么，既然，我和刘邦已是儿女亲家，今后我一定要鼎力相助刘邦成其大业……"

刘邦一听高兴地攥住项伯的手说道："项将军，不，项亲家，回去要把真情向项羽说清，解除疑虑，共同团结，统一治理天下……"

项伯也马上表态说道："我回去立刻把咱这的实情转告项羽，要他放心。不过，刘将军你应知道，恐怕只凭我说，项羽不一定相信。"项伯皱了皱眉头，又接着说道："为了把事情办好，刘将军你最好明天一大早亲自去项营拜见项羽，只有你亲口说，他才会相信。"项伯说到这儿，两眼盯着刘邦的表情。

张良一看刘邦有些犹豫，便插言道："刘将军心中无虚邪，而又宽宏大度，明早一定前去。"刘邦听张良一说，马上醒过味来，急忙说道："是啊，请项将军放心，明天拂晓，我亲临项营向项羽请罪也就是了。"

项伯听后，才放心地骑马回到项营。结果，项羽听了项伯的话，失掉了消灭刘邦汉军的机会。

真龙出窍

楚怀王派刘邦和项羽各带一支人马去攻打咸阳城，还说谁先攻下咸阳谁为王。项羽离咸阳还有好几百里地呢，刘邦就顺顺当当地把咸阳城拿下来了。

项羽是个心强好胜的人，一看刘邦抢了先儿，简直气得他哇哇大叫，"刘邦啊，你抢了老子的先儿，我岂能饶你，我要杀进咸阳城，先杀你刘邦！"

这一天，项羽带领大队人马来到了一个叫鸿门的地方，他一站脚，想不到刘邦亲自带领一百骑兵，和张良、樊哙等几员将领来到鸿门，拜见项羽。

项羽听守门官报告，说刘邦亲自带领为数不多的将士前来拜见，使他很受感动，慌忙迎出门来，见面后拉着刘邦的手说道："哎呀！看来你不愧是我当年的同窗好友啊！"

"是啊，是啊！"刘邦又嘿嘿笑了几声，随项羽来到军帐。

项羽是个勇猛而厚道的刚烈汉子，一见到刘邦那副虔诚的样子，不但打消了杀他的念头，还吩咐手下人，马上设置酒宴热情招待刘邦。

手下人忙活了一阵子，宴席桌上，摆满了丰盛的大碗酒和大块肉。

这时和刘邦一同入席陪客的有项伯、范增和张良等。

宴席开始后，相互之间的气氛还相当紧张。人人都板着面孔，带着八分气喝闷酒，吃闷菜，只有筷子碰碗声和喘粗气声。

酒过三巡，菜过五味。靠项羽身边坐着的范增，悄悄举起所佩带的玉玦向项羽示意，要他下令杀死刘邦，一连举了三次，项羽还是假装没看见。

范增一看项羽默然不动，就往那边挪了挪身子，又用胳膊肘轻轻碰了一下项羽，随后趁大家举杯喝酒之机用筷子蘸着菜汤，在项羽酒杯旁写了个"杀"字，项羽一低头正看见，随手用袖子一抹，仍若无其事。

范增决心趁此机会杀死刘邦，他一看项羽不肯动手，就挪了挪椅子，站了起来，向项羽说道："今日薄酒淡饭招待诸位，实在抱歉，为了助兴，我去召名将士来舞剑！"

他没有等项羽应允，便匆匆走出门去。在门口正碰见在帐外巡查的武将项庄，把他拽过来附耳说道："刘邦是我们的硬对手，他早有独吞山河之意，眼下，因为他一时兵少将寡，不得已而为之，哪是前来拜访，实是缓兵之计，他是待兵多将广再来灭我楚军啊！"

"依将军之见呢？"

"你到酒席宴前，以舞剑为名，抓个空子，来一个冷不防，刺死刘邦，以绝后患！"

项庄不敢怠慢，手按剑柄，匆匆进入军帐，呛啷一声抽出宝剑，随后大声说道："我来舞剑给诸位将军助兴！"他说完这句话，便唰唰地舞起剑来。

项庄眉宇间充满杀气，他一边舞着剑，一边用眼角瞟着刘邦，他把宝剑舞动得寒光闪闪，他舞着舞着，便慢慢移步，奔向刘邦。在这千钧一发的时候，刘邦的好友项伯早已看出项庄要杀刘邦的用意来，他为了护住刘邦，也拔出剑来，大声说道："我也来助助兴！"他说完这句话，就和项庄对舞起来。

舞啊，舞啊，舞着舞着，项伯一看项庄离刘邦远些了，也就松懈下来，他自个儿舞了一会儿后，便悄悄站在刘邦身旁一把椅子间。

项庄一看时机已到，他一个箭步跳起一桌子多高，一个"白蛇吐信"猛然向刘邦胸口刺去。

就在这一刹那间，只见刘邦两眼一闭，一仄歪瘫软在椅子上。随后，从他的七窍里，唰唰唰，窜出七条白线，这七条白线在军帐里呼地碰在一起，唰啦就变成一条张牙舞爪的黄龙。这黄龙带着一股雾气和冷风，伸着两只前爪扑向项庄。吓得项庄"哎呀"一声，撒腿就跟头趔趄地跑出军帐。

顿时，军帐里乱了套，人们呜哇的喊叫声和碗盘酒具的叮当碰撞声混在一起。

当军帐里平静时，刘邦早趁机逃掉啦。

鸿门宴也就不欢而散。

送子奶奶

项羽带领二三十万人马进了咸阳城。进城后，不但放火烧了阿房宫，还杀死了秦王子婴。又在咸阳城里大肆掠夺、屠杀。

整个咸阳城，死尸满街巷，鲜血遍地流。

杀到天黑，项羽和手下将士就宿到咸阳城西原秦王的一座行宫里。

夜里，项羽刚刚入睡，突然听到行宫后边传出了悲悲切切的哭声。项羽一反常态，没有带领任何人，他独自个儿悄悄走出行宫大门，奔宫后边走去。

行宫后边是一片老柳树林子，树林子里，长满蒿草和乱树棵子。项羽来到柳树林，又听这哭声在柳树林子东边。他急忙钻过柳树林子来到东边，抬头仔细一看，只见一个白发苍苍的老太太正坐在一棵柳树底下放声痛哭。项羽蹲下来，粗声粗气地问道："老人家，夜已深了，你在这儿哭啥呀？"

老太太一听有人问，马上止住了哭声，借着月光，上下打量一下项羽问道："你是谁呀？"

"我是项羽。"

"你是项羽？"

项羽一看说走了嘴，忙改口说道："我是项羽手下的士卒啊！老人家，你是哪的人呀，为啥到这儿啼哭？"其实老太太早已知道是项羽，她听项羽改嘴不承认，她就故意装没听清，她再次借着月光，仔细瞅了瞅项羽，然后愤愤地说道："我么，家住咸阳南门东，白天来了西楚的兵，杀了俺玉女和金童，可恨那西楚兵将不讲理，到处胡作非为乱杀生。"

"哎呀！老太太，你你，你这是从何说起呀？"项羽火冒三丈地叫嚷起来。

老太太并不慌忙，她一看项羽这个表情，老太太又冷笑了一声说道："将军，你不要着急，老身细细说给你听，你们杀进了咸阳城，杀了秦王子婴，又杀了他的亲宗九族和那些秦朝的赃官恶霸，平民百姓没有怨言。可是你们进得城来，有些将士不分青红皂白，乱杀一气，把无辜的平民百姓也杀了个无计其数，把家家户户财产掠夺一空，就连我家玉女金童也全都杀了，你们这么干，上不合天理，下不合人心哪！"老太太边诉边哭，悲痛欲绝。只见她跪爬了几步，一把拽住了项羽的衣角，说道："将军呀，你也有家，你也上有父母，下有妻子儿女，要有人无缘无故地杀了你的亲人行吗？"

老太太的几声哭诉，说得项羽心里热火翻滚，他唰唰地流下了眼泪，呜咽着说道："老太太，你不要再往下说了，夜已深了，我送你回家去吧！"项羽没等老太太应允，就搀了起来。

老太太哭得太伤心了，走起路来浑身颤抖，走了几步远，老太太就坐在地上走不动啦。

"老太太，你不要过于伤心，从今后，我再也不让士兵乱杀人了！"项羽一看老太太实在走不了啦，把老太太一背就大步流星地往咸阳城南门东走去。走了约有半里地，来到一座大庙前，庙门大敞四开，庙门前左右有两个石狮子，石狮子后边有一块大条石，项羽已经累得汗流浃背，他把老太太放到条石上，喘一口气说道："老太太，歇一会儿再走吧！"

"来到哪儿啦？"

"来到一座庙前，离你家不远了吧？"

"什么庙哇？"

项羽抬头看了看庙门上边的五个金字说道："送子奶奶庙呀！"

"啊，我到家了！"老太太说完这句话，慢慢站了起来。

"你就住在奶奶庙哇？"

"对，将军请回吧！"

这时候，项羽才看清这个老太太穿一身紫红色衣服，手里还拿一把拂尘。项羽一看老太太往庙里走去，也没跟着，自个儿就回到了城西行宫。

项羽一夜也没有睡好觉，他越琢磨越觉着老太太说得对，决心第二天去感谢这位好心的老太太。

第二天一早，他就带领着身边的文武百将，奔城东南奶奶庙而来。

奶奶庙没有院落，推开庙门就是大殿。项羽和将士们进了庙一看，庙内中间供桌后面供着送子奶奶神像，只见这送子奶奶一副慈祥的面孔，身穿紫红色外衣，右手拿一白色拂尘，再看送子奶奶左边，有三个金童站立，右边有三个玉女站立，这些金童玉女被刀砍得东倒西歪，个个少胳膊没腿……

项羽左端详了右端详，觉得这位送子奶奶就是昨晚上他送回来的那位老太太，他突然大叫一声："送子奶奶！"扑通就跪在地下，随来的将士一见项羽跪下了，也都随着跪下了。

这时，项羽边磕头边央求道："送子奶奶啊，我有眼无珠，你饶恕了我吧，从今天开始，我就封刀，我和我手下的将士，再也不杀一人，更不会再涂炭百姓……"

项羽从奶奶庙出来后，果然下了一道封刀令，再也没有随便杀人。

烧杀秦官项羽惊梦

公元前二〇三年十月，项羽率领起义大军杀进咸阳城。

因为楚国被秦所灭，项羽的祖父、父亲都被秦兵所杀，国恨家仇聚心间。他杀进咸阳后，仇恨攻心，他对自己的楚军将士下了三道命令，一是把秦朝宫廷宗室大小官员和刚刚投降的秦王子婴马上绑赴市曹全部杀掉，二是派出三千多名官兵把方圆三百多里金碧辉煌的阿房宫放火烧掉，三是把秦朝雄伟的秦皇殿、娘娘宫、丞相府和所有库府毁掉焚烧，把奇珍异宝、钱粮财物都运往彭城。把一些女人疏散到军营或乡下。这样一来，使整个咸阳城内到处是尸体，阵风吹来，全城都充满浓浓的烟火味和血腥味。

遭到屠杀洗劫后的咸阳城内，一片凄凉，大街小巷尽是残垣断壁，地上是瓦砾，空中是飞灰。上街行走的民众悲泣涟涟，怨声不断。恐怖、凄凉、隐隐的哭泣声，笼罩着整个城垣。

这天中午，项羽一想大仇已报，心中好像一块千斤巨石落了地。大吃大喝一顿后，倒头睡在大帐内的床榻上。忽然，一阵阴风吹来，从街道胡同各处拥来以秦王子婴为首的秦朝百官和无数的士卒和宫女，他们都手举着血淋淋的头颅，哭泣着跪在项羽面前说："降王降士不该杀，冤魂哪里去安家？"这悲惨低沉的哭叫声连续喊了好多遍。

项羽嗷的一声从梦中惊醒，他坐在床榻之上，苦思冥想，自言自语地说："莫不是我杀错了，也烧错了吗？"他一副呆滞木讷的表情之下，也有几许悲戚和懊悔之意。

第一个想买后悔药的人

项羽四十万楚军，兵强马壮，东征西杀，剿灭了所有各路起义军和大小反王，浩浩荡荡杀进咸阳，扫平了秦朝残渣余孽，树起了项王大旗，使全国处于暂时平定状态。

这时候，项羽听了谋士范增给各路反秦英雄分金银财宝和封王的建议。他首先打开秦朝的官仓，把所有金银财宝平分给大家，随后，又封了十八家王，自立西楚霸王。

这时，项羽又对范增说："我已称西楚霸王，那楚怀王怎么办？"范增说："楚怀王天下人皆知之，暂时不能除掉，我看还是把他封为义帝吧，听起来帝比王大，其实就是个有名无实的摆设，一切由霸王你说了算，其他事以后再说。"项羽一听范增说的有道理，立刻召来群臣，昭告楚怀王封义帝之事。

真是光阴似箭，日月如梭。一晃几个月过去了。项羽封的十八家王，就有刘邦、田荣、陈余等多家王起事造反。

这天有士卒向项羽来报说："刘邦从汉中明修栈道，暗度陈仓，已领兵并占领了乌关，现在正率大军直奔咸阳杀来。"

项羽不听则罢，一听气得七窍生烟，心中冒火，大吼一声，"气死我也——"

范增忙劝道："这叫虎放山林，早晚返回吃人。大发雷霆之怒又有何用，不妨沉下心来想想，缘由何在呀？"

项羽立刻喘了口大气坐下来，双手拽着范增喃喃地说："当初没按你的大计除掉刘邦，真是养虎为患哪！"

范增沉痛地说："鸿门宴上，让你杀掉刘邦，你视而不动，气得我摔了玉斗。杀进咸阳后，咱俩已经谋划好，在阿房宫杀掉刘邦，你吃了刘邦随机应变的大亏又没杀掉。在封王时，他觉察了他的末日来临，趁封为汉中王的机会逃往汉中，他和谋士张良、陈平已预料到我们必然追杀，他才在前边跑，后边火烧栈道，阻止了我们的追杀。唉，天意呀！"

一席话说得项羽跺脚捶胸又打脸，哇哇大叫着说："早知如此，何必当初哇，真让我后悔煞了。亚父啊，你可知道哪里有卖后悔药的吗？我要花重金买呀！"

这是中国历史上第一个想买后悔药的人。

煮 爹

刘邦和项羽为争天下打了四年多的仗，起初，刘邦被项羽打得丢盔卸甲，连连败退。后来，刘邦又转败为胜，杀退了项羽。

这一年，项羽的楚军被刘邦的汉军围困在广武山的东山头上，同汉军只隔着一条深涧。

几个月过去了，楚军的粮草越来越少，项羽那暴躁的脾气又上来了。这天，他从军营里走出来，大叫一声："困煞我也！"又走进军营大吼大叫。他喊着叫着，忽然想起，刘邦的爹爹刘太公早就被他掳来扣留在军中，何不利用这个刘太公来对付一下刘邦？

项羽命令部下把刘太公捆绑结实，然后架在一个高腿的大肉案子上边，七八个人抬着，晃晃悠悠地来到两军阵前。又在两军阵前架起一口大铁锅，锅里倒上水，用柴火把水煮沸。项羽走过来，站在一个高高的大石头上，隔着涧水对刘邦喊道："刘邦你听着，你要是要你爹，就来投降，你如果再不投降，我就把你爹活活用水煮死！"项羽指着锅里翻滚的开水又说："刘邦，爹娘把你拉扯成人，你如胆敢说不要你爹，就是伤天害理，天上的雷公就会打雷劈死你这个不孝之子！"

这时候，刘邦早已来到阵前。他一听项羽要煮死自己的亲爹，他也站在一个高石头上，嘿嘿冷笑了两声，然后不慌不忙地回答说："项羽，你不要作贱自己，煮爹又怕你何来？想当初，我和你曾经拜为兄弟，我的爹就是你的爹，如果你一定要煮死你爹的话，你可别忘了分给我一杯肉汤喝啊！"

项羽一听，气得哇哇乱叫，他命令手下的军士说："快把刘太公扔到锅里煮死，煮死他！"

这时，项羽的叔父项伯连忙上前劝阻道："侄儿息怒，今天让刘邦回去好好想一想，如果他不投降，明天午时三刻再煮不迟。"项羽觉得叔父说得有理，就让军士把刘太公架回去了。

第二天午时三刻，项羽和头天一样，仍把刘太公绑在那个高腿的大肉案子上，架到两军阵前，又架起那口大铁锅用柴火煮沸了水。不过今天没让刘太公露出面孔，用一块黑纱布把浑身上下裹了起来，只露出两只眼睛。项羽又站在那块大石头上喊道："刘邦逆子，你投降不投降，再说一句不投降，我就把你爹扔到开水锅里煮死。"

刘邦比项羽嗓门更大，他毫不示弱地说道："你小子有种，你就把他煮死，我刘邦永远也不会投降的！"项羽马上命令军士说："把刘太公扔进锅里煮死！"只见两个壮汉抓起刘太公的双臂，一叫劲儿，呜下子举起来，身子一晃，扑通就扔进开水锅里……

项羽对着刘邦喊道："不要爹的刘邦小儿，你绝没有好下场！"那刘邦根本不在乎，他哈哈笑着说道："你煮的不是真爹，你煮的是囚徒！"

项羽听了像泄了气的皮球，扑通一下子瘫软在大石头上。他叔父项伯劝他说："侄儿回营去吧，一定是有奸细走漏了消息，不然刘邦怎么会知道煮的是假爹？"

项羽有气无力地说道："我的天下坐不成了，做个人情，回去把刘太公放了吧！"

从那时候起，煮爹的故事在民间一直流传到现在。

农夫田野难项羽

这一天，项羽的楚军被刘邦的汉军围困在一个叫小土山的地方。

半夜，项羽亲自带领众将士登坡四望，只见漫洼遍地都是汉军，灯笼火把，亮子油松，照得大地通亮，巡逻的马队穿梭般地来去匆匆，一直到后半夜，汉军听不到楚军的动静，才感到人困马乏，田野里渐渐平静下来。

这时候，项羽对手下的将士说道："东南方向是个红荆地，火亮子稀少，我们马上突围吧！"

"好，我们都听大王的。"异口同声。

项羽一看大家都同意，他就马上带领楚军将士，马摘銮铃，人熄烟火，从红荆地突围出去。

到东方破晓，全体楚军将士已离开小土山四十余里。

项羽回头看看没有汉军追赶，才放下心来。但这时候楚军来到一个三岔路口间，眼前摆出了左、中、右三条道，走哪一条呢？项羽回头问身边将士，没有一个人知道。正在他万分焦急的时候，忽见前边不远的田野里，有一个五十多岁的老农夫在锄地边上的草。项羽打马跑过去，大声喊道："喂，老乡，往彭城走哪条道哇？"老农夫像个聋子，连头都没抬。

项羽喊了几声，一见老农夫不抬头不说话，他就从马上跳下来，匆匆几步来到老农夫跟前，怒声怒气地问道："喂，老乡，往彭城走哪条道哇？"

"啊，将军，我不叫老江，你奉承我也啥不知道。"老农夫打起岔来。

"哎呀，老爷子，你耳朵聋啊！"

"姓叶的也不多穷啊！"老农夫一边打岔一边面沉似水的用眼角瞟着项羽的脸。

项羽本来就是个暴躁脾气，老农夫老是打岔，把他气得七窍生烟，哇哇怪叫，"真，真，岂有此理！"

"到镇上七里还多呢！"老农夫说完这句话，把腰一哈，抡起锄头又锄起地上草来。

任凭项羽怎么着急，老农夫好像啥也没听见。

这时候，项羽身后的大队人马都拥上来，项羽再一看农夫，他也不锄草了，把锄头一扔，顺着田野里的一条小埂子往西跑开啦。

项羽往四周看看，别处连个人影儿也没有，不问吧，又不知走哪条道，只好上马又去追老农夫。

老农夫一见项羽打马追来，他立刻加快了脚步，拼命地往西北方向一片黑松林里跑。

"老乡，不要跑，你站下！"

老农夫一听项羽喊叫，跑得更快了。他跑得再快也跑不过项羽的乌骓马，眨眼功夫，项羽就追到他的背后。

这时，正来到一条排水沟间，老农夫一看项羽追上来了，他一晃身子扑通一声倒在沟沿上。随后，他双脚一蹬地，咕噜噜滚下沟底。

项羽只好下了马，他往沟底一看，只见老农夫浑身是土，在沟下趴着一动不动，项羽只好跳下沟，把老农夫扶起来，粗声粗气地问道："老人家，摔着了没有？"

老农夫哼了两声，坐起来，项羽双手一托老农夫的腰，生把他托到排水沟上头。他也随后跟着跳上来，他双手卷了个喇叭形，把嘴凑到老农夫耳朵上，闷雷般地喊了起来："老爷子，往彭城走哪条道哇？"

这一回老农夫听清了，他用手往左边一指，说道："走左边这条道！"

项羽二话没说，快马加鞭，带领众将士沿着左边大道跑下去。

项羽的人马走远了，老农夫从地上一蹦站起来，冲着项羽去的方向，大声骂道："呸，好你个杀人不眨眼的黑项羽，你在西南洼杀了俺那当秦兵的亲人，让俺尚家断了后代根，你，你太残暴啦，我非要你的狗命不可！"

约有一个时辰，项羽带着众将士一窝蜂似的又从原道返回来。

原来这个姓尚的老农夫，有一个儿子和两个侄子都在秦军里当兵，当年项羽带楚军在西南洼杀死秦兵二十万，就把他儿子和俩侄子都杀死了。如今只剩下孤老头儿一个人，他早把项羽恨之入骨，今儿个项羽往这儿一来，他就看清了，故意装聋打岔，最后实在无法了，又告诉他左边的一条死路。

项羽呢，顺着左边大道跑下去，跑了二十多里路，眼前就没道了，到处是一望无边长满长草的泥沼地。烂泥沉到马肚皮，再也无法走了，他知道上了老农夫的当，只好打马返回来。

项羽再来到三岔路口，老农夫早已无影踪，只好带领全军将士又顺着中间一条大道跑下去。

可这时，刘邦、张良、韩信等带着汉军已经追了上来。

项羽中计

项羽兵败彭城，坚守不战，派大将在城内外设置路障，挖陷马坑，钉梅花桩，拴绊马索。还在各城墙上堆起礌石滚木，昼夜有重兵把守。

刘邦率领汉军来到城外，他往城头上一看，啊的一声惊呆了，他对文武将士说道："楚军戒备森严，又有能征善战的几十员大将把守，想攻破彭城，真比登天还难啊！"刘邦说到这儿，一阵头昏目眩，扑通一声，从马背上掉下来。

张良和韩信慌忙跑过去，慢慢扶起刘邦，只见刘邦口吐白沫，气喘吁吁，满头淌着慌汗。老大功夫，才慢慢睁开眼。他打了个唉声，指着彭城说道："我虽有汉军上百万，也攻不下彭城啊！"

"主公，不要焦虑，自古到今，没有攻不下的城池，不宜强攻，可用智取！"张良的话音刚落，韩信接着说道："我军兵多将广，士气又高，对节节败退的楚军，无所畏惧！"

"不对，项羽的神力天下无人敌得过，八千子弟兵就等于八千员大将，唉——"刘邦说着说着浑身又颤抖起来。

张良忙把韩信、陈平等将士叫到一边如此这般商量了一条计策，然后告诉了刘邦，刘邦这才松了一口气。

再说项羽，这天正在大帐议事，突然从帐外传来一个男人的哭声。

"何人在帐外啼哭？"项羽一问，项伯领着韩信的谋士李左车一溜歪斜地走进来，说道："大王，这是从汉营来投降大王的谋士李左车！"

项羽只见李左车披头散发，满脸污汗，两眼流着泪水，一副狼狈相。

"你就是李左车？"项羽怀疑地问道。

"在下就是李左车！"李左车说着忙跪在地上。

"哈哈，你装什么蒜，定是刘邦老匹夫派来诈降的奸细，拉下去给我打！"项羽说完这句话，过来几个楚将，把李左车拉到帐外，啪啪的就是一顿棍子，把李左车打得浑身青肿，苦苦叫喊冤枉。

项伯早就是吃里爬外的家伙，他一见打李左车，生怕伤了他和刘邦的交情，忙跪倒求情，"大王暂息雷霆之怒，李左车就算真是个奸细，进门不问青红皂白就打，也未免太莽撞了吧！"

"不是奸细又是什么？"项羽两眼盯着项伯。

"待问清楚后，再杀再剐又有何不可！"

"好，把他带上来！"项羽一摆手，楚将把李左车拖进大帐。

"李左车你还有什么话讲？"项羽怒目而视。

李左车擦了擦眼泪说道："我，我实在冤枉，自从投奔了三齐王韩信，他狂妄自大，目空一切，把我看做一个小小的随从，言不听，计不从，甚至辱骂，跟他怎受得了。实在无奈，才来投降大王，大王如怀疑我是奸细，我一个丧家之犬，再投奔他主倒不如在这儿了此残生！"李左车说到这儿，一伸手，抽出了站在身旁项伯腰间的宝剑，横剑往脖子上抹去，项伯一回手抓住了他的手腕子，哪知他一哆嗦，剑刃刺破了李左车的脖颈，鲜血直流，宝剑也当啷掉在地上。

"大王，我们自从没有了范增，你身边连个谋士都没有，收下他吧！"项伯央求道。

项羽本是个粗人，一见这情景，就犹豫起来。李左车一见项羽的神态，咕咚又磕了一个响头，说道："大王，我无多大能为，只能给大王出点谋策，再说听不听还在大王！"

项羽觉着李左车的话有道理，沉思了一会儿，便哈哈大笑着，说道："先生诚心效忠孤王，留我身边做个谋士也就是了！"

傍晚，突然从城四周传来汉军的叫骂声，叫骂声越来越高，直骂得项羽像热锅上的蚂蚁，在大帐外怒吼起来，"刘邦老匹夫竟敢辱骂起我来，我要杀出城去，把他们都剁成肉泥！"项羽喘着粗气，涨红着脸，"你们快快传旨！"

文武将士知道项羽向来一意孤行，听不进别人话，谁也不敢多言。只有大将虞子期劝了几句。站在身旁的虞姬，一看哥哥说他不搭不理，连忙说道："大王，恕我多言，汉军兵多将广，张良、韩信又诡计多端，千万不可轻易出兵，待江东援兵到后，再出战不迟……"

项羽瞅了瞅虞姬，心里刚一犹豫，李左车连忙说道："汉军如何，我知底细，刘邦起义前是个乡下无赖，并无多大能为，钻过裤裆的韩信腹空无才，只会吹嘘，加上眼下汉军军心不振，厌战思乡，不堪一击，大王如亲自出战，汉军必败矣！"

三十多名文武将士一听李左车让项羽亲自出战大吃一惊，一齐跪倒，大声说道："大王，城外百万汉军，虎视眈眈，万万不可轻易出战啊！"

虞子期和虞姬流着泪说道："大王，千万莫听李左车之言，还是等几日，待汉军筋疲力尽时，再出战不晚……"

"哈哈哈！想我项羽打遍天下无敌手，何惧刘邦、韩信之流，你们快给我起来，我要亲自看看汉将，有哪一个能胜了我项羽！"项羽说完，把脸一沉，又对跪在他跟前的将士吼道："都起一边儿去！"说着甩手走出大帐。

第二天黎明，项羽带领兵将杀出彭城，直杀得汉军节节败退，一直追杀到九里山沟。

虞子期一看这儿深山峡谷，只有一条窄小的山沟，大吃一惊，"大王快站住，我们中了汉军诱兵之计啦！"

项羽抬头一看，倒吸了口凉气，他刚想退兵，忽听右边山坡上一声高喊："项羽，你中计啦！快下马投降吧！"项羽扭头一看，正是李左车，气得他破口大骂，"无德的龟孙子，竟敢诈降，抓住你非扒了尔的皮，喝了尔的血！快，快给我追！"

"嘿嘿，项羽啊，你已经进了我们三齐王的十面埋伏阵，成了瓮中之鳖，跑不出去啦！"

这时候，漫山遍野的汉军从四面八方杀来，只杀得楚军人仰马翻，溃不成军。项羽无奈，只好带领一部分将士杀出一条血路，逃进一片树林。

项羽击毙假刘邦

楚汉相争，杀气腾腾，项羽率领楚军四十万精兵良将，把刘邦追杀的望风而逃。

这天，刘邦率领十万大军败退荥阳城，进城后慌忙下令全军将士四门紧闭，城墙加高，还让将士备下大量滚木礌石运到城墙上，用来阻挡追杀来的楚军。

这天，掌管军粮的一员偏将前来禀报，"大王，我军十万，日食军粮二十万斤，现在军粮将尽，一时又难以运到，这如何是好？"

刘邦说："荥阳城西北敖山之上有一个大粮仓，秦时就存有大批米粮，马上开北门，派车马前去运粮吧！"刘邦刚说完这句话，又有士卒来报，"项羽四十万大军已把整个荥阳城围得水泄不通，现已摆开攻城架势，恐城池不保，请大王早做定夺。"刘邦一听，就吓得浑身打颤，头冒汗，"这，这如何是好哇！"

这时候，谋士张良、陈平等，只有在刘邦面前摩拳擦掌，哼哼唉唉想不出良策。

就在这万分焦急之时，大将纪信从外边闯进中军大帐，一见束手无策的众谋士，再看看愁眉不展的刘邦，就把嘴凑到项羽耳边，如此这般地说出他的谋略。刘邦听后，笑逐颜开地说："好计策，好计策，这样我们一定会冲出重围，绝地逢生啊！"

刘邦马上亲自写了一封投降书，派士卒送到楚营。项羽打开一看，上边写道：楚军压境气势凶，城内空虚邦无能，实心降楚助大业，羽弟麾下再建功。项羽一见降书就哈哈大笑着说："刘邦还算识时务。"抬头向送降书的士卒说，"你们大王何时来降啊？"

"大王刘邦说啦，今夜就来降。"

"你回去马上告诉刘邦，他今夜如不来降，明日我军要杀进城去，会杀他个横尸遍街头，血染荥阳城啊！"

送降书的汉军走后，项羽下令停止攻城。全军将士杀猪宰羊犒赏全军将士。

夜渐渐深了，还不见荥阳城内有动静，急的项羽走里摸外，焦急万分。他知道刘邦狡诈，谋士诡计多端，有可能是缓兵之计。

等啊，等啊，一直等到黎明，才见荥阳城东门大开，先走出一队队的女子，这些女子打扮得花枝招展，花里胡哨，手持短剑或腰刀，轻迈脚步，摇摇摆摆，走走停停，粉面露俏，莺声燕语，惹人观瞧。项羽很纳闷，向前问一女子，"刘邦这是玩的什么花招哇？"

"大王无能，兵马怯弱，让俺们持刀持剑出城来，只是让楚军欣赏观瞧。"

项羽听后，迷惑不解，猜不透刘邦的用意何在。

这时候，朝阳喷薄而出。在城南、城西、城北围城的将士听说从城内有一队队美女出东门，很好看，都悄悄涌来看热闹。

项羽看得清楚，心想：噢，刘邦用美人出东门之计，引诱我军其他三面围城的将士前来观瞧，他好趁机逃跑。项羽想到这些后，刚想下令各路将士加强围困，忽听得城门口一阵铜锣响亮，从城门里走出两队穿黄衣举黄旗的汉军。每面旗上绣着一条青龙。旗后有一辆插着罩的避阳伞，龙车上坐着一位穿黄龙袍戴龙冠的人。

龙车走得很缓慢，晃晃悠悠的一直向楚军大营而来。楚军都认为，刘邦来投降了，议论纷纷，声音嘈杂。

项羽越看越不对劲。他想，刘邦来降，为什么没有张良、陈平、樊哙、夏侯婴他们这些谋士呢？他想到这儿，再仔细一看，龙车上的刘邦是汉军大将纪信装扮的。"啊，假刘邦！"项羽惊叫了一声。这时候龙车已来到项羽跟前。纪信唰下子跳下龙车，挥剑刺向项羽。

气得项羽哇哇大叫，顺手抄起虎尾鞭，把鞭一甩，只听啪的一声，把秦将纪信的宝剑打飞。随后，把鞭一抡，只听嘭嚓一声，把纪信的脑袋打碎，死尸扑通倒在地上。

项羽再想追赶刘邦，这时一士卒来报：刘邦已经逃到荥阳城西的成皋。

百虎阵

正当项羽的楚军被刘邦的汉军杀得节节败退的时候，楚军在败走沛郡的路上，被汉军大将韩信布下的十面埋伏阵困住，任凭楚军的几十万人马怎么冲杀也冲不出去。尤其是刘邦的马上战将，进退神速，上千匹战马哇哇得像刮风一样，死死裹住楚军不放。

楚军退到哪里，汉军就包围到哪里，几天几夜，楚军脚不能停，眼不能眨，饭不能吃，人困马乏，只有招架之功，无有还手之力。

一天晚上，楚军被汉军追杀来的马上战将包围在一个荒草洼里。

这时楚军已经大伤元气，项羽愁眉苦脸，手下战将谋士也束手无策。

大将虞子期见项羽提不起精神，就说道："大王，咱这样下去，不消数日，全军将一败涂地呀！"

"唉，不知虞将军有无退敌之计？"

虞子期想了想说道："在下从小学会画虎之能，让士兵折些树枝树杈来，再从军营找一百多块白布，让巧手的士兵扎成一百只老虎，我再给它画上眉毛眼睛，然后涂上颜色，我再教给摆虎阵法，趁黑夜藏在汉军阵前，用野草掩盖好，待汉军战马杀来时，每个老虎要有两名士兵钻进虎腹内，手操布虎，从草丛跃出，自古马惧虎，汉军一定会败下阵去！"

项羽也是出于无奈，只好说道："好吧，依将军之言去办吧！"

虞子期不敢怠慢，马上从军营中找来白布和能工巧匠，又让士兵找来些粗粗细细的树枝树杈，又捆绑，又缝连，连夜突击，天不亮就把一百只布虎做成啦。

虞子期马上教士兵钻进布虎内操作着摆阵，大家很快学会了摆百虎阵，百虎阵中还分五虎赶羊阵、十虎下山阵和猛虎吞天阵等。

日升三竿，汉军营里金鼓大作，一阵喝喊，一千多骑马的汉军挥舞着刀枪剑戟，从四面八方哇哇地掩杀过来。

"杀呀，杀呀，活捉楚霸王啊！"

当汉军离百虎阵只有二百多米的时候，楚军一声呐喊，一百只布虎突然从草丛里跳出来，一只只张牙舞爪，顿时把汉军一千多匹战马吓得屁滚尿流，有的咴儿咴儿嘶叫了几声扭头就跑，有的扑通趴在地上直打哆嗦。

这时候，楚军一看时机到了，呐喊着犹如潮水般掩杀过去，直杀得汉军呼天叫地，尸横遍野，死伤大半，逼得汉军后退了十余里。

这一下子把汉王刘邦可吓得不轻，他连忙召集起文臣武将，说道："众位，我汉军败得好奇怪呀，楚军营中突然出现许多老虎，项羽是从哪儿弄来的呢？"

大家你看我，我看你，谁也猜不透。还是军师张良有主意，他忙叫来几个败阵而回的士卒，问道："你们看清楚没有，是真虎还是假虎？"

"我们谁也没看清楚，离虎老远马一哆嗦就回来啦！"

"老虎跑得快不快，会不会叫唤？"

"只见这些老虎又蹦又跳，跑得并不快，也没有听到叫唤。"

"好，你们回去吧！"张良马上又向刘邦说道："这儿没有深山老峪，又没有养虎的猎户，这些老虎一定是假的！"

"你说的很有道理，不知有无破法？"

"主公放心，今夜我和韩信扮成楚军模样，偷偷混进楚营，定会弄个水落石出。"

"你二人是我的左臂右膀，如何去得？"

"我俩亲自去，决不会有差错。"

"还是派别人去吧！"刘邦担心地说道。

"只有我二人亲自前往楚营打探，才能破了他的虎阵！"刘邦一听张良口气坚决，也有些道理，只好依从。

三更天后，张良就和韩信扮成楚军模样，从一行小柳树棵子间绕道奔向楚营。

这时候，整个楚营灯笼高挑，照如白昼，杂草丛生的道沟子里虫声阵阵，拴在营内大树下的战马，不断发出咴儿咴儿的嘶叫。他二人来到楚营附近，马上蹲到草棵子间，瞅了瞅楚营里军帐四周遍布岗哨，有的提枪，有的握刀，有的站立不动，有的溜溜达达，都在观察着四周，处处戒备森严。

他俩就慢慢往前爬，爬着爬着，突然发现有一条长满蒿草的排水沟，一直通到楚营，他俩爬下排水沟，哈下腰，悄悄爬进楚营，当爬进楚营半里多地，发觉不甚远的一个土坡上，有一个较大的军帐，军帐前有一棵大旗杆，竖向高空，黑底白字的楚字大旗迎风飘摆。这当儿，张良蹲在一棵蒿草下，对韩信嘶哑着嗓子说道："韩将军，你看，那土坡上的军帐，一定是项羽的军帐，我料定那些假老虎一定在项羽的军帐前边，你再往下看，前后站着三层岗哨，你我虽然都是楚军打扮，灯明火亮的地方也不能去，还是从草棵子下爬着去吧！"

"好，小心没有坏处！"

二人说完就又趴在地上一蹭一蹭地往前爬，当爬到离项羽的军帐三百多米的地方，果然发现前边一丛小树棵子间摆着一个假老虎，看假老虎的人在旁边四肢长伸着已经睡熟，还打着呼噜，张良和韩信没有惊动他，慢慢爬过去把假老虎上下左右的摸了摸，一切都明白后，就马上悄悄地爬回汉营。

在汉军军帐外，担心而又焦急的汉王刘邦，一见张良和韩信回来了，激动地流下了眼泪，拉着张良和韩信的手说道："你俩可回来了，你二人万一有个闪失，我五年之功就会毁于一旦啊！"

张良、韩信没顾上换衣服，带着遍身泥土就和刘邦商量出了破百虎阵的计策。

天亮后，汉军没有出战，让所有的马上战将，用红布给自己的战马做一个遮眼罩，这种遮眼罩只遮前不遮后。并在汉营内进行了一番冲杀训练。

第二天，刚吃过早饭，汉营里一声呐喊，上千匹战马冲向楚营。

楚营的百只老虎呼下子一字儿摆开，随后按着阵法迎上去。

那戴了遮眼罩的汉军战马，再也看不清布虎，更不会胆怯，像一阵风似的冲了过来，钻在布虎腹内的楚军，有的被马踩死，有的被枪扎死，整个楚军大乱，项羽和虞子期等只好带领楚军败阵而逃。

虞姬月夜刺刘邦

在楚、汉两军征战中，霸王项羽中了刘邦的诱敌之计，杀来杀去，最后被汉军围困在一座小山上。

半夜，刮起了大西北风，明辉辉的月亮被大风刮得昏昏暗暗。

项羽站在山头上，瞅瞅身后寥寥无几的士兵，望望远处汉军营中的灯火，再扭头看看身后跟随自己东拼西杀的爱妻虞姬，心里顿时热血滚滚，眼泪夺眶而出，"唉，万万没有想到我项羽落到这般光景！"

虞姬仰脸看看项羽那憔悴忧郁而又痛苦的面孔，犹如万把钢刀刺心。

这时候，项羽一把拉过虞姬的手，指着正东一片有灯光的地方说道："你看，刘邦大营就在那里，我项羽心太实啦，让诡计多端的狗刘邦弄得到了这般田地！"

"大王，胜负乃兵家常事，你不要伤心，今晚你把乌骓马借妻一用，我要利用这狂风呼叫的月夜，到汉营军帐把刘邦刺死！"

"爱妻呀，汉营兵多将广，军帐定有大将护卫，你一个弱小女子如何刺得刘邦啊！"

"常言说，明枪易躲，暗箭难防，他们在明处，我在暗处，况且汉军节节胜利，必然思想麻痹，不加提防，假如我一剑杀死刘邦，我楚军定会转败为胜，大王，你不必担忧，妻意已决。"

项羽觉着虞姬说的有些道理，长叹一声说道："爱妻有此胆量，实女中之魁，杀了杀不了刘邦，天亮前一定回来啊！"

虞姬不带一兵一卒，她让人悄悄把乌骓马拉到小山口，翻身上马，像一阵风似地向正东汉营驰去。

乌骓马跑出三里多地，就离汉军帐只有几十米了，军帐外，时明时暗的灯光，照着扛枪拿刀的巡逻兵。

虞姬不敢直奔汉营，她往南一拨马头，绕出半里多地，来到一片树林子中间，找了一棵大一点儿的树把马拴好，嘴凑马耳朵间悄声说道："你不要嘶叫，趴到地上等我回来啊！"乌骓马好像听懂了她的话，抖了抖鬃毛，扑通趴在地上。

虞姬把斗篷脱下来放在马身边，浑身上下扎掖利索，手持宝剑直奔树林正北的一座汉营。

夜风越刮越大，直刮得飞沙走石，天昏地暗。

虞姬趁着大风，放开脚步，嚓嚓嚓地一溜小跑，来到一座汉营军帐附近。

军帐是用几十丈大粗布做的，每个军帐的门口间点着两盏灯笼，这些灯笼被大风刮得摇摇晃晃，有的已经熄灭。

虞姬哈下腰绕到军帐后，已听见汉军的说话声。

她不知道刘邦在哪座军帐，生怕打草惊蛇，她就仄楞着身子趴在地上，她刚想往前挪动，突然一个手提灯笼的汉军往这儿走来，边走边嘟囔，"刚才看见这儿像有个人似的，怎么一晃不见啦！"

"呼——，唰——，"一阵旋转的大风裹着土沙把灯笼刮灭。

"好大的风啊！"这个汉军提着个灭了的灯笼，还是不停步地往虞姬这儿走。

虞姬想躲也来不及啦，她左手一点地，一个饿虎扑食扑到这个汉军跟前，没等这个汉军醒过腔来，她上边用手一掐脖子，下边一个扫堂腿，就把这个汉军摔在地上，"不要喊，要喊就杀了你！"

"是，是，我不喊，好汉爷饶命！"

"我问你，刘邦在哪个军帐里？"

"这，这个……"

"你不说，我马上叫你死！"虞姬把明晃晃的宝剑尖扎在他的喉咙间。

"我说，我说，你在这儿再往东越过两座小军帐，就是刘邦的大军帐啊！"

"好，你不要出声，不过我得先难为你一下！"虞姬把他的腰带解下来，把手脚捆好，然后又把他的帽子摘下来，塞上他的嘴，这才放心地奔向刘邦的军帐。

虞姬走过一条杂草丛生的坟场后，迎面就是一座黑松林，过了黑松林就是两个很小的汉军帐篷，每个帐篷前都拴着十几匹战马。

虞姬往北绕一个弯子，就看见东面刘邦的那个大帐篷啦，这个帐篷与其他帐篷不同，帐篷顶子不是尖的而是平的，帐篷四面都有窗户，窗外，灯火辉煌，照如白昼，帐篷西是一片开阔地，地当中是一个临时搭的兵器架子，架子两头有两盏明灯，架子上边摆着刀枪剑戟，斧钺钩叉，锐棍棒槊，拐子流星，鞭铜锤抓等十八般兵器，真是寒光闪烁，杀气腾腾。

再往兵器架子底下一看，黑压压的都是睡觉的汉军，在开阔地四周有数不清持着刀枪巡逻放哨的汉军。

这下子虞姬可犯愁啦，不接近大帐杀不了刘邦，接近吧，帐外灯光通亮，汉军又把守严密，急得她哈下腰绕军帐转悠起来，转呀，转呀，当她转到大帐东南角时，发现离军帐不到两丈远的地方有一个很小的小布篷，小布篷里没有灯光。一会儿，一个提灯笼的汉军走进去，工夫不大又走了。

虞姬跟项羽征战多年，已知道这是个临时厕所，她不再迟疑，往地上一趴，慢慢向前爬去。

她爬呀，爬呀，刚爬到厕所附近站起来，就从厕所西传来嘟嚓嘟嚓的脚步声，她马上藏进厕所里。她的脚刚站稳，一个个头很矮的汉军举着灯笼走进来，虞姬没容他说话，就把明亮的剑尖逼到他心口上，"别说话，我问你，刘邦睡在哪儿？"

"他睡在这个帐篷里间，你是谁？"虞姬怕他声张，她一挥手冲他脑门子上啪啪砸了两拳头，砸得这个汉军晃了两晃扑通一声倒在地上。

虞姬马上扒下他的汉军衣裳穿在自个儿身上，又把他的青布包头拽下来包在自个儿头上；随后拾起摔灭了的灯笼快步向军帐走去。

"哎，老七呀，灯笼怎么灭啦？"站在军帐外的一个汉军问。

"风太大啦！"虞姬装腔变调地小声说道。

"过来，我给你点上吧！"

"好咧！"

虞姬往前紧抢几步，没等那汉军看清楚她的模样，她紧握宝剑，一个白蛇吐信，噗的一声，把汉军刺死啦！

这时，整个军帐里静静悄悄，不时传出熟睡的鼾声。

虞姬虽经过无数次征战，但黑夜行刺，她还是老和尚娶媳妇头一回哩。

虞姬的心激烈地跳动。她喘一口大气，稳了稳心，朝四周环视了一下，没见人发觉，她就快步奔向南面的军帐。

这当儿，守在军帐口的两个汉军，正在低头哈腰地打瞌睡。

她想悄悄走进去，但又一想，杀了刘邦出来时更多一层子麻烦，她来了个一不做二不休，搬倒葫芦洒了油，把宝剑握紧，唰唰两剑，就把俩汉军捅死啦。

军帐分里外两间，睡在外边草铺上的是刘邦的军师张良和陈平，睡在里间一张木板床上的是刘邦。

虞姬走得慌里慌张，刚走到外间，就当下子碰响了地上一只尿桶，张良和陈平正沉睡，这一声响把个睡觉机灵的张良惊醒了。他一抬头，见一个人握着明晃晃的宝剑直奔里间，"你是谁？"他一见来人不答话，就大喊一声："主公，有刺客！"

刘邦在床上躺着，并没睡熟，他一听张良喊有刺客，他一个鲤鱼打挺跳到地上，就在这一瞬间，虞姬双手攥着宝剑像一阵风似的闯进来，她一个饿虎扑食，把剑刺向刘邦的胸膛。

吓得刘邦呀的一声叫喊，把身子往旁一躲，剑尖就扎进了他的右肩下。

虞姬抽回剑再想刺第二剑时，刘邦一头扎到床下。

这时候，张良和陈平都赤膊露膀地拿着刀剑追进来。

虞姬把剑一挥，叮叮当当地就跟张良、陈平杀起来啦。

汉营可就滚锅啦，吆喝声、呐喊声响成一片。

虞姬一看再要迟疑就难以脱身，她杀着杀着一个旱地拔葱，一脚踢开东面的窗户，跳到窗外。

她一扭头，正见军帐北边有一匹白马拴在一棵木桩上，她一个箭步跳到马跟前，挥剑割断缰绳，翻身上马奔正南跑下去。

汉军一看有人盗马逃跑，断定是刺客无疑，一声呐喊："追刺客！"随着喊声，马上就有十几名马上战将打马猛追。

虞姬把身子往马背上一贴，啪啪把马狠抽了两鞭子，那马一声嘶叫，跑得更快啦。

白马驮着虞姬跑出不多远，因夜风大路不平，失了前蹄，扑通一声就把虞姬从马背上给摔下来，白马转了一圈儿，继续往前跑去。

虞姬爬起来慌忙奔向小树林子。

虞姬刚来到小树林子边上，那无数追赶虞姬的马上步下的汉军，就像卷地风，也挥舞着刀枪剑戟，嗷嗷叫喊着追上来。

虞姬一抬腿噌噌钻进小树林子，很快找着拴在里边的乌骓马。

这当儿，汉军就把小树林子包围起来，"刺客钻进树林子啦，赶快围住，别让他跑喽！"

"他刺伤大王啦，一定要拿住他！"

呼喊声夹杂着狂风怒吼声；汉军越来越多。

虞姬再也沉不住气了，她往小树林子四周望了望，就是西北角火把子少一些，她牙一咬，心一横，偏腿骑上乌骓马，呜的一声跃出树林子。那乌骓马不愧为宝马良驹，它四蹄一蹬，撞倒几个举火把的汉军，飞也似地奔向楚军大营。

"刺客跑啦，快追呀！"任凭汉军拼了命地追，始终也没追上。

项羽焦急地站在小山口前等待虞姬的到来。

当虞姬从乌骓马上跳下来，扑到项羽怀里时，她口吐鲜血昏了过去。

后来，人们为赞扬虞姬的胆略，在群众中流传着"自古女魁美名扬，谁知虞姬刺刘邦"的口头禅。

洞箫声声伴楚歌

项羽南征北战五年多，最后中了刘邦的计，吃了败仗。他带领三十万楚军败到灵璧东南垓下。天黑就在沱河岸边安营下寨。

几天几夜的浴血厮杀，上下将士都已经人困马乏。汉营和楚营都偃旗息鼓。整个沱河两岸清风徐徐，一片寂静。

这时候，月亮绷着一副惨白的脸，悬在高空。

汉营的丞相萧何和大将韩信，为了涣散楚兵军心，让人做了些风筝，在风筝上安了用青竹做的洞箫，在这静静的月夜，放往高空，轻风一吹，那洞箫发出一种呜呜咽咽之声。

这时韩信对萧何说道："此声似人哭泣，不能打动楚营军心哪！"萧何点头答道："无人捏洞箫之孔，有声无调，也只有如此啦！"

工夫不大，这些洞箫的声音忽然都变得悠扬悦耳，一会儿又变得揪心撩肝，悲悲切切，催人泪下。

刘邦、萧何、韩信等都感到蹊跷，和许多汉营将士一起登上高坡，仰面瞅着月空的一个个风筝。瞅着瞅着，忽然发现在这些风筝上空，有朵五彩祥云，上边站着一位仙人，只见从这位仙人嘴里吐出无数条白线，根根白线直通每个风筝上的洞箫，这下子惊得刘邦等人马上跪倒在地，祷告起来："苍天啊苍天，多多保佑！"

高空的仙人是谁呢？

原来，项羽进咸阳一路杀秦兵数十万，在咸阳城内又杀了秦王子婴和秦王朝的大小文武官员近五千人。尤其那秦王子婴仅做了四十六天皇上，本来无多少罪，被杀后，愤愤不平，他带领几十万被杀害的秦朝将士，变化成一团闪光的蓝色火球，含着怨恨，发着呜呜的响声，奔向天宫。当他们路过蓬莱仙山时，正被百灵仙子遇上，百灵仙子站在他们面前大声喝道："你们是干什么的？"

秦王子婴马上近前答话："我是秦王子婴，带领被杀害的众秦兵去到天宫告状！"

"状告何人？"

"状告西楚霸王项羽杀了我们。"

"哎，你们都属地母管辖，告状应去找地母娘娘，天宫不会管啊！"

"仙子，地母娘娘在地宫，我们哪儿去找地门啊？"

百灵仙子想了想说道："你们不找也罢，那霸王项羽气数将尽，我可助你们一臂之力，解散楚军将士，让项羽自灭于乌江边！"

"谢仙子！"秦王子婴一看百灵仙子肯帮忙，也就带领大家转身而回。

这天夜间，百灵仙子驾祥云来到楚汉大营上空，突然见到无数的风筝在高空飘荡，每个风筝上都发出洞箫的呜咽声，声调平淡不能打动人心。百灵仙子马上张开嘴，吐出了股股仙气，一会儿把风筝上所有洞箫吹得悠扬悦耳，一会儿调子低沉得催人泪下。

恰好在这时，刘邦又派了许多人在楚营四周唱起楚歌，歌词是："深秋孤雁长空飞，背井离乡为了谁？老母倚门终日望，粮尽柴绝儿不归！"正在巡营查哨的虞姬一听箫声伴楚歌，惊得她慌忙进了内帐，唤醒项羽，项羽出来一听，顿时惊呆了，他万万没想到夜空会出现洞箫声，更猜不透汉军有这么多人会唱楚歌。他马上传下令去，要求全军将士都要掩耳睡觉不准听。

其实，他哪能管得住，将士们听了悲悲切切的洞箫声，再听了家乡的歌，都想起家来啦。有些人交头接耳地说道："内无粮草，外无救兵，在这儿等死还不如拔腿回老家哩！"

"对呀，就着天不亮走吧！"成群成伙的楚军开小差啦。

汉营刘邦也传下令去，只要见有楚军逃走，一个也不要阻拦，还要给吃给喝给路费。

这样，到后半夜，三十万楚军跑得只剩八百，跟着项羽多年并肩作战的将军季布、钟离昧和项羽的叔父项伯也都偷偷投了刘邦。

项羽一见大势已去，心如刀绞，他把乌骓马拉到跟前，说道："马呀，你跟我驰骋疆场八年来，受了千辛万苦，落了这么个下场啊！"项羽说着说着哭了，马眼里也流出了泪水，虞姬站在一旁说道："大王啊，不要过于悲伤！"项羽一伸手抓住虞姬呜咽着说道："我怎么舍得了你呀！"随后又用很悲伤的调子唱道：

力拔山兮气盖世，
时不利兮骓不逝。
骓不逝兮可奈何！
虞兮虞兮奈若何！
……

虞姬听完这悲壮歌声，泪水唰唰地流下来，也伤心地唱道：

汉兵侵我地，
洞箫声凄凄，
歌悲楚气尽，
妾身何足惜！

虞姬唱罢，哽咽着说道："大王啊，不要牵挂于我，突围出去，定要返回江东，再图后举！"说到这里泣不成声，抽剑自刎而死。

项羽想救已来不及了，他大吼一声，把尸体紧紧抱在怀里放声痛哭起来。

项羽抱尸追韩信

霸王项羽被刘邦打败了。

夜里，项羽一看大势已去，抱着爱妻虞姬放声大哭。虞姬怕连累项羽，抽了个空子就挥剑自杀了。

这下子可了不得啦，差点儿把项羽疼疯喽！他放声大哭，哭罢多时，他把虞姬身上的血迹擦干净，双手托着尸体走出军帐，冲着汉军宿营地大吼了三声："刘邦老匹夫，韩信小儿，我要把你们斩尽杀绝！"

他喊完后，一溜小跑来到拴乌骓马的柳树间，解下马缰绳，左手托着尸体，右手抄起方天画戟，飞身上马，两腿一夹马肚子，呼啸一声，往驻扎在唐河岸边北段的汉军营地跑去。

这时已到了四更天，薄云遮住了朦胧的月光，大地一片昏昏暗暗，一阵阵的西北风卷着沙尘横吹着，发出呜呜的响声。离唐河不远的田野到处是一片片汉军人马，他们不再骚动，有的把举着的火把插在地上，坐在一旁打盹，有的扔掉刀枪，往地上一躺，就四肢朝天地呼呼睡起来。

项羽打马如飞，活像骤起的一阵狂风，直奔汉营。

汉营根本想不到半夜里会闯进个项羽来，大家还没弄清怎么回事，项羽骑着马越过岗哨直冲大营军帐，吓得在军帐里睡觉的大小将士呜儿哇地乱喊乱叫，有的钻进乱草堆，有的躲在马肚下，也有的光着膀子抄起刀枪跟项羽拼一阵子，项羽呢，借着火亮子一看这儿没有刘邦、张良和韩信，就打马奔另一个军营。他跑哇，杀呀，工夫不大，他就马路十三座汉营，用方天画戟挑死上千名汉军。

再看项羽，他和乌骓马都被鲜血染红，尤其他身上脸上遍是血浆，就连他左胳膊抱着的虞姬尸体也变成了红的。

这时候，刘邦、张良和韩信正在中间一个大军帐里睡觉，睡着睡着，忽然传来士兵的喝喊声，刘邦马上叫张良："快醒醒，你听外边乱喊叫什么呀？"

张良马上醒了，他仔细听了听，说道："可能有人杀进军营来啦！"

这时韩信也醒了，他一骨碌爬起来，他一听，就听出来了，"我去看看，可能是项羽杀进来啦！"韩信说完这句话，披上件褂子就走出军帐。

说来也巧，这当儿项羽挺着方天画戟正杀过来，那些举着火把，拿着刀枪的士兵呼叫着四处逃奔。

"快跑哇，霸王项羽杀来啦，我的妈哟，黑项羽怎么成红的啦！"

韩信一见士兵这个熊样子，气撞胸怀，他也忘了拉马提枪啦，他一溜儿小跑迎上去，喊道："你们不要乱跑，给我站住，站住！"任凭他怎么喊，士兵也不停步。韩信以为士兵们没有见着他，他马上挡住一个士卒，夺过他手里的火把子和一口大刀，蹭蹭跑到一个大土丘上，举着火把子，晃着刀，高喊道："你们都给我站住！"

就在这眨眼的工夫，项羽已飞马来到近前，他一见韩信在这儿站着，大吼一声："钻裤裆的小儿，你往哪里走？"话到戟到，吓得韩信嗷儿的一声，扔下手里的火把子撒腿就跑，站在他身边的士卒也跟着他跑起来。

项羽已经杀红了眼，他再不想去找刘邦和张良，见到韩信恨不能一口吞了他。

韩信拼命地跑，项羽骑马紧追，跑哇，追呀！那些被吓懵了头的士卒谁也离不开韩信，韩信往哪儿跑，他们也跟着往哪儿跑，还把火把子举得高高的。这下子可苦了韩信啦，他跑得再快，也没有项羽的乌骓马快。到韩信跑到唐河岸边时，跌得浑身都是伤，脸和鼻子上都是血，鞋也跑掉啦，可是项羽也追到跟前啦，韩信刚想再往前跑，一条唐河拦住了去路，他再也不敢犹豫，眼一闭，心一横，扑通就跳进唐河。

这时候，项羽骑着乌骓马正赶到，一见韩信跳了唐河，马往前一跃，噗的一戟，戟头正扎进韩信的一条大腿上。只听韩信嗷儿的一声，往水深处逃去。

入海求救

霸王项羽中了汉军的十面埋伏，被杀得狼狈不堪，杀来杀去呀，最后就把项羽杀得只剩下孤身一人。

这一日，项羽被汉军追杀到乌江边上，他拽缰勒马，低头一看，只见江水波涛滚滚，连只渡船都不见，只有一只悲鸣的水鸟，在江面上缓慢地展翅低飞，项羽再回头看看，汉王刘邦正带领汉军铺天盖地杀来。

"追呀，杀呀，活捉项羽呀！"喊声越来越近。

项羽抬头望望天空，阴阴沉沉，不见一丝阳光。

"哎呀，后有汉军追杀，前有乌江阻拦，可怎么办哪？"项羽心急如焚，两眼冒火。就在这当儿，他座下的乌骓马嘶叫了一声，一尥蹶子，就把项羽从马背上掀下来，往前一蹿，来到江边上，站着不动了。

项羽从地上爬起就来到乌骓马跟前，他伤心地搂着马脖子，流着热泪，喃喃地说道："马呀，你跟我南征北战，东挡西杀，浴血驰骋，所向无敌，你为西楚出了力，立了功，你自个儿渡江逃活命去吧！"

只见那乌骓马，扭过头来看了看项羽，又冲着项羽点了点头，长啸一声，跳入江中不见了。

这匹乌骓马，原来是东海龙宫守护兵器库的乌龙敖黑。

当年，项羽带领江东八千子弟兵，离开会稽去广陵，当路过乌江时，正

262

被巡江龙看见，巡江龙知道项羽是龙王公主的儿子，马上跑到东海龙宫，告诉了龙王公主，龙王公主为了帮助儿子项羽打天下，就找到守护兵器库的老乌龙敖黑说道："敖黑啊，俺有个儿子项羽在人间，正要跟一个叫刘邦的人争夺天下，你可前去助他一臂之力，将来我儿项羽战胜刘邦得了天下，也有你的一份功劳，我将奏明父王，一定要好好加封于你！"

"请公主放心，我前去帮助项羽也就是了，但不知怎么个帮法？"龙王公主一看老乌龙敖黑答应了，就高兴地说道："这当儿，我儿项羽正渡乌江，他还没有战马，你可变一匹乌骓马，驮他去征战也就可以啦！"

"好！"心地诚实的老乌龙敖黑，马上由东海来到乌江，变成一匹乌骓马，成了项羽的坐骑。

今天，老乌龙敖黑一看项羽渡不过乌江，就马上从背上掀下项羽，跳入江水中，来到东海龙宫。

这时候，龙王公主正在五光十彩的琉璃宫里和龙女下棋，突然见老乌龙敖黑大气喘喘地闯进来，"报告公主，大事不好啦！"

"何事这么惊慌？"龙王公主扔下手中的棋子问。

"公主哇，令郎项羽和刘邦拼杀了这四五年，最后被刘邦打败啦，眼下已被刘邦的汉军追杀到乌江边上，原来还有十几个士卒，经过一阵拼杀，这十几个士卒也被杀死，只剩令郎一个人了，快快想办法搭救吧！"老乌龙敖黑说到这儿，难过得再也说不下去。

龙王公主一听可就沉不住气啦，马上起身走出琉璃宫。

"女儿，你慌慌张张到哪里去呀？"老龙王正迎面走来。

"父王，女儿我当年丢在人间的孩儿项羽有难，我前去搭救，父王，你如无大事，可跟女儿一同前往！"

老龙王沉思了一会儿，打了一个唉声说道："人间的那个项羽，性情暴躁，残杀无辜，已失去人心，气数尽矣！"

"父王可有办法相救于他？"龙王公主说着说着就流下了眼泪。女儿一哭，龙王心软了，"唉，眼下，项羽在乌江边上正想自杀身亡，你快去喊冻冰仙子，让她冰冻乌江，让项羽渡过乌江逃命去吧！"

"谢父王！"龙王公主用手往前一指，唰啦一道白光把海水劈开一条胡同，她脚下踏着波涛来到海面上，马上大声喊道："冻冰仙子何在？"她的话音一落，天空突然出现了一团白云，云头上站着冻冰仙子，只见那冻冰仙子，身披银色斗篷威风凛凛地问道："龙王公主唤我有何吩咐？"

"我儿项羽被乌江水拦住去路，多劳仙子，快快冰冻乌江三尺厚，过一个时辰再解冻！"

"遵命！"只见那冻冰仙子，脚踏祥云，飘飘悠悠来到乌江上空，她把手里的拂尘往江面上轻轻一甩，呜的一声，波涛滚滚的江水顿时平静下来，随后寒风嗖嗖，冷气袭人，眨眼的工夫，乌江冻结了三尺厚的冰。

龙王公主生怕项羽不知江水结冰，马上摇身一变，变成一个村姑模样，慌慌张张奔项羽跑去。

当她跑到项羽跟前时，只见项羽已经横剑自刎于乌江边。

龙王公主抚摸着躺在血泊中的项羽放声大哭。顿时，那哭声变成嘎啦啦的雷鸣，震得山摇地动，泪水变成哗哗倾泻的暴雨，下个没完没了。

直到刘邦带领汉军奔往长安，这里才天晴日出。

鲁城人

霸王项羽和汉王刘邦为争天下，相互残杀了五年，杀来杀去，最后刘邦把项羽杀败啦，项羽一败败到乌江边上，自觉无脸面再去见江东父老，就在乌江边上横剑自杀了。

汉军小头目和几个士卒，分别拿着项羽的头和肢体，到刘邦那里报了功，领了赏。

项羽一死，西楚这块地方差不多都平了，只还有一个小小的鲁城，因为它是当初项羽受封为鲁公的城，城里人不肯投降。

这天，刘邦把军师张良叫到军帐内很生气地说道："小小鲁城，弹丸之地，竟敢不肯投降我刘邦，我们要点起大军前去征剿，杀他个鸡犬不留，不知军师意下如何？"

张良仔细想了想说道："城不在大小，人不在老少，他们不肯投降，一定有他们不肯投降的道理，你我可以前往，见机行事也就是了。"

"好，马上击鼓升帐，点起兵将前往鲁城！"

刘邦和张良马上率领浩浩荡荡的大军奔鲁城而来，一边往前走，刘邦一个劲地叫嚷，"只要那鲁城人敢说一个不字，我就要把鲁城踏成平地，把鲁城人剁成肉泥！"

当汉军来到鲁城下，只见城门紧闭，城头上没有兵将把守，只挂着一些白色孝布。

刘邦焦急地对张良说道："军师，我们马上竖云梯攻进城去吧！"

张良沉吟了一会儿，说道："不必，你让士兵戳上云梯，我先登城一望。"

"那还了得，他们要有伏兵，军师性命休矣！"

张良一听就笑了笑说道："请主公放心，他们绝不会那样办啊！"

工夫不大，士卒把云梯竖上城墙垛口间，张良跳下马来，腰挎宝剑，自个儿信步自如地登上云梯。

刘邦替张良捏着一把汗，两眼紧盯着城头上的动静，当看到张良平平安安地站到城墙上边时，他才松了一口气。

再说张良，他登上城头，往城里一看，只见大街小巷，家家户户，门楼上都挂着白色孝布，一片凄凉情景。那三五成群的人，都聚集在街头巷尾，他们有的在放声大哭，有的在弹丝弦，弹的那声调催人泪下。有的在唱诗歌，唱得悲壮感人，仔细看来，认真听来，鲁城人在悼念死去的鲁公项羽，只听到离城头较近的一伙人唱道：

雄心壮志奇儿男，

气贯长虹撞九天，

披星执锐浴血去，

孤魂悲切飘悠还，

天更高呀地更寒，

鲁城人思念又思念，

呼一声鲁公啊——

泪洒肝肠断……

张良听到这里，情不自禁地流下了眼泪。他慢慢下了城墙，走到刘邦跟前说道："主公啊，这鲁城是个礼仪之邦，当年周公封在这儿，孔子生在这儿，是天下人都尊敬的地方。"张良仰脸看了看刘邦的表情，又接着说道："我们几万大军来到城下，鲁城里边那成千上万的人民含着悲哀，在悼念鲁公项羽，他们有的弹着丝弦，有的在唱着诗歌，一声声哭泣，一声声泪，都念叨着愿意为鲁公死去，唉，多么可敬可爱的一方人哪！"张良说着说着，嗓子哽咽，泪流满面。他扭头看了看站立不动的全军将士，再抬头看看含了眼泪的刘邦，叹了口气说道："古人云，收民心者兴邦，失民心者丧邦，我看，主公不如把全军将士后退三里，你我和几个将军进到城去，以好言相劝，只要他们肯归顺汉王，我们就以礼相待，马上好好安葬鲁公，买下鲁城人的心，比破城杀人强啊！"

刘邦思索了一会儿，觉着张良说得有道理，他就喃喃地说道："项羽虽然性情暴躁，可他对人憨厚直爽，他在鸿门宴上没杀我，在咸阳他要杀我也是易如反掌，可他宽宏大度，不但没杀我，还封我为汉中王！"刘邦说得很激动，停住话语，往四周瞅了瞅，打了一个唉声，接着说道："当年项羽在睢水打了胜仗，把我追到百里外，逮去了我的老爹太公和爱妻吕雉，不但没杀，还整整代养了三年，一点儿也没有难为，我刘邦哪能把这些忘掉呢！"刘邦难过得说不下去了。

张良一看刘邦同意了他的想法，马上说道："主公，咱就这么办吧！"

"好，樊哙听令，你带领大军后撤三里，只留下二十人跟我和军师张良进城。"

"是！"樊哙带领大军往后撤去。

刘邦和张良等二十多人步行向城门间走来。

把守城门的鲁城人一看汉军撤去，只有刘邦和二十多文武将士走来，马上登上城楼问道："汉王为何撤去大军？"

张良紧抢几步，答道："我们汉王乃仁义之王，他念鲁公项羽当年之友情，不忍心涂炭鲁城百姓，你们只要开城门投降汉王，我们不会乱杀无辜，还要很好地安葬鲁公项羽，我们绝不食言！"

工夫不大，城门大开，鲁城人把刘邦和张良等人迎进城去。

刘邦就按照张良说的，让士兵把鲁公项羽的尸体用针线缝连在一起，用了上等的装殓，很隆重地安葬了鲁公，他亲自祭祀后，才和大家离开了鲁城。

楚汉英雄
故事荟

番外：楚汉英雄榜

张良巧得《太公兵法》

秦始皇把韩国灭亡后，把韩国大小官员全部杀掉，只有丞相张平的儿子张良侥幸逃出韩城，便在一个叫下邳的小城内隐居起来。

几个月过去后，秦兵撤回咸阳，张良才敢在下邳出大门，抛头露面。

有一天下午，他信步来到下邳城东顺河桥上，只见这里风光优美，景色喜人，河两旁，碧绿的垂柳随风摇荡，河底下干涸无水，小草丛生。

张良正在如痴如醉地欣赏这儿的美景，忽然，从桥东走来一个白胡子老头儿，只见这老头儿慢悠悠地迈着小步来到张良身边。白胡子老头儿一抬脚，突然，把一只鞋掉在桥下边。白胡子老头毫不客气地对张良说道："小伙子呀，你能不能到桥下边给我把鞋拾上来呀？"

"啊！"张良吃惊地瞅了瞅白胡子老头儿，一看面孔很生，从来没见过，心想：我和你素不相识，凭啥让我给你下桥拾鞋呢？他用生气的眼神儿仔细看了看白胡子老头儿，只见这个白胡子老头儿很苍老，浑身颤颤抖抖，弱不禁风的样子。他怎么能下得了桥呢！张良打个唉声，只好强忍着性子走下桥，把鞋给拾上来。

白胡子老头儿一看他把鞋拾上来了，扑噌一声坐在地上，抬起掉鞋的那只脚说道："小伙子，你再给我穿上吧！"张良又生气又好笑，心说：这个老头子真不知好歹，拾上来就不错啦，又让给他穿上？又一看他把脚抬了老高，觉着不给穿不对劲儿，嘟嘟囔囔地说道："哎，我把好人做到底吧！"他单腿跪在白胡子老头儿面前，把鞋给他穿好，说道："老人家，你走慢点儿呀！"

白胡子老头儿瞅了张良一眼，微笑着，用手理了一下白胡须，转身走了。

张良在桥上愣愣地站着，他很纳闷儿，这个白胡子老头儿一句客气话都不说，竟扬长而去，为什么呢？在他百思不解的时候，只见白胡子老头儿又迈着小步返回来了，来到张良面前，低声说道："小伙子不错呀，五天后天刚刚发亮的时候，咱俩在这儿见面。"

"好，老人家，我记下了。"张良说完这句话，只见白胡子老头一扭身走了。

张良细心一琢磨，认为这个白胡子老头儿，一定是世外高人，我一定要按着他说的去办。

五天后，天刚一亮，张良一溜小跑来到桥上，抬头一看，只见白胡子老头儿早在桥上站着哩，忙说道："啊，老人家你来得好早哇！"

"你这小伙子，与我这么大年纪的老人相会，应该早来，怎么会来晚了呢！回去吧，五天后再来相会。"白胡子老头儿说完匆匆走了。

张良红着脸，自言自语地说道："真让人想不到，他这么大年纪怎么起得这么早呢？"

五天后，张良记取前次的教训，后半夜公鸡一叫便起床，连忙拽过衣裳好歹子一穿，便往桥上猛跑。当他呼呼咧咧地跑到桥上后，白胡子老头儿早在那儿站着啦！"哎呀，老人家你真早哇！"

"嘿嘿，你怎么又晚啦？"

"我，我，下五天后再见行不行啊？"张良羞愧地说。

"行啊！"白胡子老头儿一说行，张良马上回了家。

一晃又到了五天后。

张良吃过晚饭，没脱衣裳就躺床上睡了一小觉。刚刚过了半夜，他就大步流星的来到桥上。

这时候，桥下草丛里的小虫吱吱地叫着，野鸟在河岸垂柳树上，啼着让人发疹的叫声。张良在桥上听到这些叫声，并不感到寂寞和恐惧，反而更加高兴，因为他已经来到白胡子老头儿前头了。

天上大毛星渐渐落下去了，天已经蒙蒙发亮。白胡子老头儿拄着拐杖，从桥西边走上来。一见张良在这儿站着，身上衣服都被露水打湿了，他哈哈一笑说道："你这么做就对了……"白胡子老头儿说着，从袄袖子里掏出一本书，递给了张良，说道："从今以后，你一定要苦读这本书，将来帮助为王者打天下。十三年后，如果，你想再见我，可到济北谷城山下找我，只要见到一块黄色石头，那就是我呀，你可记下了？"

"弟子记下了。"张良又高兴又激动，慌忙跪在地上，边磕头边说道："弟子绝不会辜负老人家的希望……"当张良磕完头，抬头再一看，白胡子老头儿早走得无影无踪。

张良把书揣在怀里，急忙返回家。这时候，已经天光大亮，他把书拿出来一看，只见上边有"太公兵法"四个大黄字。他激动得热泪滚滚，慌忙跑到院子里，跪在地上，冲着谷城山方向，咕咚咕咚地磕起头来，边磕头边念叨，"恩师啊，弟子在这里给你磕头啦，感谢你的教诲又赠书啊！"

从打这天起，张良不分昼夜，不畏酷暑严寒，拼了命地读《太公兵法》这本书。

他读哇，背呀，一遍两遍，三遍五遍，十遍百遍，千遍万遍，一直背得滚瓜烂熟。

后来，在帮助刘邦打天下时，把学的这些战术都能运用到实战中去，什么谋略战策，摆阵斗法，玄妙战机等等，都能运用自如，取得许多胜利。帮助刘邦夺了天下。

张良梦龙

　　张良跟随刘邦以前，他在韩国当军师。他一看韩国君昏庸，臣无道，他就想离开那里，去帮助刘邦和项羽打天下。

　　这时候，虽然刘邦和项羽都在一个起义军里和秦兵作战，但他已经清楚地看到，项羽和刘邦各有独吞天下的雄心，去帮助谁呢？一时拿不定主意。

　　这天晚上，张良突然为这件事伤了脑子，他越想越不知如何是好，简直弄得他连觉也睡不着了，他在床上躺着，就像烙饼一样，翻过来翻过去的一直折腾多半夜。实在困极了，才睡了一小觉，在这一小觉里，他做了一个梦，梦见他在宫殿外的门口间正和国王下棋，下着下着，突然听到半空里嘎啦啦的一声炸雷，他仰脸一看，瓦蓝的高空里，突然从东西两边起了两个大云头，东边黑云头上站着项羽，西边黄云头上站着刘邦，两个云头打着刺眼的闪，发着噜噜的响声，裹着刘邦、项羽旋转着、滚动着，一齐向低空滚来。滚啊，滚啊，滚着滚着，两个云头就滚在一起了，只听轰的一声响亮，项羽和刘邦都变成张牙舞爪的长龙，黑云头上的项羽变成一条黑龙，黄云头上的刘邦变成一条黄龙，这两条龙都有几十丈长，遍身闪着光，喷吐着云雾，张牙舞爪的一齐向张良这里奔来。

　　吓得张良一闪身躲到门台上边的一棵大柱子后头。眨眼的工夫，两条龙就来到门台子前，都轻轻喷着雾气，停在离地面三尺高地方不再蠕动，只听那条黑龙声音像闷雷似的说道："张良，快骑到我背上，我驮你上金殿！"张良探出头来看了看黑龙，背上又光又亮，骑上去一定会摔下来，他就往前走了几步向黑龙说道："你一腾云驾雾，我一定会摔下来，不敢骑你呀！"

这时黄龙也说话了，"张良，你骑到我脖子上，抓住我的两只角，一定摔不着哇。"张良一犹豫，就听黄龙又说道："快点上吧，上吧！"黄龙说着就低下了头。

张良马上走近黄龙，一偏腿就骑到黄龙脖子上，两手刚抓住龙角，就见黄龙一声长啸，吐出一团白云，呜的一声，腾上高空。黑龙一见就生气了，它一甩龙尾，随后就追。

追呀，追呀，追着追着，黄龙一甩尾巴，啪的一声，正打在黑龙的脸上，打得黑龙嗷的一声吼叫，差点摔下地面。

黄龙噗噗又喷出两团黄云，遮住了黑龙的眼睛，随后它一摆头，唰啦一道金光落到地面上，马上对张良说道："快！你快下去吧！"

张良刚从黄龙脖子上跳下来，黄龙在地上打了个滚儿，呼啦一声就变成一棵梧桐树。这时黑龙已经追了上来，它一看黄龙不见了，张良站在一棵梧桐树下，就知道黄龙变成树了，它先绕树转了几圈，然后呼啸一声，用两只龙角往梧桐树撞去，只听呼隆一声响，梧桐树被撞倒了。张良急忙上前，把树扶起来，然后慢慢扶正。他刚一撒手，那黑龙绕了几个圈子呼隆一声又把梧桐树撞倒了。张良又急忙上前把梧桐树扶起来，两只胳膊一伸抱住了不撒手了。黑龙再一次撞来，只听咕咚一声，黑龙把龙头撞得鲜血直流，最后摔在地上大叫了三声，不动啦。

张良一惊，从梦中醒来，以后他便按照梦中情景，帮助刘邦去打项羽。

韩信忠言被驱赶

韩信从小失去父母，跟着双目失明的奶奶长大。他上了些日子学，学了些文化，后来又到武术场子学了些武功和兵书战策，总的说，他也算能文能武了。可就是不会谋生路过日子。每天脸不洗，头不梳，胳肢窝里夹一把宝剑，在淮阳城里走街串巷，溜达溜达，像个二流子似的晃荡。时常被一些地痞流氓们欺辱戏弄。南街上有一个屠宰铺，铺主是靠杀猪宰羊为生的泼皮刘宝儿，时常拿韩信开心，有一天，刘宝儿在屠宰铺门口截住了韩信，说道："你小子天天在街上穷晃荡，活着有什么劲，还不如扎尿窝子死了呢！好吧，今天你要有胆量，就刺我一剑，如要不敢刺，你就从我裤裆间钻过去。"刘宝儿说着，两只手掐着腰，两条腿叉开，在街道当中，来了个骑马蹲裆式。韩信见刘宝儿一身横肉，满脸疙里疙瘩，大嘴岔子咧到耳梢子，嘴角流着哈喇子。他想：跟这种孬人较劲是会吃亏的。他打了个唉声，向前一塌身子，双膝着地，便从刘宝儿裤裆里爬过去。

"噢——韩信钻裤裆了，没出息的玩意儿，像狗一样啊！"围观的人们高喊着，嬉闹着。

韩信顿时羞臊难当，他爬起来，没顾得打扑身上尘土，撒腿往城外跑去。他不愿走大道，便穿树林，越田埂，爬河堤，走坷垃地。他大气喘喘，把露脚趾头的布鞋跑掉了，大腿也被红荆条子扎破了，脸上的汗水流淌着，身上的臭汗把小褂子也湿透了，一气儿跑出三十多里地。跑到第七天上，遇到了楚军，便投奔了项羽。

项羽见韩信长得个子不矮，便让他当了营门前执旗的小卒。韩信觉着从淮阳县城跑了七八天，道上差点儿没有累死，好不容易才遇到楚军，被安排个把门的小卒子，他很不满意，又懊丧又寒心，他一天到晚牢骚满腹。

有一天，韩信正在门前发着牢骚，项羽带领几个楚兵走过来。一见韩信正跟几个士卒说些牢骚话，就问他："韩信啊，你是不是嫌我没封你什么官啊？"

"是呀，我有文化，识字不少，我学过兵书战策，也会分兵布阵，让我当小卒子，你是不是有点儿大材小用，瞧不起我呀？"韩信毫无避讳地说道。

项羽一听就哈哈大笑起来，"你来的第二天，我就派人去打听啦，淮阳城里大街小巷，都在说你是钻裤裆的无赖，我封你个什么官呀！收下你就不错啦！"项羽说到这儿，一转身走了。

韩信又羞臊又气恼，觉着天底下无他的容身之处，他强打着精神，忍耐着性子，在这里持大旗站门岗。

一晃两个月过去了。韩信自觉着有满腹的文韬武略，这样下去实在不甘心，不发牢骚心里不好受，发牢骚也没人理会，如果一旦让项羽听去，就会遭灾惹祸。这天中午饭后，他越想越觉着别扭，他扔掉了旗杆，直奔项羽的大帐。

这时候，项羽正在大帐内跟谋士说话，韩信一步闯进来，一见项羽就说道："项将军，我有建议，想跟你说说。"

"你有什么建议啊？"项羽想不到韩信竟敢到大帐来提建议。

"好的建议啊！"韩信毫不含糊地说道。

"你说，我听就是了。"项羽表现出一副诚恳的面孔。

韩信毫不客气地说道："项将军，你有六个不应该，建议你注意改掉。第一，不该一意孤行，不能接受别人的建议，而自以为是。第二，不该忌贤妒能，目中无人，天下英雄众多，能人众多，你多次不能重用有能力的将军。第三，不该大权小权都要独揽，什么事都要自己一人说了算，尤其是有了功劳的人，应封的不封，应奖的不奖，无论将士立了多大功，都不以为然，甚至视而不见。第四，不该脱离关中，更不应该在彭城建都，有人提建议，不但不听，还被你给杀了。第五，不该把楚怀王从彭城赶走，群众议论纷纷，对项将军心怀不满。第六，不该以自己喜欢不喜欢的人为依据来分封诸侯，使被封之人心中不服，将来必有后患。"韩信刚刚说到这儿，项羽早气得浑身发抖，他啪地拍一下桌子，大声吼道："你胡说八道，你，你滚出去，滚出去！"项羽脸色由红变紫，气得脸上肌肉都哆嗦起来。

韩信一看项羽真气急了，生怕杀了他，他转身溜出大账，慌不择路地跑了。

韩信一走，项羽的谋士范增就知道了，他对项羽说道："我对韩信有些了解，他懂兵法，有才干，你让他走，不如杀了他，一旦他要投奔了刘邦，对咱后患无穷呀！"

项羽一听可就慌神了，忙说道："他还没走多远，我去追上杀了他！"说完打马追了去。

这时候，韩信刚走到村边上，忽见项羽从后头追来，他知道项羽要杀他，转身跳到路旁一个猪圈里，往猪食槽里一坐，伸手抱起一头小猪仔，用手抓起一把猪食，往小猪仔嘴里塞一把，随后又往自己嘴里塞一把，一边叭嗒叭嗒吃，一边洋洋得意地嘻嘻笑。

项羽打马过来一看，韩信正吃猪食，就问道："你怎么吃这个？"

"饿了啥也能吃呀！"说着还吃个没完。

项羽心想："一个香臭都不分的蠢货，会成什么大患呀！"他掉转马头，一溜尘土飞扬地跑回楚营。

范增一见项羽回来啦，就问道："把韩信杀了吗？"

"哎呀，这个人太差劲啦！"项羽就把韩信吃猪食的事说了一遍。范增一听，皱着眉头说道："他那是装的，如现在杀不了他，日后我们定要遭他毒手！"

项羽一听又气又急，马上又打马追了去。

韩信呢，他早有预料，范增绝不会放过他，一定会让项羽返回来杀他。他见项羽一走，慌忙跳出猪圈，往村里跑去。刚刚跑到一个胡同口，正碰上一个赶着羊群下地的老头儿，韩信急忙上前作揖拱手，说道："老人家，快快救命吧！"

"你是何人？"老头儿问。

"我叫韩信，刚从楚营逃出来的，一会儿项羽会追来杀我！"韩信说着，又把项羽要杀他的原因说了一遍，随后就跪在地上。

"壮士请起，人传项羽是个勇大于谋的人，不必惊慌！"老头儿想了想，说道："你快把身上衣服脱掉，只剩下一个短裤就行，再拿上我手中这把鞭子，随我去放羊，项羽就不会杀你啦。"

"多谢老伯！"韩信马上脱掉衣服，只剩下一个裤衩，接过放羊鞭跟老头儿下地了。

项羽在村头上没有找着韩信，又到村里去找，结果在村里也没找着，他刚走出村子，正看见韩信光着身子跟一个老头儿放羊，打马走过去，问道："你这是干什么，怎么光着身子放羊啊？"

韩信没敢说话，放羊的老头儿走到项羽面前说道："将军，这是我刚才认的一个干儿子，他说从军营来的，没家没业没处去啦，将军你找他何事？"

项羽又怕上韩信的当，就指着韩信问道："你这是怎么个打扮？"

韩信拍了拍胸膛，说道："我这是为了表达不怕吃苦，甘心情愿为他老人家放一辈子羊的决心！"

"噢！那么你就跟老头儿放一辈子羊吧！"项羽说完这句话打马走了。

后来，韩信真的投奔了刘邦。

萧何月下追韩信

　　韩信从小聪明伶俐，念了不少书，又拜师学了一身武艺，又会三韬六略，可称得起文武双全。

　　他听说项羽在江东起义，便投奔了项羽。

　　项羽文武将士很多，没有把他放在眼里，只让他当了执戟打旗护卫项羽的随从。他曾多次主动给项羽献计献策，项羽根本不搭理。他一气之下，找了一条偏僻小道跑到南郑投奔了刘邦。

　　刘邦曾在鸿门见过韩信，觉得他只不过是楚军中的一个小卒罢了。可是又见他千里迢迢投奔，不好意思亏待，就把他叫到面前，微笑着说道："念你一片忠心，本王派你去当把守东山口的头目，其余十四人全属你管！"

　　"谢汉王恩典！"

　　韩信这个气呀，差点儿把肚子气爆喽。

　　第二天一早，他就带领十四个小卒来到东山口间的一个小酒店里，要了一壶酒四盘子菜就喝起来。

　　别人喝酒又说又笑，韩信哭丧着脸一言不发，还不断呼哧呼哧喘大气。

　　"我说韩头目，这是怎么啦，汉王封你个芝麻粒儿大的官，反正比俺们强啊，老弟，想开点吧，来，咱俩碰一个！"

　　一个老卒这么一说，就像锥子扎他的心，他啪地一拍桌子，怒吼道：

"别说啦，把刘邦和项羽扔到锅里煮煮一样的味儿，没有一个识贤才的，我姓韩的要知如此，宁愿到咸阳大街上耍猴，也不跋山涉水往这儿来！"

一个年轻的小卒假装出去解手，就回去密告给刘邦，说道："汉王，可了不得啦，韩信在东山口喝酒，不但辱骂汉王，看样子还想造反哩！"

刘邦一听就火啦，"韩信小儿竟敢如此大胆，那还了得！"他扭头吩咐夏侯婴道："夏侯将军辛苦一趟，把韩信绑到东山口青石坡上砍喽！"

"是！"夏侯婴带领一支人马来到东山口，不由分说，就把韩信绑起来。随后，跟头趔趄地拉到青石坡间，按到一块石头上，举刀就砍。

这当儿，韩信的酒劲也吓跑啦，结结巴巴地说道："你们这是干什么？"

"干什么，你小子别装疯卖傻，你辱骂汉王，还想造反，拿命来吧！"

"哈哈哈，哈哈哈！"韩信大笑起来。

"死到临头，你还笑什么？"

"笑什么，人人都说汉王刘邦为扭转乾坤坐天下而礼贤下士，我看他是虚有其名，哈哈哈！"

夏侯婴一听倒吃了一惊，举起来的刀又撂下啦，连忙跑回告知刘邦。

刘邦生怕错杀了有用之人，一道令下就把韩信放了。

中午，军营开饭也没见韩信回来。

正在这时候，丞相萧何外出办事回来啦，一听说韩信来啦，慌忙把刘邦叫到一旁，说道："韩信乃文武双全之士，难得，难得，他的到来，是汉王之洪福也！"

"此人比丞相如何？"刘邦这么一问，倒把萧何给问住了。

好大一会儿，萧何才笑着说道："人，各有长短，我一儒夫怎能与他相比，此人将帅之才也！"

这几句话把刘邦说得心花怒放，忙让人去找韩信。

工夫不大，找韩信的将士回来说道："各处找遍不见韩信踪影。但在村口遇见一打柴老汉，他说傍晌看见一个骑马挎剑的年轻壮士出了东门顺着北山坡往东北青松山方向去啦。"

刘邦想了想说道："此人定是韩信，你们快快追赶！"

"且慢！"萧何凑到刘邦耳朵边小声说道："只有你我去追赶，方可拢其心而为我汉中尽力。"

刘邦一听萧何说得有理，就说道："烦丞相你辛苦一趟吧！"萧何不敢怠慢，马上从士卒手中拉过一匹马，啪啪两鞭子，出了东门，风驰电掣般地奔青松山方向追去。

萧何刚刚追到青松山下，天空突然浓云密布，工夫不大，骤风卷着暴雨铺天盖地而来。

萧何连忙沿着山脚下一条弯弯曲曲的小石头路紧走，走了百十米，就拐到一棵粗大茂密的松树下避雨。

忽然，从盘山道上顶着风雨跑下一个小伙子，只见他赤臂露膀，右手攥一把明亮的大斧子，左手提着一只被砍死的小老虎，跌跌撞撞地跑到了这棵大松树下。

萧何忙问道："壮士，你这是？"

小伙子把大斧子和小老虎往地上一扔，擦了把满头满脸的雨水，打量了一下萧何，说道："你大概不是本地人吧？"

萧何点了点头。

"这座青松山的后山梁是无边无际的小松树棵子，里头有狐狸，有狼，也有虎豹。这不，我在后山坡遇见一只带伤的小老虎，我又给它两斧子，拎回来啦！"

萧何一听，不免为韩信的安危担起忧来，连忙问道："壮士，头午你是否看见一个骑马挎剑的年轻人从这里走过？"

小伙子想了想说道："中午，我在这棵松树下吃干粮时，来了一个骑马的人，他身穿蓝布衣，腰挎宝剑，他喝了我半碗凉水，就沿着盘山道走啦。"

"这工夫能走出多远？"

小伙子想了想说道："可能快过了前山梁啦！"

萧何抬头望了望一时停不了的风雨，心一横，拉过马，顶着风雨顺山路追了下去。

追了一个多时辰，来到了半山腰。

风雨虽然小了些，可那山上的雨水哇哇地顺山路翻滚流淌。

萧何被雨水浇了个落汤鸡。

当他拉着马爬上一个斜坡时，被山水冲下来的石头把马腿砸伤了。

萧何一看马成了累赘，索性把马拴到一棵老弯弯树上，握了根树权子当拐棍儿，就急忙徒步追赶，工夫不大就登上了山梁。

只见山梁上有一块方圆百十米大的石板，石板被雨水冲刷得又平又滑，石板南是悬崖峭壁，石板东是过山梁必经的崎岖不平的小路，石板西是耸入云际的山峰，石板北是连着北山梁的一大片小松树棵子。

萧何虽然浑身湿漉漉地觉着有点凉，但他毫不在乎，他站在大石板当中，把手卷了个喇叭筒形，朝四面八方呼喊起来：

"韩信将军——你在哪里？"

他喊了一阵子也不见有回声，就又顺着石板东的小道匆匆追了下去。追了一阵子，腿也酸啦，浑身也冒汗啦，这时候，他刚想坐下歇一会儿，忽然发现前边一块大青石上坐着一个人，仔细一瞅，正是韩信，真是喜出望外，他高兴地叫了一声："韩将军！"

他这么一叫，把韩信吓得一激灵，扭头一看有人追了来，也没看清是谁，他"哎呀"一声，心想："我的妈呀，真毒哇，刘邦派人追来啦，看样子是非杀我不可呀！"他想到这里，连马也顾不得上啦，扔下马撒腿就拼着命地往前跑起来。

萧何一见韩信疯了似地往前跑，他也忘了腰疼腿酸啦，腰一哈，飞也似地追下去。

追着，追着，看不见韩信的影子啦，发现这儿山路很狭窄，路两旁是两丈多高的松树。萧何一打愣的工夫，忽然听到路北松树林子传来老虎的吼叫声和夹杂着人的喊叫声。

萧何说了声不好，抬腿就往北边松树林跑去。

这时候，想逃避追赶的韩信，正藏在这密茂的松树林里，可他刚刚藏起来，突然一只饿得发了疯的吊睛白额老虎吼叫了一声向他扑来。

吓得韩信"哎呀"一声跳到一棵大松树后去，随手把宝剑抽出来，准备和老虎搏斗。

老虎一纵身子，唰——又扑过来，前爪稍微一点地皮，呼地一声跃起七尺多高，又扑向韩信，韩信急忙向旁边一闪，老虎又扑了个空，急得老虎咆哮发威，吼叫声震得松树叶子哗哗直落。

就在老虎吼叫着再扑向韩信时，韩信双手抓住了剑把，狠命地照老虎肚子刺了过去，只听噗哧一声，剑尖刺透了老虎的肚皮。

这下子老虎更急啦，尾巴横里一扫，扑通一声，就把韩信扫了个跟头，韩信刚想爬起来，老虎一声吼叫，就冲他身上扑去。韩信双手擎着剑对准老虎胸脯间狠命地一刺，正刺进老虎腔子里，噗哧哧，血就流出来啦，老虎一声闷雷般地吼叫，一甩脑袋，扑通，躺地上不动啦。

韩信往南扭头一看，又有人往这里追来，他爬起来又往东山坡跑下去。

萧何马上又往前追，追来追去天就黑下来。

月亮挂在天上，萧何也没有追上韩信，他很丧气，想不追，又怕失掉这个人才，追吧，浑身像被卖肉的剔了骨头，一点劲儿也没有啦，他就一步三摇晃地往山坡下走。越走觉着越亮堂，抬头一看，原来天上的浮云飘走了，月亮更明亮了，道路看得更清了，也觉着心里豁亮了，一兴奋，劲头又来了，就又在月亮底下追了一程子。沿着盘山小道来到山脚下，这里有一条小河，河水由南往北哗啦啦地流淌着。

萧何往河边上一看，正有一人站在河边上打愣，再仔细一瞅，正是韩信，马上喊道："韩将军，韩将军！"他像一阵风似的跑到韩信跟前，"哎呀，韩将军，你叫我好追呀！"

"原来是丞相你呀！"韩信忙拉过萧何的手。

"你怎么不言不语地走啦？"

"我渡陈仓，翻峻岭，过老林，越峭壁，很不容易来到汉王这里，差点儿让刘邦把我杀喽，我……"韩信说着哭了。

"你跟我回去吧，汉王一定亏待不了你呀！"

"丞相，你的好心我领了，我一辈子也不会忘记你的大恩大德，我是不回去的！"

就在这时，从山坡上走下两个人来，萧何回头一看，一个是夏侯婴，一个是刘邦。

"韩将军！"刘邦喊了一句，跑过来拉住韩信的手，"韩将军，都是我有眼不识泰山，实在对不起呀！"

"哪里哪里，我韩信实是无能之辈啊！"

"韩将军，不必客气，丞相已把你的情况跟我说啦，快快跟本王回去，共图大业吧！"

就这样，就把韩信给追回来啦。

从此，韩信就被刘邦拜为大将军，后来用计打败了楚霸王项羽。

韩信养伤三载的秘密

这是楚汉相争的年代。

刘邦让大将韩信带领二十万大军去围剿项羽，韩信采用"十面埋伏"阵法，打败了项羽，使项羽在乌江边自杀身亡，这样，就结束了楚汉相争的战乱，刘邦建立了汉朝，做了皇帝。

可是，原来跟随刘邦战项羽的多名战将，虽然得到封赏，但没有得到满足，有的就起兵造反，刘邦非常气愤，便亲自率领大军前去征伐这些反叛。

这时候，大将韩信，由于连年征战，日夜操劳，病倒在床，没有跟随刘邦出征。可是，韩信体质较好，日子不多，疾病痊愈，每天就去咸阳城外骑马打猎。

有一天，皇后吕雉在后宫闲来无事，寂寞难捱，便胡思乱想起来，忽然想起能征善战，长得比较帅气的韩信，她马上派人打听清楚，韩信确实已经恢复了健康。

一天夜里，吕雉实在难以入睡，她便跳下床，梳洗打扮一番后，便派宫女柳香儿去叫韩信，让他到后宫前边一棵核桃树下下棋，说下棋不如说调情更确切。韩信不敢怠慢，马上跟宫女来到后宫，跟吕雉下起棋来，吕雉两眼瞅了瞅韩信的面孔，情潮上涌，脸一红，便用温柔的声音对韩信说道："韩将军，咱俩这么干巴巴的下棋，我很不感兴趣，咱俩能不能边下棋边对诗呀？"

"好啊，不过，我从小习武不习文，使得我才疏学浅，心中文墨不多，恐怕对不好哇！"韩信谦虚而又谨慎地说。

"对不好不要紧，意思到了就可以，我说上句，你对下句行不行？"

"行啊，不过……"

"不过什么，将军不要太酸气呀！"吕雉说到这儿，向站在她身后的几个宫女一摆手，宫女们悄悄走出去。

这时候，核桃树下只有吕雉和韩信两个人对桌下棋，韩信心里嘀嘀咕咕，有些发毛，他知道吕雉是个心狠手辣，做事惨绝的女人，他小心翼翼地瞅着吕雉的一举一动。吕雉又瞟了韩信一眼，柔声柔气地说道："上边棋盘响，下边桃花开。"

韩信一听，吓出一身冷汗，他知道吕雉说的是淫荡之词，他颤颤抖抖的一思索，直愣愣的挺着脖子不知所措。他这么一打愣，吕雉苦笑着说："你胆儿小啦，害怕啦是不是？"

"不，不，不是，我，我对下句，对下句"，便说道："桃花真美丽，只有皇帝采。"吕雉又随口说道："采花人不在，任我招君来。"

韩信战战兢兢的低头不语，他想：如果自己真招惹了吕雉，常言说，世上没有不透风的墙，一旦让任何一位文武大臣知晓，必惹出塌天大祸……他想到这里，情不自禁地打了一个冷战，心惊肉跳地说道："万祸淫为首，皇后请自爱。"

吕雉一听韩信不但不生爱恋之心，反而说出训人之词，顿时大怒，她把棋盘一掀，哗啦啦棋子撒在地上，到处乱蹦乱跳，火冒三丈地大声喊道："来人哪！"

几个宫女刮风般地呼呼跑到吕雉身边。吕雉指着韩信喝道："马上把这个不知好歹的蠢货打出后宫去。"

"是！"宫女们马上抄起大棍，劈头盖脸嘁嘡吭嘡地打起了韩信。韩信哎呀大叫了一声，双手抱头就往外跑。

宫女们刚一收棍，吕雉又吼了一声，"给我追着打，往死里打。"

"是！"宫女们提棍猛追猛打，一直追打到后宫门外。把韩信打得头破血流遍体鳞伤，他带着满头满脸的鲜血一气儿跑到家。

从此，韩信借在家养伤之名不出门，不见人，不上朝，不出战达三载之久。

吕公许女

  阳春三月，正值沛县城南庙会，赶会的人海里有一老汉吕公，他穿人空，越货摊，东张西望，焦急地在寻找赶会的闺女雉儿。

  当他来到娘娘庙前，忽见五六个贼眉鼠眼的泼皮无赖，正拖着雉儿往娘娘庙后边跑。

  被拖得披头散发的雉儿拼着命地哭叫："救人哪——！救人哪——！"

  "雉儿——！雉儿——！"吕公一步三跌地呼叫着往前追。

  他追着追着，迎面气呼呼地来了两个泼皮无赖，一人抓住吕公的一只胳膊，连打带端，把吕公打翻在地，"老家伙，你嚎什么，再追就要你的老命！"

  吕公跌得满脸青肿，口鼻淌血，他从地上挣扎起来，跌跌撞撞地又往前追，"你们在光天化日之下，竟敢这样无法无天……"

  当吕公追到庙后，雉儿已被那几个泼皮无赖拖进了一片柳树林。

  吕公刚追到柳树林子边上，忽然从林子里传出拳击声，一会儿又传出喊声和求饶声。

  "哎呀，我的妈呀！"

  "爷爷，饶了我们吧！"

  "哎呀，我的腿断啦！"

工夫不大，几个泼皮无赖被打得像王八吃西瓜连滚带爬出了柳树林子。

吕公再往柳树林子间一看，只见一个身穿蓝布衣，头箍青包头，满脸红光的壮年汉子，把雉儿送了出来。

"爹！"雉儿一头扎到吕公怀里放声大哭起来。

"别哭啦，救你的那个人是谁呀？"

"我不认识呀！"

爷儿俩再一抬头，身穿蓝布衣的壮年汉子已无踪影。

连拖带吓，雉儿浑身热汗直淌，她一步一颤抖地跟在吕公身后离开庙会。

当吕公和雉儿快到家门口时，几个鼻青脸肿的泼皮无赖早已在他家门前等候多时了。

"雉儿，快随爹到东边躲避吧！"吓得吕公拉着雉儿就往一个小胡同里跑。

几个泼皮无赖早已追了上来，"哈哈，老不死的，今天我们要把你女儿拖进野地里去过夜！"

爷儿俩一慌张，扑通都跌在地上。

"哈哈，哈哈！老头子，看你还往哪儿跑？"

就在这时候，突然从大道上又跑来那个身穿蓝布衣的壮年汉子，几个泼皮无赖一看那个壮年汉子又来啦，吓得嗷的一声，连滚带爬地又跑啦。

吕公从地上把雉儿拉起来，忙过来给那壮年汉子磕头，只见那壮年汉子一摆手，扭头走啦。

吕公拉着雉儿跪在地上，冲着正南老天磕了三个头，并祷告道："不留名的壮士，你的大恩大德，我吕某将来一定要报哇！"

从打这天起，吕公逢人便打听这个壮年汉子的下落。

这天，吕公同四里八乡的豪绅官吏去给沛县县令祝寿。

众人来到客堂刚刚落座，突然推门进来一个穿蓝布衣的壮年汉子，只见他大摇大摆地坐到一张太师椅上，冲着收贺礼的人大声说道："请账房先生给我刘邦写上一万钱的贺礼！"

"呀，一万钱？好大的数啊！"众人眼光都投向刘邦。

吕公一细瞅，呀，这不是救我女儿的那位壮士吗！他匆匆几步就来到刘邦跟前，说道："壮士，你叫我好找哇！"

"老伯，你？"

"三月三城南庙会上，多亏壮士你救了我那小女啊！"

"噢，老伯，区区小事，何足挂齿？快快请坐下叙话。"

"不必客气，我去去就来。"吕公急忙来到后堂，见了县令说道："大人，我有一事相求，望大人费心！"

"什么大事这么急呀？"县令笑着问。

吕公就把刘邦救女儿的事说了一遍，最后说道："求大人作媒，把我女儿许配给刘邦为妻。"

县令一听，就哈哈笑着说道："小事一桩，这件事就包在我身上啦！"

当客人走后，县令跟刘邦一说，喜得刘邦连忙答应道："请大人做主。"

"好，马上拜见岳父大人。"县令这句话一落地，刘邦趴在吕公面前叩头拜见，"岳父大人，小婿这厢有礼了！"

"请起，请起！"

第二天，刘邦就和吕雉成了亲。

曹无伤夜救贤妻

刘邦灭秦后，有些高傲，表现得洋洋得意，无拘无束。

有一天晚饭后，刘邦在大帐里和一个官居左司马的人曹无伤喝酒，刘邦喝得大醉，他便似睡非睡的趴在桌子上，嘴里还不住地高喊，"我没有喝醉，再喝十壶也醉不了哇！"

就在刘邦说醉话的时候，曹无伤刚从乡下来的妻子咸氏放心不下，怕刘邦酒后无德加害丈夫，就来到刘邦大帐外呼唤，"无伤，夜深了，回去吧！"她一叫喊，曹无伤再一搭话，刘邦便从桌子上抬起头，一听外边是女人的叫声，他精神头就上来了，马上晃晃悠悠地走出大帐。

曹无伤的妻子咸氏，虽然生活在乡下，但她那一副俊美的脸上，长着两只分外明亮的大眼睛，显出沉静、清秀、美丽，整个面貌和身段光彩照人，使人一见倾心。

刘邦一见咸氏的面目，心里咯噔一下子，"啊，美女——"他立刻清醒了许多，忙说，"你快进帐坐坐吧！"说着，伸手把咸氏拉进大帐。

曹无伤气往上撞，大声说道："主公，我妻从乡下初来大营，不懂什么礼节，不能进帐！"他说着就拽着咸氏往帐外走。刘邦以酒盖脸，他生气地喝喊一声，"来人呐！"

呼啦，从帐外跑进四个卫士。

"快把姓曹的赶走，关上帐门，不准任何人进来。"刘邦一下令，四个卫士生拉硬扯的把曹无伤推出大帐，并把帐门关闭。

咸氏头一次见刘邦，只见他面红耳赤，两只发红的眼色眯眯地盯着她。咸氏低下头，喃喃地问道："军爷啊，不知你把我留在帐内有何事？"

"这，这？"把刘邦问了个张口结舌。老半天才吞吞吐吐地说道："没，没有大事，只见你长得姿色出众，诱人至深，陪我一夜便可回去。"刘邦说完这些话，两眼蒙眬，似闭非闭，伸手去拽咸氏。

咸氏是乡下女人，哪见过这么大的官儿呀，她见刘邦伸手拽她，吓得她哆哆嗦嗦往后退了几步。

"嘿嘿，别躲呀！"刘邦说着往前一欺身子，呼下子扑在咸氏身上。

咸氏顿觉刘邦酒气熏人，身子软绵绵的一点力气都没有。她马上壮了壮胆子，说道："军爷，你喝多了，还是上床休息吧！"刘邦喘着大气，嘟囔着说道："不，不，没没喝多，多——"咸氏摽着他半边身子，把他扶到大帐里边一张床上，刘邦哼了一声，喷着酒气，打着呼噜睡着了。咸氏慌忙跑到大帐门间，怎么推拽也弄不开门，她大声喊起来，"快，给我开门呀！"

"你老老实实在帐内伺候主公，你喊到天亮也没有人敢给你开门呀！"把门的士兵大声地说道。

咸氏又一想，要把刘邦喊醒喽更糟啦！她索性坐在大帐内一个椅子上不再叫喊。

再说曹无伤，跌跌撞撞被推搡着，回到他的住处。气得两腿打颤，坐下如坐针毡，去大帐救咸氏又无能为力，他又气又急的找来一匹快马，打马直奔项羽大营，见了项羽就把刘邦进咸阳后的丑事说了一大堆。并挑拨性地编造一些坏事，他气呼呼地说道："刘邦进了咸阳，把大批金银财宝窃为己有，每天混在阿房宫的美女中，他进到咸阳，没干过一点儿好事。眼下正准备抓时机攻打项羽将军你呢……"曹无伤编造了这些，简直气得项羽哇哇大叫，"我一定要率领大军剿灭刘邦老匹夫……"

曹无伤一看他的话已激怒了项羽，便马上告辞，回到了刘邦大营。

这时候，刘邦大营虽然灯火通明，可是岗哨已经稀少。

曹无伤把马拴在背静处，他手提大砍刀，顺着墙根，慢慢向刘邦大帐门口走去。

这时候，刘邦大帐门口还有两个站岗的卫士，分别站在帐门左右，双手抱着丈八大矛，站得笔直。

曹无伤不敢靠近，他知道，如被卫士发觉，不但救不了妻子，自己也有被抓住的可能，他又撤到大帐后边。

这时候，一队巡逻的士兵从大帐另一侧迈着轻轻的步子走来。他马上跑到一个没有灯光的地方蹲下来。巡逻的士兵走过去了。怎么去救在帐内的妻子呢？曹无伤心如火烧，他只好把心一横，把胆一壮，手提大砍刀奔大帐门前卫士而去。

"干什么的？站住。"卫士大喊一声。

"我是左司马曹无伤啊！"

"啊，曹司马呀，你有事？"

"我妻子在主公帐内，我去看看。"

"对不起，将军有令，任何人不准进入。"

曹无伤一听就急了，迈步硬往里闯，俩卫士横枪相拦。曹无伤挥刀把两个卫士砍倒，闯进大帐。只见帐内点着两根高大的红蜡烛，帐内烟气腾腾，妻子咸氏栽歪在一把木椅子上。刘邦仍躺在床上呼噜噜的大睡。

"快，跟我回家。"曹无伤拽着妻子就往帐外走。

"你是谁呀？"把刘邦给惊醒了。

"是我呀，我把妻子领走啦，你睡吧！"曹无伤说着拉着妻子跑出大帐。

"来人哪！"刘邦追出大帐喊叫起来。

"快，跟我上马逃走吧！"曹无伤拉着妻子咸氏跑到背静处，解开马缰绳，二人骑到马背上就往大营外跑去。

这时候，大营里呼喊声、马叫声，嘈嘈杂杂的乱了套。二十多个巡逻的士兵，骑着快马，朝曹无伤逃跑的方向追下去。

曹无伤的马驮着两个人跑得较慢，眼看就要被追上，曹无伤一拽马缰绳，拐进道旁一片树林中。树木大小高矮不一，马跑进不到几十米远就无法走了。曹无伤和妻子只好下马奔逃。

　　这时候，樊哙带领大批汉军人马，举着无数火把，把树林子围了起来。并高喊着，"曹无伤快出来，你跑不了啦……"

　　举着火把的众将士，从小树林四面八方往树林中间围拢，围拢圈儿越缩越小。最后来到树林中间一片古墓中，只见曹无伤和妻子咸氏二人，头撞墓碑而亡。

　　这时候，夜深了。夜风把树林子吹得发出一阵阵呜呜咽咽的凄惨声。

项梁中计之谜

公元前二○八年四月，项羽的叔父项梁率领十万楚军大战章邯的秦军。由于楚军声势浩大，兵强马壮，战无不胜，攻无不克，所向披靡。很快攻下秦军所占领的彭城、景驹和薛城，直杀得秦军望风而逃，溃不成军。

到该年的七月，已是大雨连绵的季节。项梁经和秦军几个月的激战，杀得秦军死伤无数，逼得秦军败入濮阳城内，凭城池坚固，死守不再出战。

项梁楚军被大雨拦在定陶城，项梁一看一时半时很难攻破濮阳城。只好把大军暂时驻扎在这里，养精蓄锐，等待雨季过后，再攻濮阳灭秦军。

十万楚军驻扎在定陶城，消耗较大，又加存粮无几，楚军很快就要断粮挨饿。就在这时的一天夜里，不知从何处来了无数的壮男靓女，他们都身背米面，手牵牛羊，还有的提着酒肉，到军营慰劳楚军。

项梁觉得蹊跷，就问这些送粮、送牛羊的人，"你们是何人，从哪里弄来这么多粮食和牛羊等物品？"

"我们是附近的平民百姓，听说这里驻有楚军缺粮食，特奉亭长之命送来……"项梁一听说是地方官让给送来的，也没有多想，就全收下了。

楚军得到这些食品和物品，都放宽心的大吃大喝起来。渐渐军纪松散，有些头目和士卒，无拘无束的昼夜吃喝作乐。尤其是有些来送粮送物的妇女，把东西放下就不想再走，和楚军混在一起，饮酒跳舞嬉闹，弄得楚军大营乌烟瘴气，不成体统。

单说项梁，这个人是当年楚国大将项燕之后，他性格豪爽，耿直要强，洁身自律，从不贪占一分钱，也从不接触什么女人，都说他是正儿八经的正人君子。其实，他超越了这种称号。可是，他屡胜秦军，也产生了从来没有的麻痹情绪，每日与将士饮酒消遣。

有一天晚上，项梁喝完酒已到深夜，他迷迷糊糊的回到大帐内，往床上一躺就呼噜呼噜的睡着了。睡着睡着，忽然，被一阵稀里哗啦的拨门声惊醒，他坐起来揉了揉眼睛，往门间一看，有人拨门，便大喝一声，"什么人拨门？"

"项将军，我是来给你送酒的。"

"哎呀，快半夜啦，我不喝酒！"

"项将军，我有话跟你说。"

"有什么话明天再说吧！"

"哎呀，有机密事呀！"这个女人说着，只听吱呀一声门开了。只见一个如花似玉的年轻漂亮的女人走进大帐。项梁仔细一瞅，正是白天在大厅跳舞的那个女子。项梁慌忙披上褂子下了床，急促地问道："你不去睡觉，到这儿来干什么？"

"我久闻项将军大名，始终没见过面，白天跳舞时，见项将军不但一表人才，还是个心慈面善之人，今夜特来你的大帐内，以身陪伴，也不枉到人世间一回。望项将军爱怜！"这个年轻女人说到这儿，便弯腰施礼。

项梁虽然从来不近女色，今晚一看这个女子没有恶意，还说得那么可怜又近情理，实在不好意思往外撵。他把脸板起来，用严肃的口气说道："你的好意我领了，不过，我不是你所想象的那种人，你应知道，人活在世上，应当先学会怎样做人，怎样做个好人，这是起码的本分。作为女人呢，要有做女人的道德，要有做女人的尊严，要有做女人的范规。不然，女人就会变得下贱，就会变得一文钱不值，就会变得低人几等。"项梁越说越激动，越说越有气，他见这个女子被他说得涨红了脸。他喘一口大气又接着说道：

"你从哪里来，还要回到哪里去，免得让我着急生气不高兴！"

"谢谢项将军的教诲！"这个女子弯腰致谢。

"好，你马上走吧！"

"项将军，我没有别的意思，本来想陪陪项将军，让项将军不再郁闷，既然项将军不喜欢，我为项将军跳跳舞助助兴可以吧！"

"深更半夜的跳什么舞助什么兴啊，你还是快走吧！"项梁有些着急。

这时候，这个年轻的女子，忽然两手一掐额头，叫起来，"我好头疼啊！"

"怎么头疼啊？"项梁往前走近了两步。

这时候，这个女子迷糊着眼，身子一晃，往前一扑，就扑在项梁怀里。项梁往旁一躲身子，她就势往前一蹿，躺在项梁的床上，随着一打滚儿，把身上衣服解开。

项梁一看这个女子要耍赖，马上冲门外大喊一声，"来人哪！"可是怎么喊也不见有人进来。他走出门外一看，天上风起云涌，正哗哗下着大雨，几个门卫都躲到门两侧小屋子里呼呼大睡。项梁心里很清楚，这些日子，全军将士吃喝玩乐，为所欲为。尤其是晚上，一喝酒就到三更半夜，然后，都鼾睡到天亮。项梁正站在门口回忆这些事情，突然谋士宋义从侧门走过来，问道："项将军，有什么事呀？"

"哎呀，多半夜了，忽然间，有一年轻女子跑进我屋，你说这成何体统啊！"

"我去看看。"宋义说着走进大帐。只见这个年轻女子一见宋义走进来，便大声说道："我是来陪伴项将军的，请你赶快出去，出去！"

宋义一见她这个样子，真是进退两难。这时项梁也走进来，一见这个女人厚颜无耻，竟故意光着身子，便马上扭头往外走。弄得宋义也很尴尬，他回过头去对这个女人大声呵斥道："死不要脸的东西，赶快滚出去，滚出去！"

"你这个浑蛋王八蛋，我来找项将军，碍着你啥事？"

"项将军根本不是你想的那种人，赶快出去！"

"你是狗咬耗子多管闲事。"那女人说着说着，腾下子从床上蹦下来，拽过一件衣衫披在身上，从床头抄起项梁的宝剑，喊了一声，"你找死呀！"话到剑到，吓得宋义往旁一闪身子，宝剑刺空，这个女人往前一栽楞身子，随后，挥剑又向宋义头上削来。吓得宋义嗽下子跑出大帐。

"住手！"项梁喊了一声，随后，一个箭步来到女人面前，伸手就去夺女人手中的宝剑。

"你身为将军，真不识好歹呀！"这个女人说着往后一撤步，挥剑又刺向项梁。

项梁是久经大敌的高手，他一见这女人手中的剑刺来，他一急转身，来到了女人身后，伸手抓住了女人拿剑的手腕子。这女人还真有两下子，往下一缩身子来了个千斤坠，项梁伸左胳膊把她抱着，右手一用力把她手腕攥疼，她哎哟一声把宝剑扔掉。

项梁已经知道这个女人绝不是一般人，他不敢再放手，马上拽过床边的一条带子把她捆起来。

这时候，宋义也走进来，二人同时审问起这个女人的来历。可是，这个女人两眼一闭，怎么问也不再说一句话。项梁一看也问不出啥来，觉着在大帐里捆着个女人也不好看，他打了个唉声，说道："你不说就算啦，我放了你，以后不要再来捣乱啦！"项梁说着就给她解开绳子，放她走了。

这时候，宋义打了个唉声说道："项将军，这些日子打了这么多胜仗，真是可喜可贺呀！"

"可贺什么呀，这些天不去打仗，将士们待得都厌烦啦！"项梁不高兴地说道。

"是啊，常言说：打了胜仗将必骄，兵必惰，骄将惰兵再战必败呀！"宋义看了看项梁的脸色，接着说道："眼下，我军将士不只是骄傲、懒惰，而是天天吃喝玩乐呀！如不改变这种状况，一旦章邯大军杀过来，必败无疑。何况最近又听说章邯正在大量增兵，准备反攻呢！"

"他章邯屡战屡败，即便增兵也一时半时缓不过元气来，何况他眼下保濮阳的军队尚不足，如敢再来与我军作战，他定会全军覆没呀！"项梁说着洋洋得意起来。

宋义一看项梁对他说的这些话不以为然，就告辞走了。

已经到了后半夜。

大帐外，秋风裹着秋雨还在呜呜哗哗地下着。

项梁躺在床上刚刚要睡着，突然，从帐外传来一阵喊杀声。项梁急忙挥剑走出大帐，只见漆黑的夜里，到处一片灯笼火把。大批的秦军像从天而降，哇哇地杀过来。

这时候，项梁的楚军大部分都在呼呼的沉睡，就连站岗放哨的也栽歪在营门外睡着了。忽然间，秦军杀来，大部分楚军被杀死在睡梦中。

再说项梁，他一看无数的秦军杀过来了，他马上大声喝喊，"秦军来啦，大家快起来迎敌呀！"

就在项梁大声叫喊的时候，突然，从右边黑夜里蹿出一个人来，他仔细一看，正是秦军大将章邯，只见章邯身后还有他刚放走的那个年轻女子，这二人都手擎大刀直奔项梁杀来。

项梁是楚国久经沙场的大将，他一见章邯和那个女子气势汹汹的杀过来，毫无惧色，他把宝剑一挥迎上去。三个人杀在一起，只见刀光剑影闪闪烁烁，刀碰剑叮当冒出火星。杀着杀着，那个年轻女人往前一蹿，脚下一滑，扑通一声跌倒在地上。项梁一扭身子一弯腰，一个剑尖扫地的招术，把那个女人杀死。

章邯大喊了一声，举起大刀劈向项梁，项梁往右一躲，大刀劈空，章邯也噗嚓一声摔在地上，大刀也甩出手去。项梁一看章邯摔倒，他一个箭步跳过去，挥剑就砍章邯的脑袋。章邯往旁一挪身子，噌下子爬起来，躲过项梁的宝剑，一闪身又抓起掉地上的大刀，二人又拼杀起来。

在这哗哗下着秋雨的夜里，项梁和章邯杀得难解难分。杀着杀着，只见无数的秦军嗷嗷叫着向他二人这里拥来。

项梁一看，楚军大营没了声息，他知道已经全军覆没。再一看无数的秦军围拢过来，他这么一分心，动作慢了点儿，章邯的大刀正向他腰间砍来，一个闪躲不及，只听噗嚓一声，被章邯把腰砍断。项梁大喊了一声："项羽呀——"倒地身亡。

范增咒骂五十里

范增原是项羽的谋士，刘邦用计离间了他和项羽的关系。一气之下，范增马上辞了职，当他坐到车上，往家乡走的时候，甭提心里多难受，他对刘邦和项羽又气又恨，他含着悲愤的眼泪，就一声接一声地咒骂起刘邦和项羽：

刘邦奸，
项羽混，
奸的心毒，
混的手狠，
心毒，毒了百姓，
手狠，苦了平民，
他为争王——竟不要爹，
你为称霸——血染寰尘，
刀枪杀出兴与衰，
血海爬出吃人的人……

他咒哇，骂呀，直骂得他口干舌燥，眼前冒金花。

他咒哇，骂呀，直骂得他疲惫不堪，精神恍惚。

他咒哇，骂呀，一气儿咒骂了五十里，他咒得痛快，骂得淋漓……

范增已是上了年纪的人，经不住长途跋涉的折磨，劳累过度，饮食不足，背上突然生了疥疮，疮怕走毒，疥怕串经，他的疥疮让车一震，毒气攻心，没有走到家乡就与世长辞。

送他的车夫哭了。

路旁的农夫哭了。

老天为他的正直，淅淅沥沥下起小雨，也哭了。

一直到现在，范增咒骂刘邦、项羽五十里的故事还在民间流传呢。

吕雉骗杀彭越

刘邦手下有一员大将彭越，他跟随刘邦多年，东闯西杀，屡建奇功。尤其是围剿追杀楚霸王项羽期间，他夜袭楚营，截杀粮道，焚烧楚霸王辎重，立下了汗马功劳。在和大将韩信把项羽围困在垓下时，他首当其冲，三次夜闯楚营，杀死无数楚兵楚将。最后和韩信一起，把项羽追杀到乌江边自刎。

后来，刘邦当了皇帝，韩信和彭越都被封了王位。彭越被封为梁王。

有一天，彭越突然听下人说，韩信因反汉嫌疑被刘邦所杀，大吃一惊，使他心寒胆颤，昼夜不安，恐怕受到牵连。就在这时候，刘邦率领大军征剿反叛陈豨，通知彭越带领所属兵将参战，彭越害怕被害，只派去一百多名士卒。刘邦不见彭越前来参战，很是生气，马上又下一道诏书，让彭越亲自去见刘邦。吓得彭越出一身冷汗，他像被吓掉魂儿一样，战战兢兢自言自语地说道："我，我可怎么办呀？"

这时，他的部将扈辄一看彭越被吓得浑身颤抖，六神无主的样子，便劝道："王爷不必过于胆小，兵来将挡，水来土屯，天无绝人之路呀！"

"是啊，我想亲自找刘邦认罪，让他宽恕也就是了。"

"王爷，你第一次不去参战，必定让刘邦疑心，如今下了诏书再去，一定凶多吉少，不如起兵造反，打他个措手不及呀！"

"哎呀，我这些年为刘邦出生入死打天下，立下了赫赫战功，而刘邦对我也不薄，又封王又封地，现在要起兵叛汉，从良心上过不去呀！"他说到这儿，用眼瞅了瞅扈辄，叹一口气，接着说道："再说刘邦兵多将广，文武齐全，有二三十万大军，凭我们这一千多人的军队，去反汉军，简直是鸡蛋碰石头呀！"他说到这儿，又叹了一口气，扭身躺在床上。

扈辄并不服气，愤愤不平地说道："兴兵造反打天下，人不在多少，当年楚霸王项羽四十多万兵将，刘邦只有十万，两个人打了四五年，怎么样呢？最后还是刘邦打败了项羽。所以说，兵将不在多，而在精，根据这个道理，兵将少也同样能打胜仗，能夺取天下呀！"

"行啦，行啦，我要认真的考虑考虑。"

"好啊，你俩竟敢想图谋不轨，想举旗造反，刘邦岂肯饶你们！"随着话音，太仆梁肖闯进屋子。

彭越一看梁肖闯进来，大吃一惊，马上从床上跳下来，大吼一声，"你听到了什么，竟敢这么胡说八道。"

"嘿嘿，你二人言谈话语已经露出了马脚，胆敢反汉，刘邦岂能容你！"梁肖敞开小公鸭嗓子，高声高调地喊叫起来。"你不要胡说行不行？"扈辄气往上撞，一边说着，一边伸手去抓梁肖的前胸衣襟。

梁肖有些功夫，一看扈辄扑上来，他一闪身子，伸腿踢向扈辄的大腿，扈辄一个没躲利索，扑通一声就被踢了个前趴儿。他随后一打滚儿想爬起来，梁肖伸右脚踩在他后背上。

彭越正站在扈辄身旁，他一见梁肖真有两下子，他往前一蹿，双拳挂定风声，呜的一声向梁肖头上砸去。

梁肖早有准备，一看彭越双拳打来，他来了个缩颈藏头，把双拳躲过。随后，一闪身子，伸出右胳膊向彭越前胸打去。彭越是久经沙场的老将，他刷下子一侧身，躲过双拳，伸手抓住梁肖的一个手腕子，浑身一用力，扑通一声，就把梁肖拽一个大趴虎。梁肖一个就地十八滚，扑噜噜滚到屋门口间。

"你小子想跑哇！"扈辄从地上爬起来就扑到梁肖跟前。梁肖毫无惧色，他抬身冲着扈辄一个旋风脚，把扈辄踢了一个跟头。

这时候，彭越往前跨了一步，伸双手掐住了梁肖的脖子，掐得梁肖一时喘不上气来，脸憋得通红。

扈辄再也不敢怠慢，他从彭越的床下拽出一根麻绳，跑过去把梁肖捆绑起来。梁肖一看扈辄下了绝情，他一扭头，照扈辄肩膀上咬了一口，扈辄一看这小子发了疯，伸手照他耳门上砑的一拳，把梁肖打得一栽楞身子昏了过去。只见梁肖耷拉着脑袋不再动。

彭越怕让别的将士看见影响不好，马上小声地对扈辄说道："先把他拉到我床下，给他堵上嘴，晚上再做处理吧！"

扈辄慌忙从梁肖袄上撕下一块布，塞进梁肖的嘴里。又怕捆得不结实，梁肖醒过来逃跑，又找来两根麻绳，把梁肖的双手和双脚又都捆绑起来。然后，盖上一个褥单子。

天渐渐黑下来，大地一片朦胧。

彭越吃过晚饭，马上叫来扈辄，吩咐道："你马上去看看床下的梁肖怎样了？"

扈辄哈下腰把手伸到床下，先揭去盖着的褥单子，又慢慢把梁肖拽出来。只见他双眼紧闭，浑身软绵绵的一点儿也不动，再摸摸鼻孔也不喘气了。

"怎么样啊？"彭越问道。

"不喘气啦！"

"快，把他装进麻袋里，扔到后边小河里喂鱼吧！"彭越说完这句话，就走出门去。

扈辄叫来两个心腹士卒张五、麻六，二人把梁肖装进麻袋，把麻袋口扎结实，扈辄嘶哑着嗓子嘱咐道："你两个不要惊动别人，把麻袋里边的人悄悄架到军营北边小河边上，然后扔到水深的地方。"

"请将军放心，我们一定把这件事办好。"张五、麻六架着装梁肖的麻袋走了出去。

彭越的军营在一条小河南边。

张五、麻六架着装梁肖的麻袋，出门顺着墙根穿过一片柳树林子后，很快来到军营北小河边上。二人刚把麻袋放在地上，就见麻袋里的梁肖挣拽起来，还呜呜的像在说话，吓得张五结结巴巴地对麻六说道："梁太仆活啦！怎么办哪？"

"平时梁太仆对咱俩也不错，又无仇无怨，彭越和扈辄不亲自动手，让咱俩来害人，凭什么？"张五说到这儿，麻六插言说道："咱把梁太仆放了算啦！"

"行啊，快解开麻袋口吧！"二人说着就把梁肖放出来。

梁肖从麻袋里爬出来，喘一口大气，说道："多谢二位救了我的性命！"梁肖又接着说道："我根本没昏迷，我是故意装死的，不然早被他们害死啦！"

张五、麻六一见梁肖是装死，就放心地说道："梁太仆哇，你快逃命去吧！"二人说完这句话，就回了军营。

再说梁肖缓了缓气，又走到小河边上，用手捧着河水喝了几口，觉着有了点精神，就奔向洛阳。

这时候，天上没有星月，黑乎乎低垂的浓云，把大地笼罩的灰黑灰黑，树林中的夜鸟，发出瘆人的叫声。

梁肖在半天多的时间里，被捆绑着，又被堵上嘴，装进麻袋。他又趁机装死，已经被折腾得狼狈不堪。加上滴水没进，走起路来两腿发沉。为了活命，他就拼了命的往前跋涉。

后半夜，迎面刮来一阵凉风，随后又下了一阵小雨。梁肖觉着心慌意乱，再也迈不开步，他打个唉声，躺在路旁一棵大柳树下再也起不来。他两眼一闭，就呼呼睡着了。

"哎，干什么的？起来回话。"梁肖被喊醒，他睁眼一看，眼前有许多官兵，举着无数火把，在问他话。

"你们是从哪儿来的军队啊？"

"我们是汉军，刚从前线打败陈豨，现正走在回洛阳的路上，你是干什么的？"

"哎呀，我是梁王彭越部下太仆梁肖，请诸位让我去见皇上，我有重要话要跟他说。"

士兵把梁肖领到刘邦跟前。刘邦早就认识梁肖，一看他这个样子，就问道："你怎么啦？"

"我有话跟你说呀！"

刘邦喝退士卒后，梁肖就把梁王彭越和部将扈辄如何商量起兵造反的事，又添油又加醋的学说了一遍。刘邦深信不疑，并马上派老将胡雄去捉拿梁王彭越和部将扈辄。

再说梁王彭越和部将扈辄，他俩做梦也不会想到张五和麻六放走了太仆梁肖。第二天早晨，他俩还没有起床，就被老将胡雄擒住。彭越假装镇静，大喊大叫起来，"你们凭什么抓我呀？"

"有人告你二人谋反，我们遵皇帝之诏前来拿你二人归案。"老将胡雄毫不客气，把他两个捆绑起来连夜押往洛阳。不过，这一路上，彭越不停地大喊冤枉。

很快把彭越和扈辄押进洛阳大狱。狱长王恬开奉刘邦之命连夜突审。彭越和扈辄受刑不过，只好把实情一五一十的全说出来了。王恬开已听得明白，彭越尚没有起兵反汉之意，主要是扈辄鼓动彭越反汉。

王恬开向刘邦汇报了这一情况后，刘邦觉得彭越多年来跟着自己灭楚扶汉打天下，是有很大功劳的人，他又没有真正领兵造反，只能算是个有嫌疑之人，杀了他一定会引起其他王爷的震惊和不安，对稳定朝廷很不利。刘邦想到这些后，就下令杀了扈辄，赦了彭越。并召见了彭越，彭越见了刘邦就趴在地上哭诉对刘邦的忠心。

刘邦呢，他早就对异姓称王心怀不安。但一听彭越哭诉衷情，便说道："梁王啊，你曾经为灭楚扶汉立下了很大的功劳，这我心里清楚。不过，你现在的表现太让我失望了，本应判你死罪，看在你以往的功劳和忠心上，才留下你的性命，削官为民，到蜀地去当个平民百姓吧！"

彭越听后连忙谢恩退下。

其实，彭越虽然谢刘邦不杀之恩，但他还是心怀不满，总以为他为刘邦打天下出了力，卖了命，因怀疑而把他贬为庶民，实觉有冤屈之感。

这一天早饭后，他出于万般无奈，流着眼泪，把一切物品拾掇好，雇了一辆马车奔蜀地而去。路上倍感凄凉，情不自禁地仰面大叫道："苍天呀——你不公啊！"

这天中午，他坐着马车已远离洛阳一百多里地时，突然遇见从长安来的吕雉，他慌忙把车赶到路旁跪倒在地迎接。

吕雉这个女人从小就心胸狭窄，容不得人，从嫁给刘邦后，更加忌贤妒能，恨不能把刘邦的老臣统统杀光灭绝。她已经听到逮捕彭越、扈辄的消息，心中暗暗欢喜。她认为刘邦定会把他俩定罪除掉。哪知刘邦只杀了扈辄，没杀彭越，而又放他去蜀地为民。今天是冤家路窄巧相遇。

吕雉一见彭越趴在路旁，连忙从车上下来，故意用关切的口气问道："梁王啊，你这是往哪儿去呀？"

"哎呀，吕后呀，我已经不是什么梁王啦，被皇帝给免啦！"

"为什么？"吕雉假装不知。

彭越一见吕雉说的是安慰的关心话，又表现出一副关心的模样，就把事情原委从头至尾学说了一遍，还边说边哭边央求。吕雉一听他说得这么可怜可悲又可叹，就假惺惺地说道："梁王不必这么悲伤，我知道你是忠于汉室的大忠臣，怎会有叛意呢！"吕雉说到这儿，眼珠转了转，说道："你跟我乘车一同回洛阳，我找皇上说说，这么一位有功劳又忠于汉室的忠臣能随便贬为庶民吗！"彭越一听吕雉这番话，心里咯噔一声，觉着心里豁亮了。但又一想，吕雉本是一个心狠手辣的毒妇，今天为啥对我如此怜悯宽宏大度呢？他百思不解地随吕雉的车回到洛阳。

回到洛阳城后，吕雉让他先回到原来的宿舍等候。

吕雉进了皇宫，马上对刘邦说道："你不杀梁王彭越，而放他去蜀地为民，这不是放虎归山吗？你想过没有，凭彭越的军事才能和一身的功夫，怎会老老实实的为民呢，这样下去，必然要贻大患啊！"

刘邦听吕雉一说，觉着也有些道理，便叹了一口气说道："事已至此，就无法再挽回啦！"刘邦还不知道吕雉已把彭越迎回。

"你还不知道吧，我在半路上已把彭越迎回，现在宿舍等回话呢！"

刘邦一听说吕雉把彭越迎回，他马上站起来，说道："哎呀，彭越有罪，罪不当死，我已经下了赦令，人们都知道，如果再杀彭越，一定会引起满朝文武大臣们的议论，对朝廷极为不利呀！"

吕雉听刘邦一说，也觉得有些道理。但她决心杀掉彭越，就又对刘邦说道："不诛杀彭越，实在让人不安，我们不能忘记千里之堤溃于蚁穴之训啊！"

刘邦想了想说道："如想除掉彭越，原罪不能再提，必有新的罪证才行啊！"

吕雉已明白刘邦的心意，便马上找来和彭越住在一个宿舍姓丁的士卒，吩咐他去诬告彭越暗招旧部起兵谋反之罪行。

这样，在宿舍等候吕雉回话的彭越，又以起兵谋反之罪被逮捕入狱。日子不多，就被绑赴刑场斩首示众。

韩信反，吕后斩

西汉年间的大将韩信，在我国很有名气。他曾经帮助刘邦把西楚霸王项羽追到乌江边上自刎而死，扶刘邦当了汉朝皇帝。

韩信从小就喜欢读兵书战策，他渴望着长大后能当个大官。他十七八岁时就投奔项羽率领的楚军。当时，项羽见他年纪不大，挺会摆酸，天天挺着个脖子，不搭理别人，觉着自己能力大，谁也不如他。项羽对他很反感，就派他到门前当了扶旗杆的门卫兵。韩信一看不被重用，一气之下，又连夜跑到汉军大营投了刘邦。刘邦见他一行一动带出一副高傲自大的神态，就把他训斥了几句，赶出大营。谋士萧何对刘邦提议说道："韩信既然自高自大，他定有自高自大的资本，留下他也可能有一定的用场。"

刘邦听了萧何的建议，又让萧何把韩信追回来。果然，在刘邦夺天下的过程中，起了重要的作用。

可是，刘邦封的八大王爷各据一方，构成了对刘邦朝廷的威胁。而刘邦最担心的还是向来高傲自大的楚王韩信。而韩信也不做脸，他当了王爷后，更加傲慢，总觉着自命不凡，高人一等。他不但掌握着一定的统兵大权，还控制着七大诸侯王爷，一切行动要听他的号令行事，这么一来，刘邦在他眼里也渺小了。他想：我要当了皇帝，比刘邦强得多……

有一天夜里，刘邦忽然听了一个士卒说，被他追杀的楚霸王项羽手下大将钟离昧逃进韩信的王爷府。刘邦马上派人前去打听。结果，很快打听清楚，韩信和钟离昧是多年前的老朋友，在钟离昧无处藏身时，就找到韩信，藏在他的府内。

这下子可把刘邦气坏啦，马上下诏书，让韩信立刻把钟离昧送交朝廷。可是韩信接到诏书后，非常反感，认为刘邦过于狠毒，并让下诏书的人回去告诉刘邦，钟离昧不在他府中。从此，刘邦对韩信失去信任。

钟离昧知道了刘邦下诏书擒拿他的事情后，心中很不安，他左思右想，韩信为了让自己活命而受牵连，实感有愧。随后，在韩信没注意的一天晚上，便挥剑自刎而死。韩信为了解除刘邦对他的怀疑，便割下钟离昧的人头给刘邦送去。并说他杀死钟离昧是为了回报朝廷。

其实，他这么做刘邦早已知道，刘邦只是假装不知内情，以韩信罪责不大为由，把他由楚王降为淮阳侯。从此，刘邦对韩信更加戒备。而韩信造反心已定，只是等待时机。

汉七年（前二〇〇年）十二月，代王刘仲镇守的代地，受到匈奴的侵犯，吓得代王刘仲逃回洛阳。刘邦只好另封八岁的太子刘如意为代王。因如意年幼不能前往代地，就命阳夏侯陈豨为相，替代王如意去镇守。

陈豨原来是韩信的一位属下将军，去代地前，他首先来到韩信驻地，向韩信讨教怎样镇守代地的办法。韩信早已和刘邦离心离德，并怀有极大的反叛之心。他见陈豨后，先向陈豨陈述了心中的怨气、恶气和反气，随后明目张胆地说道："我为刘邦出生入死打下天下，到现在竟落了个反朝廷的嫌疑之人，由王位降为侯位，其实这也不算完，说不准哪一天，要我的人头呢！"

陈豨一听韩信说了这么多丧气话，心中很不是滋味，便吃惊地说道："让我替代王去镇守代地，也不知是吉是凶啊！"

"哎呀，你上那儿去更有大作为呀，代王如意年幼不去，一切你说了算，更可以趁势兴兵反朝廷。如果刘邦领兵讨伐，我可以名为征剿反叛，实为内应，灭了汉朝，你可得天下，我可扶持你百年啊！"

陈豨和韩信密谋了一天两夜，陈豨才辞别韩信去代地上任。

汉十年（前一九七年）九月。陈豨便在代地举旗造反，名曰：为顺民心民意，灭汉除刘举义旗。

刘邦一听说陈豨造反，大伤脑筋，他马上召开文武大臣参加的议事会。众大臣义愤填膺，都一致同意发兵剿灭陈豨。并派张良亲自去找韩信，要以他为首率大军到代地消灭陈豨。

韩信听士卒报张良到来，他以为陈豨造反牵连了他，吓得他脸发黄，身发抖，马上问士卒，"张良带来多少人马？"

"只是一人一骑。"士卒说道。

"噢——你让他进来吧！"韩信才松了口气，不过，他马上躺在床上，盖上被子，又咬破手指头，挤出些鲜血抹在鼻孔间，闭眼不睁而装病。

张良进帐后，一见韩信这般模样，便问道："韩将军，近来身体欠佳吧？"

韩信把眼睁开一道缝，故意有气无力地说道："近几天高烧不退，把鼻孔都烧破啦。"随后做了一个翻身爬不起来的动作。

"别动啦！"张良又想了一下，说道："我今奉皇帝之命，前来让你领兵去歼灭陈豨的造反军，看你这个样子，恐怕你去不了啦！"

"是呀，我很愿去消灭这个无良心的叛贼，可，可我身体不做主哇！"他说完这句话，故意表现出一副愤怒的样子。张良一看韩信托病不出，只好告辞回朝，把韩信的情况汇报给刘邦。

刘邦听后，便说道："不用管韩信是真病还是假病，我一定要择日亲征陈豨！"

汉十一年（前一九六年）一月，韩信忽然接到陈豨派人送来的密信，信中告诉韩信，他已举旗造反，近日将要杀往长安，要迅速做好内应准备。

韩信接到密信后，没有立即回信，把送信人打发走后，又经过一番考虑，他才把给陈豨的回信写好，让一个叫王捞的心腹把信送往代城。可是，这个王捞是个胆小如鼠的家伙，他把信接过来没走出城门，就把信拆开，偷偷的看了一遍，只见上边写着：豨君反汉声遥，民心大振齐讨，一旦条件成熟，彼此内外相剿，举旗乃顺天意，天下大业可缴。这六句话下边，还有一行小字：你何时杀来长安，急待回信相告。

王挠不看信则罢，一看信，几乎把魂儿吓掉了，他哆哆嗦嗦地走到一棵大柳树下坐下来，心里扑通着，琢磨起送这封信的危险。他想：万一半路上遇到汉军，搜出这封信，还活得了吗……

正在王挠胡思乱想的时候，一个叫任二的同事，从府内走过来。见王挠一副发愁的模样，就问道："你要干啥去呀，怎么啦，模样这么难看呢？"

"唉，不要问啦，我要去办一件机密大事，不能跟任何人说呀！"

"你在韩信手下是个大红人，谁敢怎么着你呀！"

"不是怎么着我，我要去为韩信办一件大事呀！"

"什么大事让你这么个鸟样儿啊？"

"唉，可不能往外说呀！"

"你连去干什么事都不敢说，往外说啥呀！"

"哎呀，我正为难哩！"

"别为难，有兄弟我能替你出主意想办法还不行吗！"

"你可要保住秘密，千万不能往外说呀！"

"你要不相信我，就不要说啦！"任二说完这句话，扭头就走。

"别走哇，咱俩相好多年，我告诉你也就是了。"

"你相信我就说，不相信我就别说！"

"其实也得算一件了不起的大事，韩信让我把一封密信送给在代城的陈豨。"

"这么个屁大的事算啥，雇个车子或雇匹马送去不就行了吗！"

"信上说的是反汉朝的事，让汉军抓住，还活得了吗！"

"你怕死，我不怕。"

"你真不怕？"

"真不怕。"

"哎，事情只能办完，没听说能怕完的。"

"我胆儿特别小，担不得事呀！"

"你要信得过我，我替你送去行不行？"

"那，我呢？"

"你可以逃回山东老家去，也就万事大吉了。"

"好，你可千万别出错呀。"王挠从怀里把信掏出来，递给了任二，说了声："你受累吧！"随后，转身奔山东老家而去。

再说任二，他一见王挠真的回老家了，他忙把信打开，一看，果然是反刘邦的信。顿时心中大喜，因为任二的大哥任舍因有反韩信罪，已被押在韩信大狱，正准备择日处死呢！

深夜，任二悄悄回到韩信内室帐外。只听韩信正招集几个心腹，商议怎样擒拿吕后，杀死太子的事。只听韩信说道："只要陈豨接到我的信后，他回信告诉我杀回长安时间，我就立刻发兵去戮杀吕后和太子……"

任二听到这里，慌忙退到门外，他再也站不住脚啦，直奔长安宫而去。

自从听到陈豨造反，加之刘邦领兵亲征，吕后是昼夜不安，唯恐刘邦有闪失。

这天夜里，吕后刚想入睡，守门官来报："从韩信处来一年轻人，说有要事相告。"

吕后一听从韩信处来的，大吃一惊，忙说道："马上召见。"

任二见了吕后，先把韩信给陈豨的信交上，然后，又把韩信和心腹将士商议夜围长安宫擒杀吕后和太子的事学说了一遍。

吕后看了信，又听任二学说了韩信围宫杀人的阴险毒计，直气得她脸色变黄心打颤。她打发走任二后，马上叫来丞相萧何，共同商议对策。

多年来，萧何和韩信关系一直很好。当年不是萧何千方百计的推荐，刘邦不会封韩信为大将军，更没有今天封王封侯之说。可是，萧何一听韩信果真要叛汉造反，他心里凉了半截，叹了口气说道："天作孽不可阻，人作孽不可活呀！"他左思右想了一会儿，想出了惩治韩信的一条妙计，他对吕后说道："天亮以后，我们马上派一心腹，扮成汉军模样，绕到城北，而后返回，自说是刘邦派遣回朝报捷之使，大嚷大叫陈豨被杀，代地已经平息无患了。这样，朝臣们一定会纷纷前来祝贺，韩信来后，马上就地擒拿。"

吕后认为此计甚好，马上找一内宫心腹扮成汉军模样依计去做。结果，众王侯和大臣们信以为真，都前来祝贺，唯有韩信没来。

萧何很有先见之明，他认为韩信心中有鬼，不敢轻易前来。他向吕后献计，说道："明日我要亲自去劝说韩信。"

这天早饭后，萧何乘一顶小轿，便来到韩信官邸，只见韩信面目憔悴，眼窝深陷，喘气不匀，忧心忡忡，语无伦次，精神恍惚，萧何见他这么个样子，用关心的口气说道："皇上领兵到代地剿灭了陈豨，事已平定，已派使回朝报捷，各王侯和文武百官都到宫内祝贺。可是，只有你没去，是不是有些失礼呀！"

韩信想了一会儿说道："小弟近来身体欠佳，出门后就头晕脑胀，天旋地转的无法前往，望丞相老兄替我美言也就是了。"

"前者，你为私藏楚将钟离昧遭到众人怀疑，几乎被刘邦所杀，现在又称病不去祝贺，定会引起吕后和文武大臣们的猜疑，对你实在是有害无益呀！"

韩信听萧何这么一说，觉着很有道理，但又一想，万一要不是这么回事，骗我去见吕后，一定会难逃一死！他想到这儿，就对萧何说道："萧兄现为丞相，一言九鼎，你说的可是当真？"

"哎呀，你连我也不相信吗，你真是把好心当成驴肝肺啦，好吧，我乘轿回府，你好自为之吧！"萧何说完这句话，扭身便走。韩信见萧何甩手就走，他觉着有些不好意思，心想：我和陈豨密谋之事，他们也不会知道，我不去更显得做贼心虚。想到这些，便说道："哎呀，丞相老兄着什么急呀，既有你在，我惧之何来，我随你去一趟也就是了。"

"好啊，走吧！"萧何坐着小轿前头走了。韩信也马上更衣，骑上一匹快马随后跟去。

这时候，吕后在宫内门口间埋伏下四个功夫较深的武士，待听吕后号令。

　　韩信听信了萧何之言，他一点儿戒备也没有。很快来到长安宫门前下马，随后，便匆匆几步走进宫门，当他迈过门槛时，只听座上吕后大喝一声，"把他拿下！"四个武士呼下子扑上来，把韩信摁倒捆绑起来。

　　韩信再抬头一看，萧何不知去向，只有吕后坐在他面前。韩信大声对吕后说道："我韩信有什么过错，竟下此毒手？"

　　"嘿嘿！"吕后冷笑了一声说道："你被封王、封侯，不报效朝廷，反而和反贼陈豨联手，妄想里应外合灭我大汉王朝，尔等妄想坐天下，我岂能容你！"吕后气粗声高，目光直射韩信那怯生生的面孔。

　　"哎呀，我冤枉煞啦，这都是无中生有的事呀！"韩信大声喊冤叫屈。

　　吕后又嘿嘿冷笑了两声，说道："你不要装模作样啦，我这里有你写给陈豨的反叛信为证。"吕后让人把信拿到韩信面前。韩信一看信，顿时目瞪口呆，随后仰面叹道："这是天意吧！"

　　吕后一看韩信再也无言可答，随喊了一声，"拉出去斩了。"

　　斩了韩信后，吕后就把他的人头，挂在城门楼上示众。

对　梦

　　有一天清晨，萧何和张良起得特别早，一出大门就相遇在一块儿。

　　萧何说道："昨晚我做了一个蹊跷梦。"张良说道："我昨晚也做了一个蹊跷梦。"

　　萧何马上一挥手，说道："你不要说做的什么梦，跟我到家再说吧！"说完挽着张良的手走进萧何的客室。

　　萧何说道："给你一纸一笔，你到南边桌子上把梦的什么写下来。我拿着一纸一笔到北边桌子上把梦的什么也写下来，然后咱俩对一对你我都是什么梦？"

　　"好吧！"张良拿着纸笔来到南边桌上，一会儿把梦写下来了，拿到萧何面前。萧何也把他写的梦递给了张良观看。

　　"哎呀，怎么一字不差呀？"两个人异口同声。

　　只见这两张纸上写着：梦见一个身披铁甲的神人，拎着一个沉甸甸的古瓶，跳进盛满米粥的木桶里，米粥已泡到脖子间，这个铁甲神人把古瓶举起来大叫，我来啦！

　　"什么意思？"两个人认真琢磨起来。工夫不大，各自又把破译的内容用笔写在纸的背面：灭吕兴刘者陈平、周勃。

　　二人互相一看纸上的字，哈哈大笑起来。

结果，刘邦去世后，太后吕雉灭刘兴吕，把姓刘的王爷和大小臣子、官员，都清除或杀掉，换上吕氏家族的人。七年后，吕雉去世。丞相陈平和大将周勃杀尽诸吕，把王位和大小官员又改为刘姓。

后　记

　　1932年农历十月二十二日，我出生在河北省泊头市米院村一个贫雇农家庭，从小过着艰难困苦的日子。七岁那年，家乡连续四年闹大水，颗粒无收，野菜、树叶都被吃光了，人们饿得皮包骨头。实在没得吃，我只好跟着母亲郭玉茹到没闹洪水的南乡走村串户去讨饭。那一幕幕悲惨场景至今仍历历在目。

　　1943年2月，我们邻村（原交河县白庄村）建立起一座抗日小学。为了我上学，母亲用碎布条缝了一个小书包，用糊窗户剩下的纸裁成小本。到学校后，老师发给我一本国文书，也没要钱。没钱买铅笔，我就用替值日生扫地的办法，捡同学们扔的小铅笔头写作业。这本国文书，我只用了一个星期就能默写下来，并且写了很多遍。奶奶见我学习认真又勤快，高兴的每天晚上给我讲老狼的故事（后来这篇故事发表在《民间故事》上）。

　　一天晚上，一家人在院子里，趁着月光剥棒子。我让奶奶给讲故事，奶奶上了年纪，嗓子有点儿哑了。母亲接过话茬说："奶奶年纪大了，以后我就把你姥爷给我讲的那些乡间故事讲给你听吧！"我高兴地拍起手来。从此，只要一有时间，母亲就给我讲民间故事，什么天上的神仙、地上的动物，还有帝王将相，讲得最多的是刘邦项羽楚汉相争的故事传说。

我姥爷叫郭平治，十八岁就辞别父母，担着两只笼筐，到大西北一带去当货郎，靠卖针头线脑养家糊口。那时，他经常夜宿在各个乡村的临时小旅店里。山民们善于讲民间故事，而西北地区正是刘邦项羽争天下打斗最多的地方。姥爷听来了许多有关刘邦项羽斗智斗勇的传奇故事。

　　后来，姥爷在一个叫杏花沟的小山村成了家。在我母亲十一岁、我姨八岁、我舅五岁时，姥爷带着姥姥和仨孩子回到了老家交河县郭屯村。我母亲从小听了好多好多姥爷讲的有关楚汉英雄的故事。原来她只是在下雨阴天或晚上我睡不着时才讲给我听，但见我听得入迷，后来只要一有小闲空儿，就讲一段。尤其是干农活累了，在地头上歇一会儿时，听母亲讲一段故事，再起来干活时感到浑身有劲儿。

　　那时，我兜里总揣着笔和本，一有空就把母亲讲的故事记下来。母亲经常说：讲赞扬好人好事，就是教人学好；讲打击坏人坏事，就是让憎恨坏人。有时坏人势力大，好人斗不过，甚至好人逢绝境，人无能为力，就让神仙帮忙惩治坏人，拯救好人。这不是迷信，而是叫借神仙之力惩恶扬善。可以说，母亲不仅教给我做人的道理，而且还是我从事民间文学的领路人。

　　1943年9月，我在村上抗日小学担任儿童团长，每天站岗放哨，锄奸防特。1945年我加入了青年团。1948年8月，参加革命工作，在交河县五区担任秘书助理。1959年光荣地加入了中国共产党。七十年来，先后在区、乡、镇、县、市等多部门任职。但是，无论在哪个部门工作，我的业余时间都用在搜集整理民间故事上。可以说，我工作到哪里就搜集整理到哪里，做到了白天业余搜集，晚上夜深人静整理。我的第一篇民间故事《大鸭梨的故事》，发表于1956年4月20日《沧州报》上，至今已在各类报刊发表民间故事、小说、散文、诗歌等三千多篇。

　　越到年老，越回想过去。小时候母亲讲给我的刘邦项羽楚汉争天下的传说故事，深深留在我的脑海中。我这一生中对它下的功夫最大，费的心血也最多。感谢中国文史出版社对于抢救、整理民间文学这一非物质文化遗产的重视，真心帮助我把这些故事结集出版，了却我多年的心愿。感谢王文运和赵姣娇两位编辑的辛勤劳动。借此，也深深怀念我的母亲，感谢我的家人一直以来的支持和帮助。

感谢党的教育和培养，我虽年迈，仍愿为民间文学百花园的绚烂多姿培土、浇水，贡献一分力量。

李泽有

2019 年 9 月 25 日于泊头